COLLECTION FOLIO

Michka Assayas

Exhibition

Gallimard

© *Éditions Gallimard*, 2002.

Michka Assayas a publié deux récits et dirigé le *Dictionnaire du rock* paru en 2000. Il considère *Exhibition* comme son premier véritable roman. *Exhibition* a reçu le prix Figaro Magazine-Fouquet's en 2002 et le prix des Deux-Magots en 2003.

Ce qui sert le plus à la poésie, à la « littérature » de quelqu'un qui écrit, c'est cette partie de sa vie qui, quand il la vivait, lui semblait le plus loin de la littérature. Des journées, des habitudes, des événements qui non seulement parurent une perte de temps, mais un vice, un péché, un gouffre.

> CESARE PAVESE,
> *Le Métier de vivre*

I
DÉLIRIUM

1

La vallée de Chevreuse a vu sa population se modifier en profondeur entre la fin des années 70 et l'époque actuelle. La proximité de Paris n'était alors que virtuelle. On n'appelait pas les habitants de cette région des banlieusards : la voie ferrée qui menait de Paris à Saint-Rémy-lès-Chevreuse était encore désignée sous le nom de Ligne de Sceaux. Elle avait été construite à l'origine pour mener les Parisiens le dimanche à la campagne ; Orsay était alors « la perle de la vallée de Chevreuse », et de multiples auberges parsemaient leur route. D'abord, le développement du Commissariat à l'énergie atomique (CEA) à Saclay donna une coloration particulière à la population qui habitait Gif-sur-Yvette, Orsay ou leurs environs. Ces nouveaux habitants détonnaient par rapport aux gérants de magasin, chauffagistes ou employés de sociétés de transports qui constituaient le fond de la population. Ces nouvelles familles se distinguaient par un ancrage politique profond — à gauche —, par une insatisfaction, une nervosité, surtout sensibles chez leurs enfants, avides de voyages, de lectures provocantes et de musiques revendicatives, autant de signes qui heurtaient la placidité de la population traditionnelle. Physiquement aussi, ils étaient différents. Leurs complets étaient taillés d'une façon plus stricte, leur coupe de cheveux était plus nette, ils portaient des pattes, des colliers de barbe, des complets en velours avec des pellicules sur les épaules, des sacs en bandoulière avec des fermoirs, des journaux bien pliés avec des caractères rouges, ils avaient des voix plus fortes, leurs phrases étaient plus longues et leurs rires plus clairs. Ils connaissaient le nom des cinéastes américains qu'ils prononçaient avec un accent bizarre de leur invention. Bref, en ce temps-là, la région leur appartenait.

Philippe ne reconnut rien quand il se gara. La voirie, surtout, avait changé, avec une profusion de ronds-points et de mobilier urbain. Des pavillons blêmes avaient poussé partout, et des rues nouvelles compliquaient le repérage. Solange était morte. Il ne l'avait jamais appelée comme ça. Pour lui, c'était Mme Seigneur, la mère des deux frères

Seigneur, Nicolas et Jean-Michel. Eux, ils l'appelaient toujours Solange, et leur père Henri. Les parents Seigneur, il ne les avait pas vus depuis longtemps. Enfin, on ne pouvait pas dire ça non plus : il les croisait de loin en loin aux premières des spectacles de théâtre de Nicolas Seigneur qui se déroulaient dans des banlieues qui, sur le plan, avaient l'air très proches, mais se révélaient très difficiles d'accès une fois qu'on était lancé. Il arrivait généralement hagard, au dernier moment, alors que le spectacle avait déjà commencé. Un comédien en chemise blanche parlait de façon saccadée devant un décor qui ressemblait à une boutique d'objets japonais où les rares décorations prévues n'avaient pas encore été choisies. Enfin, c'est le souvenir qu'une fois il en avait gardé. Les parents Seigneur étaient généralement installés au deuxième ou au troisième rang, par scrupule sur les côtés, pour ne pas gêner, gardant un air émerveillé du début jusqu'à la fin. Il était difficile de distinguer ce qui les émerveillait le plus : le fait qu'ils soient assis là, entre Bulle Ogier et Patrice Chéreau, que ceux-ci considèrent leur fils comme un égal, que des personnes de l'assistance parlent à voix basse en voyant Nicolas passer, ou que simplement leur fils soit à l'origine de tout ça. Ils échangeaient à la fin quelques paroles aussi senties que confuses avec des amis de leur fils, montrant à quel point ils étaient intimidés et impressionnés que Nicolas soit à l'origine d'un tel événement. Ils disaient avec chaleur à Philippe qu'ils aimeraient beaucoup le revoir. Les choses en restaient là jusqu'au spectacle suivant.

Solange avait travaillé toute sa vie comme assistante sociale. Elle avait également — on serait tenté de dire surtout — siégé au conseil municipal de Gif-sur-Yvette où elle avait affronté avec constance son vieil ennemi le maire Pierre-André Denizard, de la majorité silencieuse. Denizard, c'était le mal absolu pour ceux qui partageaient le combat de Solange au PSU : l'agrandissement projeté de l'aérodrome de Toussus-le-Noble, qui menaçait de s'ouvrir aux avions à réaction, l'autorisation de faire construire le village de Chevry 2, dont des brochures vantaient le « standing », garanti par la création d'un « country club ». On le soupçonnait d'avoir trempé dans à peu près tous les scandales politiques du début des années 70 : la Garantie foncière, escroquerie immobilière cautionnée par le député UDR (gaulliste) André Rives-Henry de Lavaysse, l'affaire Gabriel Aranda, dont le souvenir reste plus obscur encore, et d'autres qui remplissaient les pages du *Canard enchaîné*, de *Minute* et de *Charlie Hebdo*. Pourtant Denizard, qui marchait maintenant avec une canne, était venu à l'enterrement de Solange. La veille, il avait fait une visite aux Seigneur, déclarant à Henri avec émotion qu'il regrettait que la vie politique se soit affadie, que les oppositions politiques soient moins ardentes qu'autrefois. Il avait collectionné chacun des tracts, ornés de caricatures, que les frères Seigneur avaient fait circuler pour lui nuire : l'un d'eux le montrait assis dans un fauteuil en plastique au milieu de la piscine du « country club » de Chevry 2, une pin-up sur chaque genou, hilare et lubrique, occupé à fourrer des billets de banque — dont son maillot de bain à lui était bourré — dans leur décolleté. Il y a six mois, Denizard les avait montrés en famille, et ses petits-enfants avaient beaucoup ri : déjà, on pouvait voir que Nicolas et Jean-Michel avaient un sacré talent. Des adversaires comme Solange Seigneur, répétait Denizard, c'est une chance, un privilège, une bénédiction au milieu de cette médiocrité : on n'en rencontre pas deux dans une carrière politique.

Quand Philippe entra dans la maison, la première chose qui le frappa, c'est qu'il n'y avait plus Mika, le chien à l'oreille cassée qui ouvrait les portes brutalement, comme un être humain. Je savais bien, se disait Philippe, qu'il était mort depuis longtemps, pareil pour Hector, un jeune briard à la masse monumentale, qui sautait sur tout le monde et faisait pipi partout, et qui n'avait pas survécu à une insolation après une balade en forêt de Fontainebleau. Il ne reconnaissait rien de cette maison où, semble-t-il, quelques ouvertures nouvelles avaient été pratiquées. D'abord, elle ne sentait plus le chien, ce qui suffisait à la lui rendre étrangère. Elle ne sentait plus rien, d'ailleurs. Henri, il le vit en dernier : il était de dos, dans le petit bout de jardin, parlant avec quelqu'un que Philippe ne distinguait pas. Quand Henri se retourna et le vit, il eut le regard de l'enquêteur qui, après vingt ans de traque, est enfin sûr de tenir le coupable, là, en face de lui. Il lui serra le bras et, en même temps, la main : oui, il l'avait retrouvé et ne le lâcherait plus. Enfin, c'est une impression qui dura un quart de seconde. Après, il fit plutôt l'effet à Philippe d'un petit vieux errant dans son hospice qui voit dans le premier étranger qu'il croise au cours de sa promenade le sauveur qui va le sortir de là. Il fallut bien dire quelque chose, ce que Philippe fit sans doute, il ne savait plus trop.

Philippe était arrivé alors que les amis commençaient à refluer de la maison des Seigneur; certains, installés au volant de leurs voitures, avaient déjà mis le contact, attendant que se forme la tête du convoi. Des coulées de brie restaient collées à un plateau; près du cubitainer de rouge il n'y avait plus que des verres sales, avec des traces mates sur les rebords, et deux saladiers de bois où surnageaient des graines de tomates. Philippe eut le temps de laver un verre à l'évier de Solange et de boire un verre de rouge, seul dans la pièce vide. Ceux qui s'attardaient étaient dehors avec Henri, les autres avaient déjà pris le chemin du cimetière.

Les enterrements, c'est toujours pareil. On piétine, on fait la queue, on ne voit rien. Quelqu'un fait un discours, on n'entend rien, et de toute façon on s'en fout. Généralement, il pleut et, même s'il ne pleut pas, la nécessité de rester debout sans bouger à écouter des trucs sans intérêt donne à chacun une figure de martyr, fouetté ou non par les gouttes. Ça rassure quand il pleut; il y a quelque chose de ridicule à prendre un air digne et renfrogné quand il fait beau. Malraux prononçant l'éloge de Jean Moulin en pleine bourrasque, ça a plus de gueule que dans le hall de l'hôtel Méridien face à des seniors assis sur des chaises pliantes tapissées de velours rouge. Là, c'était un enterrement à parapluies. Et à boue, au point que les chaussettes commençaient à se tremper sérieusement. Tous ces gens dignes, toutes ces têtes fières comme Solange et Henri, tous ces libres-penseurs sceptiques en chaussures de marche, après tout, ils avaient l'habitude d'attendre pour rien, de s'emmerder à voir des spectacles intéressants au théâtre, des films intéressants au cinéma, et des sites culturels intéressants en vacances.

On roule toujours lentement aux enterrements, avant, pendant et après. Un corbillard qui klaxonne, déboîte, accélère, avec un chauffeur qui s'énerve, ça ne fait pas crédible. On a toujours l'impression que l'employé qui conduit cherche sa route, alors que c'est de toute évidence une entreprise du coin, qui connaît le trajet par cœur, chaque croisement et chaque feu rouge. Derrière, chacun roule au pas, respectueusement, comme s'il passait l'examen du permis de conduire, marquant ostensiblement les stops et respectant la priorité. Le code de la route, au fond, c'est bon quand on est triste, voilà ce que ça veut dire. Et il faut admettre qu'il y a quelque chose de joyeux, d'insouciant, de vivant, en somme, à ne pas considérer sa vie (et celle des autres, qu'on embrasse dans un même mouvement d'enthousiasme) comme quelque chose de sérieux. En revanche, dès qu'il y a un mort dans les parages, tout le monde au pas ! Soudain, la vie devient très sérieuse, mais la mort, au fond, on ne sait pas si c'est sérieux ou pas puisqu'on ne sait pas ce que c'est tout court.

Après l'enterrement, des verres propres

réapparurent. Philippe se coupa un morceau de tarte aux pommes. Tout le monde se regardait, vidé et soulagé. Rester là, ne pas rester là, on ne savait pas trop. Partir en premier, c'était gênant. Des gens se fixaient avec des demi-sourires incertains. Une femme un peu forte avec des cheveux teints en roux coupés très court fixa Philippe avec sympathie et curiosité. Il ne la reconnut pas. Elle eut la gentillesse de s'en amuser, mais il la sentit un peu blessée. Puis elle eut une façon de le regarder par en dessous, un infléchissement un peu rauque de la voix qui firent relâcher ses épaules à Philippe, comme brusquement soulagées d'un poids. Corinne L'Helgouarc'h! cria-t-il intérieurement. Corinne L'Helgouarc'h qui sentait l'eau de Cologne, qui avait pleuré dans la buvette de la gare de Niort à la fin des vacances à Lacanau, qui avait reposé sa tasse de chocolat aux trois quarts pleine en travers de la soucoupe, avec le geste le plus violent que j'aie alors vu de ma vie, se disait Philippe, Corinne L'Helgouarc'h avec qui j'ai connu le bonheur physique le plus intense, qui me suçait sans fin la nuit dans les dunes, sûre d'elle, plus âgée que moi, qui m'avait dit m'avoir senti « jusqu'à l'utérus », et qui criait en cadence, d'une façon de plus en plus animale, adulte, mâle presque, rien que pour moi, se rappelait Philippe, et qui, la première fois, un peu ivre et joyeuse, avait posé la main sur mon bas-ventre en disant « Ssssexe ! », étranglant un fou rire.

Elle avait une mâchoire chevaline et des dents bizarrement courbées. Philippe entama une conversation à part avec elle. Mariée ? Des enfants ? Profession ? Pourquoi se transforme-t-on en agent de l'administration quand on retrouve quelqu'un qu'on n'a pas vu depuis des lustres ? Elle répondit mollement et fut très évasive quand Philippe lui demanda ce que faisait son mec. Elle eut un sourire indifférent :

« Oh, il a fait des tas de choses...

— Mais quoi ?

— Il a conduit des trains, des boulots comme ça. »

Dans la vie que menait Philippe à Paris depuis près de vingt-cinq ans, il n'avait jamais rencontré une fille susceptible de vivre avec un mec qui conduisait des trains, et il n'y avait aucune raison que ça lui arrive à nouveau un jour.

2

Quand je compare, se disait Philippe au volant de sa voiture, alors qu'il avait enfin trouvé le rond-point qui le remettait sur la route qui rejoignait la N 118 en direction de la porte de Saint-Cloud, quand je compare l'importance qu'ont eue les frères Seigneur dans ma vie il y a vingt-cinq ans et le rôle nul, il faudrait même dire le non-rôle, qu'ils jouent aujourd'hui pour moi, je vois un abîme. Et je n'arrive pas à comprendre non seulement pourquoi tout s'est écroulé ainsi, mais surtout comment cet écroulement a été possible aussi rapidement. Le compte est vite fait, se disait-il, des fois où j'ai eu l'occasion de revoir l'un ou l'autre des deux frères Seigneur, voire de celles où j'ai simplement reçu des nouvelles d'eux. Je me souviens qu'à la fin des années 70, j'avais appris, je ne sais plus comment, que Jean-Michel s'était engagé pour Solidarność au moment de la grande grève des chantiers navals de Gdańsk. C'était l'époque où les badges Solidarność fleurissaient sur le revers des vestons des gens concernés un peu comme, dix ans plus tard, les rubans rouges de solidarité avec les victimes du sida. Jean-Michel était devenu responsable de la programmation cinéma à l'espace culture de la Bouvèche à Orsay. Il était difficile de pousser le militantisme plus loin : il avait programmé autant de fois qu'il l'avait pu *L'Homme de marbre* et *L'Homme de fer* d'Andrzej Wajda, dont une, paraît-il, en présence du réalisateur, dont la venue à Orsay avait été un événement important pour les fidèles de l'espace culture de la Bouvèche, quelque peu attristés, pourtant, que si peu de jeunes soient venus écouter le cinéaste du dégel polonais. Mais Jean-Michel était allé plus loin : il avait épousé Krystina, une Polonaise venue suivre une formation en pharmacologie à la faculté d'Orsay, spécialisée dans l'étude des moisissures. Je me souviens bien que Jean-Michel vivait la moitié du temps à Varsovie où il fréquentait une « communauté de chercheurs et d'intellectuels », comme il m'avait été rapporté. J'imaginais des assemblées tristes dans des cuisines grasses en formica où se réunissaient des bavards en chemise à carreaux, pratiquant l'amour libre en vacances, ramant sur des lacs, torse nu, en bretelles, se disputant en buvant de la vodka et écrivant de longs articles douloureux sur la réorganisation de la société polonaise où apparaissait en relief leur rôle grandiose, impuissant et pathétique, quelque chose de Jean Daniel interprété par un Michel Piccoli encore jeune. D'ailleurs, beaucoup, dans mon imagination, avaient la tête de Michel Piccoli. Tout cela aux petites heures de la nuit dans un grand éclat de rire désespéré, avant qu'ils ne se mettent tous à forniquer.

Je me souviens, se disait Philippe alors qu'il constatait que les grands arbres formant une voûte sur la route de Saclay le long du parc du Commissariat à l'énergie atomique avaient été ratiboisés et qu'on découvrait désormais un plateau tondu, que c'est quand même Nicolas qui m'a servi de porte d'entrée chez les Seigneur, même si ensuite j'ai mieux connu Jean-Michel, qui était en terminale D au lycée Blaise-Pascal alors que j'étais en seconde A2. Sous l'impulsion de Mme Grünewald, un professeur de français, le club théâtre avait monté une production de *Peinture sur bois*, une pièce écrite par Ingmar Bergman, qui avait servi de matrice au *Septième Sceau* (le film où figure la scène kitsch de la partie d'échecs avec un personnage représentant la Mort). Nous la répétions à la maison des jeunes et de la culture de Bures-sur-Yvette, où Nicolas Seigneur s'occupait de la lumière et de la sonorisation. Passionné de bruitages, qu'il réalisait sur un magnétophone à bandes Revox de qualité « professionnelle », il avait introduit dans le spectacle des effets de tonnerre, de hululements et même de grincements de portes diaboliques, en stéréo, que Mme Grünewald trouvait « quand même un peu exagérés ». Au lycée, Jean-Michel jouissait d'un prestige comparable ; il faisait partie de la bande des « agitateurs » que le proviseur, M. Leloup, et son équipe jugeaient extrêmement dangereux. On les accusait d'avoir tenté de mettre le feu à la salle de sciences naturelles, d'avoir attaqué de nuit la grille du lycée au chalumeau, d'avoir couvert de dessins obscènes les tableaux de toutes les salles du deuxième étage, et dans tous les cas c'était vrai.

Partir en vacances avec les Seigneur fut une expérience à laquelle je prêtais à l'avance des pouvoirs magiques, se rappelait Philippe. J'étais monté dans leur car Volkswagen comme dans la camionnette d'un cirque ambulant. Henri promenait, rentré dans son collier de barbe, un sourire bienveillant mais vigilant sur la jeunesse qui l'entourait, comme s'il lui incombait une petite part de responsabilité quant à l'avenir de la société que ses fils et, par ricochet, les copains de ses fils représentaient à ses yeux. Je ne suis pas loin de penser, se disait

Philippe en ralentissant à l'entrée du premier rond-point de la route de Saclay, que si Henri autorisait ses fils à conduire son engin sans permis, qui plus est sur de très longues distances, c'est parce qu'il considérait qu'ils appartenaient à cette jeunesse nouvelle appelée à régénérer le monde et qui, par son caractère désigné, devait déjà jouir, pour ainsi dire par anticipation, de tous les droits.

Rien ne fut normal dans ce voyage vers Le Croisic où était amarré le voilier d'Henri. Il n'était pas question d'emprunter la nationale, il fallait faire tout le trajet « par les petites routes », celles qui étaient indiquées en jaune, voire en blanc avec des tracés étroits comme des brindilles, et qui traversaient de mini-assemblages de parallélépipèdes noirs qui ne portaient parfois aucun nom. La traversée des hameaux les plus ternes suscitait des fous rires chez les frères Seigneur : le nom des cafés, les enseignes, l'air hébété des habitants devant ce car Volkswagen tout blanc... Chacun des deux frères Seigneur prenait le volant à tour de rôle tandis qu'Henri, absorbé par la lecture de la carte, livrait de sa voix claire, qu'il articulait comme celle d'un débatteur à France Culture, des indications d'une précision extrême sur le nom des différents villages à traverser et le kilométrage restant jusqu'à l'embranchement où il fallait bifurquer.

Au fond, se disait Philippe, Solange et Henri n'étaient pas à proprement parler les parents des frères Seigneur : ils faisaient plutôt office d'entraîneurs. Ils leur offraient un cadre, un site, des accessoires : un car Volkswagen, un petit port breton, un voilier. À eux d'intervenir. Les frères Seigneur étaient très forts pour se fixer des objectifs déconcertants : escalader un réverbère, faire des demandes incongrues à un commerçant («Où qu'elles sont, les liquettes?» avait demandé Jean-Michel à une vendeuse dans un Prisunic à Château-Landon. «Là où y a les bénards», avait répondu celle-ci du tac au tac). Solange, qui bricolait toujours un truc la gitane au bec, ressemblait plus à un machiniste homme qu'à une mère. En fait, Henri regardait ses fils agir à la façon de l'imprésario d'artistes de cirque, avec la charge de deux acrobates-gagmen : il se réjouissait de leur fantaisie, des bons tours dont ils allaient régaler le public. Il avait chez lui, sous sa responsabilité, deux exemplaires de cette génération chargée de réenchanter le monde. Conscient du privilège de les abriter sous son toit, il les contemplait avec une fierté modeste.

Un monument aux morts sur une placette de village morte à neuf heures du soir, pavoisée pour le premier mai : difficile d'imaginer un terrain plus ingrat pour une prise de possession radicale par les frères Seigneur. Et pourtant ils y arrivèrent. Jean-Michel, acrobate en toutes circonstances, enjamba la grille symbolique et escalada la stèle. Il fut aussitôt rejoint par son frère qui, lui, s'empara des deux drapeaux tricolores croisés au sommet. Ils les descendirent jusqu'à Philippe qui, pour la première fois de sa vie, avait entre les mains un drapeau bleu blanc rouge, un de ces machins qu'on voit toujours de loin, ou en photo, et dont on n'imagine ni le toucher ni la consistance. La hampe, étonnamment légère, était gainée d'une laque bleu marine et ressemblait à une grosse baguette de tambour tenue par un clown; elle se terminait à la pointe par une espèce de dard ridicule en fer-blanc qui se pliait entre les doigts, comme un cadeau Bonux. Le tissu du drapeau était également minable, transparent comme de la charpie. Étranglant un fou rire, les frères Seigneur rapportèrent les drapeaux dans le car Volkswagen. Henri ne put s'empêcher de faire une grimace de désapprobation, mais il se ressaisit vite comme si, pour réinventer le monde comme il leur en reconnaissait la charge, ses fils devaient décidément en passer par des actes déconcertants. Henri et Solange cachèrent les drapeaux sous un tas de plaids à l'arrière du car. Philippe pensait que si les gendarmes fouillaient la voiture et les découvraient, les conséquences seraient dramatiques pour eux tous, pas moins graves que s'ils transportaient un explosif prévu pour faire sauter un commissariat.

3

À la réception après l'enterrement, Jean-Michel Seigneur regarda Philippe fixement. Il avait changé de monture de lunettes. Une touffe de fines algues grises et onduleuses en guise de cheveux. Quelque chose dans la bouche, comme une grimace de gêne adoucie, évoquait Solange. Philippe avait appris par le carnet du *Monde* que sa femme polonaise, Krystina, était morte il y avait environ un an. Qu'est-ce que ça voulait dire, vivre avec une ex-dissidente polonaise quand Walesa était devenu gros comme une outre et s'était révélé une espèce de paysan catholique borné, heureux d'être conduit en Mercedes et invité à des sommets internationaux, sorte de conférencier combinard menant sa barque comme le chef d'une mission évangélique américaine ? Peut-être, une fois que pour Krystina il n'y avait plus eu de publications clandestines à « faire passer à l'Ouest », emplies de longs textes chargés d'imprécations antigouvernementales et de prédictions sinistres sur l'avenir de la Pologne, accompagnés de photomontages et de dessins satiriques (comme la tête de maquignon du Premier ministre engloutissant une bouteille de vodka, perché sur la tourelle d'un char de l'Armée rouge où se prélassaient des filles aux seins nus, la culotte marquée du signe « $ »), peut-être, alors qu'elle élevait sa fille unique avec Jean-Michel, avait-elle sombré dans l'ennui et tenté de surmonter sa déprime en s'associant à une équipe d'informaticiens pour monter un site Internet où le même genre de satiristes faisaient le même genre de dessins ou photomontages qu'il y a vingt ans, mais avec un graphisme numérisé et la possibilité de cliquer sur la tourelle du char (cette fois de l'OTAN) pour faire apparaître le Premier ministre travesti en Madonna. Peut-être avait-elle eu la force, malgré sa fille qui devenait adolescente et lui posait des problèmes (insolence, langage aboyé emprunté aux rappeurs, intérêt excessif accordé aux différents modèles et marques de téléphones portables), de continuer, malgré son cancer et sa chimiothérapie, à discuter tard après le dîner de la préparation de son site polskadot, dévolu aux nouveaux créateurs de la Pologne, graphistes, photographes, dessinateurs, dans lequel elle refusait avec acharnement qu'il y ait des liens hypertextes avec des hôtels et des circuits touristiques («Personne ne veut faire de tourisme en Pologne, disait-elle. Il n'y a pas un pays au monde où il y a moins de jours d'ensoleillement par an. Tout ce que les gens veulent savoir avec la Pologne, c'est où était Auschwitz. Ils veulent savoir où se trouvait Shoah-City, c'est ça qui les intérese. Qu'est-ce que vous croyez avec le tourisme en Pologne ? Que les gens, ils ont envie de visiter le village d'enfance du pape ? »). Peut-être avait-elle encore eu le temps de s'occuper de ça avant son dernier séjour à l'hôpital, après qu'elle eut été retrouvée inanimée par terre, en tablier sur le carrelage de sa cuisine, par sa fille revenue du lycée. Ou bien s'était-elle suicidée, on ne sait jamais ces choses-là quand on perd les gens de vue.

Jean-Michel Seigneur avait l'air de quelqu'un qui avait été récemment hospitalisé quelque temps en psychiatrie pour un problème bénin, mais qui allait désormais beaucoup mieux. Quand nous étions partis, se rappelait Philippe, retrouver les frères Seigneur en juillet 1975 dans une villa près de Toulon qui appartenait aux parents de Virginie Weber, la copine de Nicolas Seigneur, Jean-Michel m'avait fait l'impression d'un surhomme. Lui et sa copine, qui était alors Corinne L'Helgouarc'h, s'étaient tout de suite mis à poil dans les Calanques. Je sentais, se disait Philippe, que Nicolas hésitait un peu, ce n'était pas trop son genre, mais il avait tourné le truc à la rigolade, genre provocation libérée, en faisant le poirier sous l'eau, les fesses nues au ras des vagues, le temps que tous le remarquent et éclatent de rire. Pendant les moments de calme où tout le monde bronzait tranquille, Nicolas beuglait de temps à autre « Le Chien » de Léo Ferré (« Un chien, quand il sent de la compagnie, y s'dérange / Il pose son os comme on pose sa cigarette »). Et puis un curieux bruit s'était fait entendre. Jean-Michel Seigneur, couché sur Corinne L'Helgouarc'h, montait et descendait sur elle. Chacun les regardait du coin de l'œil avec une espèce de sympathie cool et détachée. Lorsqu'il eut fini et que Corinne eut poussé quelques soupirs bien sonores, Nicolas s'était dressé et mis à applaudir en gloussant.

Même si Jean-Michel avait tendance à marquer son territoire en manifestant une plus grande audace physique, c'est la figure de Nicolas qui m'a quand même le plus marqué, se disait Philippe. C'est quand même de lui que je cherchais à imiter chaque acte, chaque intonation, dont j'imaginais toujours, face aux remarques humiliantes de mes professeurs, une repartie cinglante. Nicolas Seigneur. Rien que prononcer les syllabes de son nom. Pour moi, les autres appartenaient à une sous-catégorie de l'humanité tout simplement parce qu'ils ne l'avaient jamais vu et qu'ils ne savaient même pas qu'il existait. Je disais « Nicolas Seigneur », et c'était pour moi un talisman : je me projetais ainsi dans un ordre supérieur auquel ils n'auraient jamais accès. Les parents de Virginie Weber, qui avaient prêté leur villa de Tourrettes à leur fille et à ses copains, étaient des nudistes protestants. Virginie et son frère Sylvain partaient chaque été dans un camp de nudistes protestants, voilà à peu près tout ce que je savais. Dans la maison des Weber, il y avait un disque d'airs d'opérette, dont l'un, interprété par Luis Mariano, enchantait les frères Seigneur, surtout Nicolas qui, aux moments les plus inattendus, en chantait à tue-tête un passage au hasard : « La vie qui va, qui nous prend par lé bras / Oh la la la, mais cé magnifi-queu ! » Un passage particulier provoquait l'hilarité générale, celui qui évoquait une « loune dé miel à Couba », à une époque où l'existence du Buena Vista Social Club aurait paru aussi plausible que la tenue, de nos jours, d'un festival du film échangiste à Pyongyang.

D'ailleurs, quand j'y repense, se disait Philippe, c'est une divergence à propos de la musique qui me fit entrevoir la nature différente de la sensibilité des deux frères Sei-

35

gneur. Nicolas avait trouvé au Radar de Toulon les *Basement Tapes* de Bob Dylan : la version approuvée par Dylan lui-même des chansons qu'il avait enregistrées après son accident de moto, vers 1967-1968, dans la cave de sa maison à Woodstock, où il vivait en communauté avec les musiciens du Band et leur famille. Des enregistrements pirates avaient circulé, notamment sous la forme d'un double album, *The Great White Wonder*, que Nicolas était arrivé à se procurer chez Music-Action, à Paris, mais que quelqu'un lui avait dérobé dans le préau du lycée d'Orsay, à l'heure de la cantine, sur l'étagère où il avait rangé son classeur et sa pile de livres tenus par un gros élastique orange. La pochette montrait des adultes jouant aux enfants dans un grenier, figés dans une espèce de fête triste : l'un arborait un clairon, l'autre une grosse caisse, ou quelque chose dans ce genre. L'ensemble dégageait une espèce de fantaisie glauque, sorte de fanfare des Beaux-Arts polonaise. Nicolas essayait d'écouter ce disque avec sérieux, mais Jean-Michel relevait le bras de la platine au milieu d'une chanson pour remettre « C'est magnifique ». Nicolas se foutait bien que le disque soit ennuyeux. C'était Dylan, et il fallait l'écouter dans l'ordre. Recommencer l'expérience de zéro, morceau 1 face A, jusqu'à ce que quelque chose se passe.

Mais pour Jean-Michel rien ne se passait. Il ouvrait vite un journal, ou quittait la pièce. À l'imitation de Nicolas, Philippe restait seul dans le salon des nudistes protestants à écouter ce disque dans la pénombre des volets clos, comme un enfant malade obligé de suivre un traitement particulier pour les yeux.

La première à disparaître du paysage fut Virginie Weber, la copine de Nicolas, la fille des nudistes protestants. Elle fabriquait et décorait des boîtes. Elle avait commencé en collant des mini-perles achetées à la Compagnie de l'Orient et de la Chine ou dans des boutiques indiennes du Quartier latin sur de petites boîtes d'allumettes qu'elle offrait à ses amis. À la Pâtisserie Viennoise, rue Monsieur-le-Prince, près du Luxembourg, où elle fixait généralement rendez-vous à ses copines, elle avait fait la connaissance de Jordi, un étudiant américain qui portait des salopettes. Il avait une queue-de-cheval, des dents de devant écartées et se plantait devant tout le monde comme un touriste examinant une œuvre d'art mentionnée en caractères gras dans son guide. Au cours d'une conversation interminable, se souvenait Philippe, je me rappelle que Jordi avait longuement exposé à Virginie ses vues sur les boîtes qu'elle fabriquait, tandis que tout le monde était occupé à couper en dés l'amas des cinq kilos de patates qu'il avait achetées à un marchand dans une roulotte au bord de la départementale, parce que, au cours d'une promenade, il s'était planté devant les sacs de jute et avait trouvé les patates « super-magnifiques », ce qui avait suscité un échange d'un quart d'heure en gestes et en mots approximatifs avec le marchand dont l'expression vaguement douloureuse signifiait qu'il se demandait avec inquiétude s'il avait affaire à un crétin ou à un bienfaiteur de l'humanité. Jordi s'efforçait par devoir de parler la langue du pays d'accueil et de ses hôtes, les Seigneur, ces gens formidables qui l'accueillaient. Il émettait une succession de sons qu'il semblait avoir beaucoup de peine à prononcer. Parfois, il achoppait sur un mot et fixait avec une concentration rageuse la patate qu'il cessait de couper en dés. On aurait dit que le but visé par cette opération, la prononciation de mots français, était l'expulsion d'un objet coincé au fond de sa bouche, mais qu'elle comportait un risque, la déformation irréversible de sa mâchoire. De plus, c'était malheureux comme effet, mais son élocution pénible donnait à ses phrases le ton d'un justicier dans un feuilleton télévisé confondant un traître qu'il était arrivé à coincer dans cette cuisine.

« JEUY... twouuve... tëï BWAAT... soupèwe magnifiques... »

Virginie souriait avec un petit air triste.

« What ? NAOON ? Tou néï pas décowe que TÉÏ BWAAT alles sonntes fonne-tas-tiques ? Éï twa, Philip, tou néï pas décowe que léï BWAAT de Veuwginie alles sônntes fônntastiques ? » On avait l'impression qu'il allait se mettre à pleurer.

« Ça me fait plaisir ce que tu me dis, Jordi, mais mes boîtes, c'est juste des trucs que je fabrique pour mes amis...

— Yes, téïz amis, right... Méï le monn-de enne-tièwe ils sônn-tes téïz amis... Toute le monn-de ils dwave connètwe téï BWAAT !... Touwtes téïz amis de la Tèwre !

— Quoi ? Tu veux que je fasse du commerce avec ? Mais c'est pas du tout mon ambition ! Ah, t'es bien américain, toi, tiens... »

Jordi lâcha le couteau et la patate qu'il pelait et leva les bras au ciel dans un grand geste figé. C'est le moment où Nicolas fit irruption. Amusé par l'accent vertueux de la réplique de Virginie, il l'enlaça par-derrière en lui plaquant les mains sur ses seins, et déclama en chantant : « Oh la la la ! Mais c'est magnifi-queu ! » À ce spectacle, Jordi renversa subitement la tête en arrière en fermant les yeux, la bouche grande ouverte dans un mouvement de crispation, comme s'il était pris de suffocation. Il avait deux gros plombages. Puis il se mit à promener les yeux autour de la pièce, un peu comme j'ai vu Michael Douglas le faire plus tard dans un rôle d'avocat.

« Je neu pawle pas leuï commeuwce, je pawle que TWAA tou â leu TALAN-NTE pour fèwe oune COMMOUNICATIONNE ! »

C'est seulement en 1978, se rappela Philippe alors qu'il descendait la bretelle en courbe menant à la N 118 et qu'un bouchon monstrueux s'annonçait, que j'ai appris par Nicolas Seigneur que Virginie avait vécu quelque temps avec Jordi dans un refuge pour animaux quelque part dans le New Jersey. À un moment donné, Jordi avait fait office de roadie pour un groupe de country rock, Orleans. Virginie avait eu une histoire avec le chauffeur du camion, un Noir avec des convictions religieuses très fortes qui lui avait fait prendre du speed. Après, elle avait disparu quelque temps jusqu'à ce que Nicolas reçoive un coup de fil d'elle. Sous l'influence du Noir qui prenait du speed, elle s'était mise à fabriquer de petits bijoux en ferraille qu'elle vendait dans la rue. Convertie à l'islam, elle avait changé de nom et se faisait appeler Divina Powers. Aux dernières nouvelles, elle était devenue mendiante et on avait perdu sa trace.

4

Au milieu des années 70, les journaux destinés à la jeunesse s'ouvrirent au courant contestataire. Ils n'avaient pas le choix : l'ignorer, c'était s'y opposer, et s'y opposer, c'était disparaître. Le plus avancé d'entre eux, *Pilote*, changea de formule et adopta un nouveau sous-titre : « Le journal qui s'amuse à réfléchir. » Divertir était passé de mode ; il fallait donner le spectacle de sa propre « remise en question ». Dans une nouvelle rubrique intitulée « Actualités » qui fit son apparition en ouverture du journal, de jeunes dessinateurs et « scénaristes » blaguaient gentiment sur les sujets d'actualité : leur portrait, caricaturé par eux-mêmes, apparaissait dans un médaillon au-dessus de leurs BD, révélant généralement un sourire hilare, une abondante chevelure ondulée avec barbe et moustache et des lunettes à grosse monture. Ils faisaient penser à des pions qui auraient voulu ressembler à

Frank Zappa ou George Harrison. Futur cinéaste, Patrice Leconte publia quelques histoires dessinées dans ces pages : elles étaient exécutées avec un trait et un lettrage faussement naïfs, avec de gros amas d'encre noire. Elles se caractérisaient par un humour crispé à la tristesse grisâtre, prétendant à la sophistication, dont il ne se dégageait aucun intérêt. Reiser et Cabu collaboraient à ces pages, mais ils devaient retenir beaucoup de leur violence — jugulée par le directeur-proviseur de *Pilote*, René Goscinny — dont ils se déchargeaient dans *Charlie Hebdo*.

Un des genres alors favorisés par *Pilote* était la caricature. Son outrance bon enfant s'accordait bien à cette espèce de thérapie par la dérision à laquelle se livraient toutes les personnes que Philippe admirait, comme Nicolas Seigneur : une caricature se passait de mots, elle éludait toute attaque directe. Dessiner Belmondo avec la tête d'un singe, c'était un bon compromis entre le cruel, devenu nécessaire, et le fade, où il vaut toujours mieux se retrancher en France tant sont nombreux les gens prêts à se vexer. *Pilote* avait inauguré en dernière page une série en couleurs, numérotée, intitulée « Les Grandes Gueules de Pilote ». Ces caricatures dessinées à la plume par Ricor, Morchoisne et Mulatier se retrouvaient punaisées dans les salles de classe, au nom de la liberté d'expression des jeunes. C'était devenu un genre à part entière ; les soldeurs du boulevard Saint-Michel en vendaient des agrandissements, et la grande presse soucieuse de ne pas perdre le contact avec la jeunesse en mouvement, comme *L'Express*, embauchait les dessinateurs de *Pilote* pour faire des caricatures d'hommes politiques : Chaban-Delmas, Jean Royer, Alain Poher, Jean-Jacques Servan-Schreiber.

Nicolas Seigneur commença à reproduire à la plume la pochette d'un album de Cat Stevens, *Teaser and the Firecat*. Il mit les couleurs, imita le lettrage : c'était parfait. Après un bac littéraire médiocre, passé de justesse grâce à une excellente note en anglais et quelques points en gym, il fut admis au concours d'entrée aux Arts décoratifs. Là, il suivit les cours d'Henri Cueco, un des représentants de ce qu'on appelait alors la figuration libre. Cueco utilisait une technique de projection de diapositives pour réaliser des fresques avec ses élèves, en général des photos de groupe, ou plutôt de masse : manifestants, foules en colère, peuple en liesse... On traçait les contours au crayon, comme au calque, et on posait ensuite des à-plats de couleurs vives en acrylique. Un des exemples d'application de cette technique fut le grand mur dit « mur RTL » qu'on pouvait encore voir dans les années 80 à l'entrée du hideux quartier Beaugrenelle, à Paris, à côté de la station BP, « hommage de RTL à ceux qui ont fait le xxe siècle », ou quelque chose comme ça, avec des centaines de têtes, dont Albert Einstein, Jean-Paul Sartre ou Johnny Hallyday, et à la place duquel on voit maintenant une maison du Japon tout en verre et en métal, apparemment très propre à l'intérieur aussi. Kiki Picasso, qui devint le propagandiste décalé de Jack Lang, popularisa largement cette technique.

Il me semble, se disait Philippe qui avait vu de loin sur un portique, à travers le crachin, peu après la bretelle d'entrée, l'inscription « N 118 > BP bouchon = 5 km », que les débuts de Nicolas Seigneur s'étaient faits de manière accidentelle, comme à peu près toutes les choses qui se passaient à cette époque. Nicolas avait rencontré Bernard Godmuse à une soirée à la maison des jeunes et de la culture de Palaiseau, peut-être en 1976. Jean-Michel avait organisé un concert de soutien pour la libération du mathématicien Leonid Pliouchtch, un dissident soviétique dont Georges Marchais faisait exprès de prononcer le nom n'importe comment. Il était question de la venue de Paco Ibañez et de Colette Magny et, mais ça restait à confirmer, de François Béranger. Évidemment, le maire communiste de Palaiseau chercha comme il le put à décourager les organisateurs de cette soirée : il prétendit que les normes de sécurité n'étaient pas réunies pour ce genre de spectacle, ou encore que l'alimentation électrique de la MJC était insuffisante pour des matériels qui eux-mêmes « n'étaient pas aux normes », c'était son argument. Jean-Marie Béruchet, un militant du PSU qui venait, après le congrès d'Épinay de 1972, de rejoindre le PS, un assistant en mathématiques à la faculté d'Orsay avec qui les Seigneur faisaient du voilier, qu'ils appelaient « Béruche » et dont le chien avait sympathisé avec le leur au marché de Gif, éplucha le règlement des MJC et adressa un courrier de trois pages, tapé à la machine à la section syndicale du SNESUP, pour démontrer la nullité juridique de l'interdiction qui frappait le concert de soutien à Leonid Pliouchtch. Le maire de Palaiseau, voyant qu'il avait affaire, selon son expression, à un « chieur intrinsèque », laissa tomber.

Deux femmes surveillaient l'entrée assises sur des chaises de lycée placées derrière un alignement de tables de classe : l'une avait de grosses lunettes, comme Nana Mouskouri, et une robe longue violette avec des taches brunes informes, comme de gros papillons marron écrasés sur un pare-brise ; elle faisait du crochet. Punaisée derrière elles, une grande banderole « Liberté immédiate pour Pliouchtch ! Signez maintenant » pendouillait. Une cagnotte en ferraille était posée sur la table. Les deux femmes fixaient d'un air narquois les lycéens qui entraient sans même jeter un œil à la pétition. Ni Paco Ibañez ni Colette Magny, annoncés par la rumeur mais pas par l'affiche, ne s'étaient déplacés. Quant à François Béranger, Jean-Michel Seigneur dit en gloussant le soir même qu'il ne savait pas qui avait fait circuler ce bruit, mais qu'il n'avait jamais été question qu'il vienne.

À la place, il y eut Délirium. Délirium, c'était le groupe de Bernard Godmuse, un type de terminale B qu'on voyait souvent assis dans le recoin le plus obscur du préau à rouler ses cigarettes tout seul. Il jouait de la guitare assis en tailleur, improvisant, la tête penchée comme un cheval. Un jour de grève au lycée, il avait improvisé dans la salle du foyer pendant deux heures d'affilée, comme Ravi Shankar. Son groupe était une sorte de Gong miniature : il y avait un saxophoniste de jazz à la tête d'espion de l'Est, avec un sous-pull moulant vert pomme en acrylique et des lunettes en écaille ; un autre, qui s'était trouvé une vraie chasuble de moine avec une capuche, jouait d'un harmonium qu'il avait amplifié lui-même et sur lequel il semblait placer les mains au hasard, levant haut les bras dans de grands effets de manche. Comme la voie était libre étant donné qu'aucune des vedettes annoncées n'était venue, Délirium avait joué plus de quatre heures.

Dans la salle de la MJC, vers onze heures et demie du soir, les premiers rangs formés par une centaine de chaises de classe environ, initialement occupées par des adultes, s'étaient pratiquement vidés. Au deuxième rang pourtant, un peu sur le côté, absorbés dans une expression de concentration intense traduisant le désir bienveillant de comprendre, restaient encore M. et Mme Seigneur. Seuls quelques profs et un peu de personnel municipal demeuraient éparpillés dans la salle, par devoir professionnel ou souci de surveillance. Situés à un poste stratégique leur permettant de regarder à égale distance vers les quatre points cardinaux, se tenaient, les bras croisés, deux hommes de main du maire de Palaiseau, deux rougeauds à l'allure de déménageurs. Ils se retournaient régulièrement vers l'arrière de la salle, plongée dans la pénombre. Ils paraissaient s'inquiéter des points lumineux des cigarettes, étonnamment proches du sol, qui tremblotaient au pied du projecteur de diapositives actionné par Nicolas Seigneur. En guise de light show, il glissait dans l'appareil des morceaux de calque rouge, jaune, bleu, et les retirait in extremis lorsqu'ils finissaient par fondre en dégageant une odeur inquiétante. Quelques couples, étendus dans les coins, enroulés dans des capes et de longs manteaux, en profitaient. Un type dont on ne voyait pas la tête, enfouie dans la capuche de son duffle-coat, était couché au milieu d'une rangée éclairée comme un clochard dans le métro, occupant cinq chaises. L'un des deux déménageurs finit par s'endormir la bouche ouverte, la tête renversée en arrière.

Délirium s'arrêta brusquement de jouer; le courant avait sauté. Celui-ci fut heureusement rétabli quand Godmuse et sa troupe eurent achevé de convoyer leur matériel hors de la MJC. Les quelques adultes restés là, parmi lesquels se trouvaient les Seigneur, s'étaient révélés les plus endurants. Ils se congratulaient, soulagés. Surgi de nulle part, Jean-Marie Béruchet, que personne n'avait vu dans la salle, serra des mains. Il s'esclaffait et parlait fort. Il félicita Nicolas Seigneur devant témoins pour ses projections de fonds de couleur gluants. Il était accompagné de Robert Dosse, qu'il présenta comme un des anciens animateurs de *Politique Hebdo*, un journal qui suppliait régulièrement ses lecteurs de lui envoyer de l'argent par chèques et mandats-cartes pour ne pas disparaître « étouffé par la pire des censures, celle de l'argent», ce qui finit pourtant par lui arriver. Robert Dosse

était à présent associé à la préparation d'un
« grand quotidien populaire de gauche non
communiste, dans la tradition du *Populaire* de
Léon Blum », disait-il. Il monta sur la scène
comme pour montrer que l'insolence et la
spontanéité n'étaient pas l'apanage des jeunes
gens : avisant un gros bidon d'essence rouge
transformé en instrument de percussion que le
batteur de Délirium s'apprêtait à récupérer, il
donna un coup de pied dedans en rigolant :

« Il est plein, ce bidon ? »

Jean-Marie Béruchet fit à Robert Dosse
l'éloge de Nicolas Seigneur : ce garçon avait
aussi un talent formidable de caricaturiste.
Robert Dosse alluma un cigarillo et le regarda
en plissant les yeux :

« Des caricatures ? Quel genre ?

— Pas d'un genre défini, répondit Nicolas
comme pris au piège. J'aime bien les dessinateurs américains comme Robert Crumb ou
Gilbert Shelton, qui dessine les Fabulous
Furry Freak Brothers. »

Robert Dosse le regarda d'un air perspi-
cace.

« Ah oui ? Pourquoi américains ? »

Nicolas se lança à l'aveuglette dans une sortie enthousiaste.

« Ils sont complètement en dehors du système ! Ils ont créé leur propre réseau de
comics, ils se font distribuer dans des librairies

parallèles et sont proches des musiciens underground comme Jefferson Airplane ou Grateful Dead. »

Robert Dosse ne comprenait manifestement pas un mot à ce que racontait Nicolas, qui brodait et inventait au fur et à mesure, mais c'était apparemment le fait de ne rien y comprendre qui l'excitait le plus dans le discours de Nicolas. Il sortit un stylo plume de son veston et nota un nom et un numéro de téléphone qu'il connaissait par cœur sur la dernière page du *Monde* dont il déchira sans hésiter un large quart. Les lettres noires bavaient au point d'être à peine lisibles.

« Appelez Richard Zarafian de ma part. Il lance un nouveau journal et il cherche des gens qui ont envie de foutre un bon bordel... » On sentait que Robert Dosse ne s'exprimait pas comme ça naturellement, qu'il voulait montrer à Nicolas qu'il était de son côté, et bien plus que celui-ci ne croyait. « C'est bien, les caricatures... », conclut-il en lui lançant un sourire complice avant de lui tourner le dos.

Rentré chez lui, Nicolas s'enferma aussitôt dans sa chambre et sortit de son placard sa collection complète de *Politique Hebdo*. C'était un journal chiant à l'extrême dont il avait pourtant acheté, conservé et archivé tous les numéros, sans trop savoir pourquoi. Le journal avait changé de format, perdu des pages ; il ressemblait beaucoup à *Rouge*, avec des articles interminables consacrés aux crimes des multinationales américaines. Il donnait toutes les semaines des nouvelles de l'argent que ses lecteurs lui envoyaient : deux semaines avant qu'il ne cesse de paraître, un de ses derniers titres était « Encore un coup de collier... et *Politique Hebdo* sera sauvé ». Nicolas éplucha six numéros avant de trouver un article signé Robert Dosse. Il finit par tomber, dans la page Spectacles-Télévision, sur une longue attaque contre Roger Gicquel, le présentateur du journal télévisé, intitulée « Cet homme est dangereux ». Il le lut trois fois avant de s'absorber durant un quart d'heure dans la contemplation de l'« ours » du journal, situé dans un rectangle en bas de l'avant-dernière page : « Politique-Hebdo. 12, rue de Nesle, Paris-VI. Directeur de la publication : Paul Fournel. Ont collaboré à ce numéro : Robert Dosse, Antoine Deslauriers, Paul Galibert, Richard Zarafian. » Surexcité, il examina chaque page pour y trouver un article de Zarafian. Dans un coin, il finit par dénicher une critique de *La Dernière Folie de Mel Brooks* signée R. Z., qui se terminait ainsi : « Il faut dire que la façon complètement démentielle dont Mel Brooks lance ses pétards subversifs dans les pattes de l'establishment yankee nous ravit. Elle ravale nos comiques bien de chez nous, les de Funès, Lamoureux et Charlot de chez Guy Lux en béni-oui-oui du giscardisme, bons Français moyens défenseurs de l'ordre et de la morale. Vive Mel Brooks et sa gaudriole antisystème ! Laissez les autres aux ptizenfants et aux nostalgiques Maréchal-nous-voilà ! » Nicolas ne parvint pas à trouver le sommeil : il voyait une ronde infernale d'enfants en short et en béret chantant « Maréchal nous voilà » au *Palmarès des chansons*.

Le type portait un pantalon rayé avec des tennis, et il y avait deux téléphones sur son bureau, dont un blanc. Il avait le haut du crâne dégarni, avec deux ailes de corbeau pendouillant de chaque côté, comme le magicien Garcimore. Placardée derrière lui, une affiche du film *Mr. Freedom* montrait un super-héros américain à l'air ahuri dans un costume grotesque et Delphine Seyrig en espèce de poupée gonflable, en patins à roulettes, portant une culotte imprimée avec le motif des petites étoiles du drapeau américain. Tout en téléphonant, Zarafian toisa Nicolas qui avait revêtu une longue chemise de grand-père, bleu ciel avec de fines rayures noires au tissage artisanal, ornée d'un énorme badge « Legalize Marijuana », ainsi que des sabots chinois laqués. Il lui fit signe d'approcher. En conversation avec un interlocuteur bavard, il hochait la tête d'une façon saccadée en disant à toute vitesse « Ouais-ouais-ouais-ouais-ouais... », outrant une expression d'ennui et d'impatience destinée à marquer sa complicité avec Nicolas.

En le voyant, Nicolas se souvint brusquement que Zarafian avait réalisé un documentaire intitulé *Le Cri des corps*, dont l'affiche avait été censurée par « les pandores de Marcellin », comme l'avait écrit Delfeil de Ton dans *Charlie Hebdo*, parce qu'elle représentait un montage de fesses nues, hommes et femmes confondus, formant une montagne surmontée par le torse d'un barbu hilare brandissant un crucifix. De sa bouche sortait une bulle où était inscrit « Vade retro ! ». Surtout, Zarafian avait produit *Exhibition*, un film consacré à la vraie vie d'une actrice du porno, et qui avait suscité des demandes d'interdiction de plusieurs associations de défense de la famille chrétienne parce que la comédienne y prononçait plusieurs fois le mot « bite ».

Zarafian se leva. Il était plus petit que Nicolas.

« Tiens ! Tu connais ça ? »

Il sortit d'un sac du disquaire Claude Givaudan, marqué d'un large dessin naïf d'éléphant, un 33 tours encore sous cellophane où l'on voyait la tête d'un homme qui ressemblait à Robert Redford, toutes dents dehors, émergeant d'une piscine.

« Robert Palmer! Vraiment ce qui se fait de mieux dans le genre, non? » Nicolas fit une grimace timide qui donna un très bref instant à Zarafian la figure d'un candidat qui vient de se faire éliminer à un jeu télévisé.

Il ne demanda même pas à Nicolas d'ouvrir l'immense pochette Canson qu'il avait baladée dans le train puis dans le métro. Zarafian tomba d'une masse dans un canapé encombré d'une pile de journaux, où Nicolas distingua *La Gueule ouverte* et *Le Film français*. Il fit le signe vague à Nicolas de s'asseoir où il voulait : il n'y avait rien, et ce dernier se cala tant bien que mal sur une autre pile de journaux. Zarafian parlait en regardant le plafond, comme pris d'une espèce de dégoût de la vie.

« Il faut en finir avec les cons, t'es pas d'accord? Hein? »

Il émit une série de gloussements dont le dernier s'acheva au ralenti, laissant résonner une étrange note macabre. Brusquement, il eut l'air de très bonne humeur et se mit à feuilleter de façon désordonnée tous les journaux en pile à côté de lui en les jetant mollement les uns après les autres.

« *Le Nouvel Observateur*! Mon-sieur Jean Da-niel, articula-t-il avec un respect outré avant d'imiter un bruit de chambre à air qui se dégonfle violemment. Pfff... pfff... pfff... Qu'est-ce qu'on en a à foutre des prophéties de Mon-sieur Jean Da-niel sur l'avenir de l'Union soviétique...? Hein? Ah... *Les Frustrés*... C'est bon, ça, *Les Frustrés*, c'est tout à fait ma salope d'ex-femme avec ses copines... *L'Express*! Françoise Giroud de mes deux! La condition féminine! La condition de faire des pipes à Giscard pour toucher un salaire de secrétaire d'État, oui!... Et *La Gueule ouverte*!... Oh la la... (Il prenait une petite voix.) Eh, les copains, y z'ont mis du colorant dans le saucisson!... (Reprenant sa voix normale.) Trois pages et un dessin de merde!... Mais qu'est-ce qu'ils sont chiants, ceux-là, non? Et *Le Film français*? Combien de connards sont allés voir Belmondo en caleçon à cheval sur une locomotive, ça, ils te le disent... Ha! Ha! ha! Hein? »

Il fixa Nicolas brusquement comme pour lui révéler quelque chose de très important.

« Tu sais que dans ce pays on n'est jamais sortis de Pétain? Aujourd'hui on a Monsieur Michel Poniatowski... Monsieur le prince Michel Poniatowski et ses opérations coups de poing dans le métro! Le délit de faciès, c'est un truc qui n'existait même pas sous les nazis, tu te rends compte? Et Marchais, là, avec sa sale gueule... qui va dire aux camarades : "Fabriquons français!"... Ah, on est bien barrés avec l'Union de la gauche... Et l'autre revenant, là, avec son sourire de Dracula, qui a couvert toutes les saloperies, toutes les tortures en Algérie... Ah, ça doit vous faire marrer, tout ça, vous, les jeunes ! »

Il dévisagea brusquement Nicolas comme s'il avait enfin face à lui l'homme qu'il recherchait depuis longtemps.

« Pourquoi on n'a pas des gens qui veulent tout dynamiter en France ? Pourquoi on n'a pas de Fraction Armée rouge, des Baader-Meinhof, hein ? »

Nicolas sentit une boule lui tomber dans le ventre. Il fut traversé par la vision de Hans Martin Schleyer, le « patron des patrons » allemand, la tête bouffie, hirsute, l'air halluciné comme un trépané de la guerre de 14, et qui avait été livré « exécuté » à sa famille. D'un autre côté, Baader, avec son air rusé de prof qui vous fait découvrir des trucs, vous passe des bouquins et emmerde l'administration, ça excitait son désir de violence et de destruction.

« Les autonomes, quand même..., hasarda Nicolas. Ils ne sont pas récupérés... »

Zarafian prit l'air de quelqu'un qui n'arrive pas à se décider.

« Les autonomes, ouais... On va prendre un café ? »

Il fit un signe vers le carton de Nicolas.

« Prends tes trucs, là... »

Zarafian regarda à toute vitesse dans ses

dessins comme s'il recherchait un motif de papier peint. Il s'arrêta à la reproduction à la plume de *Teaser and the Firecat* de Cat Stevens.

« Quel chef-d'œuvre ! » Il connaissait tout Cat Stevens par cœur, il se lança même dans un début d'interprétation de « Wild World » (« Oooh, baby, baby, it's a wild world... ») avec un accent de son invention qui évoquait vaguement un Guadeloupéen enrhumé. Pendant une demi-heure, Zarafian écouta Nicolas lui parler avec enthousiasme de Procol Harum, Robert Wyatt, ainsi que d'un disque de cloches tibétaines. Il nota les noms en lettres bâton sur un carnet, se faisant épeler le titre des disques et les labels. Il pensait que Nicolas avait le pouvoir d'aider à déclencher une insurrection par ses dessins.

« T'as ton bac, toi... T'as des trucs à dire, à gueuler... Je parie que tu es aussi capable d'écrire des trucs sur ce que t'inspire cette société de merde... Regarde-moi ce gros connard qui passe, là, ce bon Dupont Lajoie avec son *Parisien libéré* sous le bras, qui va s'écrouler devant Guy Lux avec Bobonne... Qui va partir en vacances dans sa petite Marina pieds dans l'eau... merci, monsieur Merlin... T'imagines, Merlin, le mec qui a bétonné tous les coins sympas de la Côte d'Azur... Je parie qu'il a arrosé tous les maires de la région pour que de bons Français comme lui puissent tremper leur gros cul dans la Méditerranée qui est encore plus pourrie que ta fosse septique, grâce à la Montedison et à ses boues rouges... Tiens, ça c'est une enquête à faire... Les journalistes de ma génération, je les connais : il faut rapporter la paye à la maison, payer le canapé, le petit voyage en hôtel à la maîtresse... Le gamin qu'il faut mettre dans une sixième pas trop dure, pour qu'il ne se fasse pas chatouiller par des voyous, hein... Peut-être que le député, il peut arranger ça... Et le député, c'est tout bénef pour lui d'arranger ça, parce que le journaliste, du coup, il ira pas mettre son nez dans ses petites magouilles... » Il hocha lentement la tête avec un sourire entendu. Les autres pouvaient rester amorphes ; lui, il allait lancer son magazine pour tout faire péter. Parce qu'il avait des potes qui refusaient de se laisser bâillonner. Et si Nicolas avait aussi des potes, ils étaient les bienvenus, et les potes de Nicolas, même s'il ne les connaissait pas, ils lui inspiraient encore plus confiance que ses potes à lui, parce que sa génération, c'était fini, terminé, *game over*.

5

Bon, se dit Philippe, ça a quand même été une drôle de semaine. Lundi soir, la veille du coup de fil de Jean-Michel m'annonçant la mort de sa mère, je zappais seul à la maison. Sur Euronews, j'ai vu un reportage de la télé allemande sur l'histoire de la MNEF, où je suis tombé sur Béruchet. On n'entendait pas sa vraie voix parce qu'ils avaient dû le doubler en allemand et puis refaire par-dessus la traduction simultanée en français. D'ailleurs, je connais cette voix qui double les reportages sur Euronews, c'est celle du mec qui annonce « Et maintenant, place à l'économie et au sport ! » comme un type en jupette présentant un tournoi de chevalerie dans *Robin des bois*. Philippe se souvenait très bien des débuts de Béruchet. Il avait été élu maire de Gif en 1977, mettant fin à quinze ans de gestion gaulliste. Pierre-André Denizard était complètement défait, réduit à publier une tribune irrégulière dans *Les Nouvelles de l'Essonne* intitulée « À mon avis... », généralement réservée aux politiciens désœuvrés de la majorité giscardo-gaulliste. Pour l'occasion, les Seigneur avaient organisé un pot chez eux. La fête s'était terminée dans le jardin par une bagarre au tuyau d'arrosage entre les frères Seigneur, Béruchet et moi. Je revois, se disait Philippe, la tête hilare de Béruchet en caleçon, recevant le jet à pleine puissance sur les couilles, s'exclamant : « Ah! Qu'est-ce que c'est jouissif! »

Aux législatives de 1981, Béruchet fut choisi pour représenter le PS dans la 5e circonscription de l'Essonne. Denizard, malade, ne s'était pas présenté, et le RPR aligna sans conviction Frédéric Dubus, « vingt-sept ans, responsable agroalimentaire, marié, deux enfants », un moustachu dont la photo électorale, sévère, évoquait un cliché réalisé par la police. Quelques mois après son élection facile, le PS nomma Jean-Marie Béruchet président d'une commission parlementaire chargée de rédiger un « livre blanc » sur la Sécurité sociale. En tant qu'« assistante sociale bien connue de la communauté giffoise », comme l'avait écrit *Solidaire*, l'hebdomadaire municipal de Gif-sur-Yvette, Solange Seigneur avait été invitée à intégrer cette commission. Béruchet l'avait conviée, elle et les autres « travailleurs sociaux » membres de la commission, à un « séjour d'étude » en Guadeloupe. Le clou de ce voyage, Philippe l'avait appris par Jean-Michel Seigneur qu'il croisait encore régulièrement à l'As-Éco de Courcelle-sur-Yvette, avait été une excursion sur un voilier « super-luxueux » que les amis de Béruchet, des syndicalistes marseillais très sympas qui participaient depuis longtemps à la gestion de la MNEF, avaient mis là-bas à sa disposition. Il était offert en prime, à chaque membre de la commission, une initiation personnalisée à la plongée sous-marine.

Très vite, Solange avait compris que « Béruche déconnait », comme Jean-Michel l'avait rapporté à Philippe. En fait, Béruchet était devenu fou de rage en apprenant que les fabiusiens avaient torpillé sa nomination au poste de secrétaire d'État aux Affaires européennes, alors que, pourtant, « ça faisait partie des choses qui avaient été négociées dès 1980, et que ça valait bien la peine d'avoir planté un couteau dans le dos à Rocard, qui était quand même le plus capable d'éviter les conneries au pouvoir, si c'était pour qu'il se retrouve à donner des conseils que, de toute façon, ils n'allaient pas suivre parce que la Sécu, avec la Questiaux, c'était la chasse gardée de Mitterrand ». Tout cela avait aigri Béruchet, et, concluait Jean-Michel avec une grimace, ça l'avait poussé vers une « fuite en avant ».

Sur quelques photos en gros plan publiées par *Libé*, il était visible que Béruchet avait pratiquement perdu tous ses cheveux. Mais là, à la télévision, on s'apercevait qu'il avait carrément doublé de volume. Le cabinet de conseil créé par Béruchet, Partenaires Santé, avait commencé par réaliser des brochures pour la MNEF avant d'émettre des « recommandations » et de proposer des « axes de réflexion » dont la mise en pratique nécessitait à son tour de nouveaux « conseils », toujours émis par Partenaires Santé. Sur Euronews, l'intervieweur invisible demandait à Béruchet si sa position de député n'avait pas pesé sur les choix de la MNEF, qui avait sollicité les conseils de sa société plusieurs fois en deux ans, ce qui n'aurait peut-être pas été le cas, demandait-il prudemment, s'il n'avait été qu'un « simple acteur de la société civile ». Les questions étaient de qualité : intervieweur et interviewé prenaient leur temps, il y avait des silences, on se serait presque cru sur Arte. En même temps, il y avait quelque chose de triste, parce que Béruchet, quoique âgé de quarante et quelques années, paraissait interrogé au titre de témoin historique, comme un homme politique à la retraite. Il était filmé en plan moyen dans une pièce dont le désordre évoquait une généreuse activité solidaire plutôt qu'une gestion froide et capitaliste, les mains posées à plat sur un bureau encombré de dossiers. Derrière lui, on distinguait un fac-similé encadré de la couverture de *L'Aurore* avec le titre « J'accuse, par Émile Zola » aux grandes lettres noires. Face à un journaliste étranger, Béruchet se sentait à l'aise pour prendre les choses de haut : il faisait des confidences amusées, pleines de sagacité, sur la vie politique en France, cherchant à susciter chez son interlocuteur une complicité amusée. En France, confiait Béruchet, on soupçonne d'abord et on juge ensuite. La MNEF était indépendante. Si ses responsables avaient choisi à plusieurs reprises Partenaires Santé, c'est parce qu'ils estimaient ce cabinet plus compétent qu'un autre.

« Lorsque vous contactez une entreprise pour faire des travaux chez vous, c'est plutôt un élément rassurant que celui qui la dirige soit engagé dans la vie publique, qu'il soit simple conseiller municipal, maire ou, pourquoi pas, député... C'est dans son intérêt d'être irréprochable au sein de son activité professionnelle, mais c'est aussi dans celui du client. Un particulier a le droit — et l'intérêt ! — de suivre cette logique quand il choisit une entreprise, alors pourquoi la MNEF n'aurait-elle pas le droit de la suivre ? » disait-il en ouvrant les bras dans un geste d'évidence. Le journaliste semblait approuver de façon muette. « C'est une chose que vous, les Allemands, vous comprenez, alors je ne vois pas pourquoi les Français ne la comprendraient pas. Il est temps que ce pays sorte de l'ère du soupçon », tranchait Jean-Marie Béruchet avec un sourire qui en disait long. Cette phrase avait beaucoup plu à l'auteur du sujet, qui l'avait retenue pour conclure, alors que l'image montrait un plan fixe de « J'accuse ».

Et c'est drôle, se rappelle Philippe, parce que, en zappant après, je suis tombé sur une émission avec des critiques de cinéma, ça devait être sur la Cinquième, où ils parlaient de Nicolas Seigneur qui, comme ils disaient, « avait une actualité », puisque, pour la première fois, il passait du théâtre au cinéma. Une fille avec des cheveux teints très courts et un pull noir serré, avec pas de seins, disait que « le *travail* de Nicolas Seigneur (elle appuyait sur ce mot, "le travail", elle voulait préciser que l'idée qu'il faisait ça juste pour s'amuser ne l'avait jamais effleurée) était quelque chose de complètement honnête et radical à la fois, et que son *travail* avec les actrices était profondément troublant, et qu'il était même arrivé à tirer de... ... (là, elle a dit un nom féminin que je n'ai pas retenu) des montagnes d'expressivité, et je peux vous dire que ce n'est pas une mince affaire ». En prononçant cette dernière phrase, elle avait jeté un petit regard mutin à la ronde : plusieurs critiques juchés sur des tabourets de métal gloussèrent devant ce qui évoquait un présentoir vide de chez Habitat. Le présentateur apparut en gros plan et fit une petite grimace gourmande, faussement choquée ; il ressemblait à un pharmacien dans un quartier chic. Un autre à l'air sale parlait bas d'un air contrarié. Il portait des baskets compliquées. Il avait vu plusieurs spectacles de Nicolas Seigneur qu'il avait apparemment beaucoup appréciés, mais il en parlait avec une gravité inquiétante, comme si l'évocation de chacun de ces spectacles était celle d'un malade incurable dans sa famille. Il ne mettait pas en doute le « désir de cinéma de Nicolas Seigneur ». C'est une formule qu'il avait dû peser. Puis il prononça plusieurs fois le mot « corps », parlant avec une sorte de crainte religieuse de la façon dont Nicolas Seigneur « s'emparait du corps de ses actrices » : il semblait s'agir là d'une épreuve pour la résistance mentale et psychologique de Nicolas Seigneur, qu'apparemment il avait surmontée facilement, parce qu'il était très fort. Il était mentionné sur un texte en bas de l'écran que le critique écrivait dans *Libération* et participait à des émissions de France Culture.

Assez brutalement, le noir se fit parmi les critiques, comme à la suite d'une panne de secteur. Un écran descendit brusquement parmi eux. Des images granuleuses en noir et blanc, fortement secouées et accélérées, imposèrent une agressivité ludique, comme le début d'un jeu vidéo. Elles traduisaient, imaginait Philippe, le point de vue d'un missile à la poursuite d'un objectif à détruire : sur un fond de corne de brume au ralenti trafiquée électroniquement, une voix féminine glapissait indéfiniment « I need the power ». La caméra dévalait d'abord un escalier monumental, frôlait des tables de dîneurs amusés, esquivait des serveuses qui, les bras chargés d'assiettes, lui faisaient de l'œil. Lorsqu'elle arriva près d'une table discrète dans un renfoncement, le rythme se ralentit brusquement. L'objectif était atteint : Nicolas Seigneur et sa comédienne, celle du corps de laquelle il s'était emparé, dînaient ensemble, ou bien ils faisaient semblant, on ne savait pas trop. Comme prise d'une timidité affolée devant une telle apparition, la caméra se mit à tourner lentement autour pour révéler des détails sans signification claire : la montre moderne portée par Nicolas, le logo Adidas sur son blouson, les cuissardes en daim vert pomme de la comédienne, le portable mains libres à oreillette dont le fil dépassait de la poche du blouson de Nicolas. Ce changement de rythme s'accompagna d'un passage du noir et blanc à la couleur, mais une couleur artistement blafarde, comme pour certaines photos de mode de *Vogue* ou autres « féminins haut de gamme », celles qui sont réalisées à l'intérieur de supermarchés ou d'élevages de bovins dans des pays nordiques. Une conversation occupait Nicolas, sa comédienne et celui qui tenait la caméra, mais on n'y entendait rien, l'accès nous en était pour ainsi dire interdit. On avait droit en revanche à un commentaire dit par une voix féminine aguicheuse. Cette voix semblait grisée par le charme de l'apparition de Nicolas Seigneur et de sa comédienne ; d'un autre côté, comme pour se défendre contre ce charme dangereusement envoûtant, elle adoptait un ton persifleur. Le commentaire lui-même était le fruit d'un exercice très difficile : faire tenir le plus possible de titres de films, de slogans publicitaires et de refrains de chansons connues à l'intérieur de chaque phrase, tout en s'efforçant de donner un sens à l'ensemble. « Le Man Ray, le temple des stars les plus tendance, là où Bono va grignoter quelques sushis après avoir reçu une *standing ovation* à Bercy... Drôle d'endroit pour une rencontre avec Nicolas Seigneur, l'homme blessé du théâtre des trajectoires brisées, celui qui murmure à l'oreille des comédiennes des fragments d'un discours amoureux, forcément amoureux. Nicolas Seigneur ? Ce sont encore les femmes qui en parlent le mieux. »

La comédienne aux cuissardes en daim vert pomme regardait Nicolas avec une sorte de timidité coquette. Lui, les cheveux très courts avec son blouson Adidas, souriait un peu douloureusement, de façon contrainte. Il ne semblait pas ravi qu'on lui filme ses poches et ses trous de nez. Enfin, on décida de nous faire entendre ce qu'ils se disaient. La comédienne avait un grand désir de cinéma avec Nicolas Seigneur, c'était quelqu'un avec l'univers duquel elle se sentait parfaitement en phase. « Et l'examen de passage du théâtre au cinéma, il l'a bien négocié ? demandait la voix aguicheuse. Vous lui donnez quelle mention : excellent, passable, peut mieux faire ? » Nicolas et sa comédienne se regardèrent comme deux collégiens surpris à s'échanger des mots doux en classe. « Optimal ! » gloussa la comédienne avant de boire une gorgée de vin, étouffant un fou rire. « Pourquoi le cinéma, Nicolas ? Parce que le théâtre, ça y est, vous en avez fait le tour ? — Non, le cinéma, c'est un peu comme ici : on est en prise avec le bruit, la pulsation du monde, les médias. Ça vibre, c'est bien... J'ai besoin de ça... » Ça continuait une minute et demie comme ça. Il en avait besoin. Philippe, lui, en revanche, n'avait besoin de rien.

Le lendemain, le téléphone sonnait, se rappelle Philippe, cette fois complètement immobilisé sur la montée vers Vélizy derrière un 4 × 4 avec un gros pneu « Rancho » orné d'un dessin de puma bondissant. Jean-Michel appelait pour lui annoncer la mort de Solange. La dernière fois que j'avais vu Jean-Michel, se dit-il, ça devait être vers 1996, 1997, à un spectacle de danse contemporaine à la maison de la culture de Gif pour lequel il m'avait envoyé deux places, mais j'étais venu seul. Des danseuses très jolies en maillot de bain et jupette fluide faisaient rouler des bidons avant de rouler à leur tour par terre très vite. Je l'avais retrouvé après à la cafétéria où il avait organisé un pot. J'avais trouvé ça bien, mais mon appréciation du spectacle, Jean-Michel s'en foutait. Ce qui le préoccupait, c'était le résultat des dernières élections municipales. Béruchet ne s'était même pas représenté à la mairie de Gif-sur-Yvette. Les socialistes n'avaient rien trouvé de mieux comme candidat qu'un fonctionnaire des impôts qui habitait à Chevry 2 depuis six mois. Il s'était fait étendre, et maintenant c'est un pote de Madelin qui était maire. Moins d'un mois après l'élection, Jean-Michel s'était fait convoquer par le madeliniste et son adjointe, une consultante dont la société avait sponsorisé un mois d'été la météo à France Info, proposant des

« solutions de business intelligence pour la finance, la vente et le marketing ».

Avec chaque interlocuteur, Jean-Michel se faisait un devoir de reprendre toute l'histoire à partir du début. Il était chargé de la programmation de la maison de la culture de Gif depuis 1983. Il devait tout à Béruchet. Depuis que celui-ci n'était plus maire et que son nom était régulièrement cité à propos de la MNEF, Jean-Michel savait que c'était cuit.

« Béruche a fait des conneries, je ne le discute pas. Je ne crois pas qu'il se soit enrichi personnellement. Il a employé du monde et rendu des services, point barre. Tout ce que cette fille de *Libé* est arrivée à écrire dans ses papiers, c'est qu'il a emmené douze fonctionnaires de la Sécu, dont ma mère, sur un voilier en Guadeloupe il y a dix ans! Et qu'ils ont logé — c'était quoi, la phrase, déjà? — dans une résidence de luxe "qui *fourmillait* de serviteurs". Fourmillait! Mais c'est normal, dans ces pays, c'est des hôtels d'État qui emploient un personnel pléthorique. Il y a toujours un tas de gars qui sont là à rien foutre! Tu les vois, ils sont dix à bâiller derrière le buffet... *Fourmillait!* »

Il ne put s'empêcher de pouffer. Brusquement, il jeta un regard abattu autour de lui. Les danseuses, rhabillées, discutaient en buvant du rouge dans des verres en plastique.

« Ils m'ont convoqué il y a trois semaines pour me dire que je fais des spectacles élitistes. Mais c'est n'importe quoi ! Tous les spectacles que j'ai fait venir : les trois journées du *Soulier de satin*, l'opéra de Shanghai, même la troupe qui jouait Shakespeare en anglais, c'était complet ! Ils me disent que les jeunes ne viennent pas... Mais qu'est-ce que j'y peux ? Moi, j'organise des spectacles pour ceux qui viennent, je ne peux pas faire plaisir à ceux qui préfèrent regarder la télé ou aller voir Bruce Willis... »

Au-dessus de sa tête, une grande affiche en noir et blanc montrait un vieux en veste de chasse, culotte de peau et chapeau tyrolien, les mains en porte-voix, vociférant dans un décor de montagnes. Au-dessus, en grandes lettres rouges : *La Société de chasse*, Thomas Bernhard, mise en scène Luc Bondy, Grand Théâtre de Genève. Les affiches que Jean-Michel avait fait encadrer dans la cafétéria de la maison de la culture n'annonçaient pas les spectacles qu'il avait fait venir, mais précisément ceux qu'il n'avait pas eu les moyens de s'offrir. Son regard balaya la pièce comme le champ d'une bataille perdue.

« Ils veulent installer des bornes interactives dans le hall et transformer la cafet' en cybercafé... De toute façon, j'ai reçu le message... »

Il se fit un silence pesant, il n'y avait rien à

ajouter. J'étais mal à l'aise. Je ne m'étais pas déplacé pour aller voir ses précédents spectacles et, plus je l'écoutais, plus je m'apercevais que je n'avais rien à lui dire. Logiquement, j'aurais dû m'enflammer, prendre son parti, m'insurger contre la défaite programmée de la culture face à la surexcitation technologique, mais la vérité, c'est que je m'en foutais complètement. En plus, il ne m'aidait pas, parce qu'il ne me posait aucune question sur ma vie. Il faut dire que mon cas ne présentait rien de bien intéressant : je n'avais aucun travail fixe, aucune vie sociale. Lâchement, je ne lui posai aucune question sur Krystina. Je savais qu'elle avait été traitée pour un cancer, mais je savais aussi que si je lui demandais de ses nouvelles, il me répondrait comme les autres fois, avec un sourire crispé : « Ça va très bien. » Alors à quoi bon ? Le seul sujet de conversation qui restait, c'étaient les mises en scène de son frère. En même temps, c'était délicat. Ou bien Jean-Michel était irrité par le bruit qu'on faisait autour de son frère, par ce que la critique en avait dit, ou bien il jugeait mauvais le choix de ses pièces, trop académique, ou encore trop snob, enfin ça n'allait jamais. Il était allé se resservir au robinet du cubitainer.

« Le problème de Nicolas, maintenant, c'est qu'il ne fait plus que des mises en scène *mode*... Là, il a créé à Belfort une pièce suédoise qui se passe dans un hôpital, sur la misère des immigrés, parce qu'on redécouvre la pauvreté en Occident et qu'il faut faire du social. Il te prend toujours la comédienne du moment, celle que tu vas voir un jour ou l'autre au cinéma, le décor sale mais chic... Pour moi, il surfe, il fait du théâtre comme on fait du prêt-à-porter... Il faudrait qu'il se décide plus en fonction de lui-même... de sa propre vision du monde... »

Je ne savais comment réagir à ces commentaires qui, en apparence, relevaient d'une exigence artistique particulièrement élevée, mais dont la véhémence trahissait surtout une douleur personnelle de Jean-Michel par rapport au parcours de son frère. La vérité, c'est que l'activité de Jean-Michel m'était indifférente ; et les spectacles de Nicolas, ça faisait longtemps que j'en avais perdu le fil. Sentimentalement, j'aurais bien aimé m'y intéresser, mais il faut croire que la vie m'a conduit à être beaucoup moins sentimental que je croyais l'être. Le nom de Nicolas était devenu pour moi pareil à d'autres noms médiatiques. Parfois, j'apercevais, écrit en gros, « NICOLAS SEIGNEUR » dans les couloirs du métro, sur ces affiches noir et blanc pour les spectacles de théâtre en banlieue, où l'on voit d'ailleurs de plus en plus souvent, je ne sais pourquoi, des comédiennes en petite culotte sur un fond sombre et flou. Ou bien j'entendais des critiques parler de lui le dimanche soir au *Masque et la Plume.* Souvent, une femme à la voix distinguée le mentionnait, comme un professeur évoque un brillant élève dont elle attend qu'il devienne ministre, ambassadeur ou un truc dans le genre.

II

ENTRÉE DANS LA VIE ACTIVE

6

Parfois je me demande comment on pourrait me définir. J'ai quarante ans maintenant et je n'arrive pas à admettre que je sois le même que celui qui a connu ces gens autrefois ni, surtout, que ces gens soient les mêmes que ceux que j'ai connus autrefois. J'ai même l'impression qu'il n'existe aucun lien entre maintenant et le temps où je les ai connus, aucun lien entre moi-même alors et moi-même aujourd'hui. Ainsi, je ne m'explique pas comment il est possible que les femmes n'aient occupé aucune place dans mon univers mental d'alors, tandis qu'elles ont rempli ma vie et que, par exemple, je continue à passer des heures à m'exciter et à me branler au Minitel sur le 3615 SADO sans souci du coût que ça peut entraîner. Il paraît que certaines femmes, quand elles sont tristes, se promènent devant les vitrines des magasins de chaussures et rêvent à tout ce qu'elles pourraient s'offrir si le treizième mois tombait à ce moment-là. Sur le 3615 SADO, où je me connecte souvent, j'ai l'impression de pouvoir choisir sur catalogue : « Dominette », « Nathcuir », « O Noire »... Certaines sont « sur Paris », comme elles écrivent. Elles travaillent comme secrétaires dans une compagnie d'assurances à La Défense ; elles sont vendeuses dans un magasin de chaussures, justement ; elles sont assistantes dans un cabinet d'avocats. Tous les jours, j'écris un roman interactif avec elles. Ou plutôt un dialogue, d'un genre nouveau, entre le jeu de rôle, le graffiti et la lettre anonyme : « ECARTE TES CUISSES », « RELEVE TA JUPE », « IMAGINE QUE JE TE LECHE »... Tandis que je leur écris et que je lis leurs réponses, je les imagine assises devant leur écran d'ordinateur, face à un collègue, j'imagine aussi l'odeur de la machine à café. Bien sûr, j'invente, mais elles aussi. Ou alors, eux aussi : il paraît qu'il y a beaucoup de mecs qui se font passer pour des nanas au Minitel.

Depuis la mort de ma grand-mère, j'ai fait un petit héritage de 750 000 F environ (114 000 €) qui, placé en compte épargne à la BNP (aujourd'hui BNP-Paribas), me rapporte un intérêt d'à peu près 40 000 F (6 100 €) par an, peut-être un peu moins, d'ailleurs, je ne sais plus trop : évidemment, ce n'est pas suffisant pour vivre, mais comme à la maison de Gif où je me suis replié je ne dépense rien et que mes voisins me prêtent parfois une de leurs deux voitures pour les courses à l'As-Éco, je me débrouille. Je calcule en moyenne 1 200 F (183 €) par semaine, tout compris. À la fin de l'année, ça fait 62 400 F (9 512 €), donc je dois de plus en plus écorner mon capital, puisque l'intérêt versé, évidemment, faiblit d'autant.

Je n'ai pas l'impression d'être en dehors de tout, puisque je lis beaucoup la presse, je regarde pas mal la télévision et je fais du Minitel. Ce n'est pas ce qu'on appelle un choix de vie. Avant, j'écrivais dans un magazine de rock qui n'existe plus, *Rock en stock* : des chroniques de disques, des comptes rendus de concerts, des interviews. J'ai fait des voyages de presse : Londres (plusieurs fois), Düsseldorf, Göteborg, Cleveland, Calgary. Je ne me souviens de quasiment rien, un peu comme Thierry Roland qui, paraît-il, ne quitte sa chambre d'hôtel que pour aller au stade, et vice versa. Je ne sais plus au juste qui j'ai vu, ni quand ni où. Je sais que j'ai interviewé Depeche Mode quand ils n'étaient pas connus, Boy George (il avait déjà un double menton), les Go-Go's (sympas), mais aussi Sting (un vrai connard), Robert Smith de The Cure (très chiant) et aussi, ça me revient, le bassiste d'Earth, Wind & Fire dans un salon de l'hôtel George V. Vers 1987-1988, je me suis occupé de la rubrique rock au *Matin de Paris* (grâce à Robert Dosse) quelque temps, avant que ce journal ne s'arrête à son tour. Je me souviens d'avoir gagné correctement ma vie plusieurs années, de m'être fait un peu d'argent en plus avec les disques gratuits que je revendais à *Record And Tape Exchange* à Londres et aussi d'avoir eu des places de concert gratuites pour voir à peu près qui je voulais, et qui je ne voulais pas aussi. Orchestral Manœuvres In The Dark, Clash, Murray Head, Ultravox : le futile et l'important se mélangent dans ma tête.

J'ai arrêté mes études de lettres, plutôt bien engagées, en 1981, à la licence, pour écrire dans *Rock en stock* : c'est une décision qui me paraît aujourd'hui incompréhensible, comme toute cette époque ; elle s'était alors imposée comme vitale. Peut-être que j'avais été influencé par les choix artistiques des frères Seigneur, je ne sais plus. Je dois ajouter que j'étais hanté par la perspective d'enseigner à de futurs délinquants du Val-Fourré qui m'auraient insulté en cours et auraient crevé les pneus de ma voiture. Enfin, tout ça, c'est loin maintenant. Aujourd'hui, je vivote. D'ailleurs, il va bien falloir trouver quelque chose, parce que j'ai déjà emprunté deux fois à la banque, sur la base de mon capital : une fois pour une nouvelle cuve à mazout (l'ancienne s'était fissurée) et une autre pour le nouveau raccordement au tout-à-l'égout. Si un truc me tombe encore sur la tête, je ne vois pas trop comment je pourrai faire face.

Quand on n'est pas engagé dans la vie active, comme c'est mon cas, c'est difficile d'avoir des relations avec les femmes. En général, celles de mon âge travaillent, alors c'est impossible de les rencontrer dans la journée. Je pourrais par exemple parler de rock avec cette étudiante qui feuillette *Les Inrockuptibles*, mais j'imagine tout de suite que ça ferait glauque, ce mec de quarante ans avec son sac Gibert de CD d'occasion à 50 balles (7,60 €) qui traîne à trois heures de l'après-midi chez Dalloyau (l'ancien café Pons, près du Luxembourg), et essaie vaguement de brancher une étudiante en lui parlant de Garbage. Pourquoi j'ai dit Garbage ? Je m'en fous, de Garbage. Et elle aussi, sûrement. De toute façon, je ne lis plus *Les Inrocks*, ça me tombe des mains. On dirait qu'elle lit cet article sur Mercury Rev comme moi *Figures I* de Gérard Genette en 1981, avec une sorte de nécessité masochiste : inutile à court terme pour le certificat de licence, mais toujours bon à prendre pour la culture générale, on ne sait jamais. C'est drôle, il n'y a plus que les filles noires qui vous excitent en se promenant dans la rue comme dans les clips, avec leurs longs manteaux de faux cuir cintrés et leurs pantalons ultra-serrés. Elles se tiennent bien droites, elles marchent seins en avant dans le Forum des Halles, en terrain conquis. Toutes celles qui ne sont ni noires ni beurettes, on dirait qu'elles ont une maladie, un deuil, une gêne en somme : elles ont des pantalons noirs qui bâillent un peu en bas avec des baskets noires. Il y a en elles quelque chose de vaincu, de compliqué, qui fait que même leur parler renvoie à une espèce de devoir culturel.

Je repense à cette expression, « devoir de mémoire », tellement à la mode dans les années 80 et 90, et je me dis qu'en France, pour le citoyen contemporain, il faudrait plutôt parler de devoir culturel. Les gens vont au cinéma, au théâtre, aux expos, ils écoutent même du rock comme on fait maintenant ses devoirs. Quand je les vois à la FNAC empiler Moby, Comte-Sponville, deux Truffaut en DVD, le guide Rivages des hôtels de charme France 2001 et une nouvelle souris d'ordinateur, je me dis : voilà ce que j'aurais fait si j'avais eu le courage de m'engager vraiment dans la vie active, si je n'avais pas juste écrit sans suite dans quelques journaux. L'informatique, les voyages pour me distraire un peu entre deux devoirs culturels, voilà comment j'aurais pu organiser ma vie, à défaut de croyance spirituelle débouchant sur une pratique susceptible de m'occuper. J'aime bien l'idée du bouddhisme, mais je crois que je serais incapable de méditer comme ça, avec l'ambiance qu'il y a à Gif autour de chez moi : les pavillons, le mobilier urbain, la télé, les chiens, sans parler de mes problèmes d'argent. Et finalement, à bien y réfléchir, je trouve que la culture, c'est une religion transitoire qui occupe en attendant mieux : elle distrait de l'ennui, elle éloigne la peur de la mort et présente un idéal sympathique de savoir et d'enrichissement intellectuel et artistique. Évidemment, on pourrait dire d'un autre côté qu'elle suscite une autre forme d'ennui — il suffit de voir la gueule des gens aux expos — comme la messe, mais finalement, l'ennui, dans cette occupation particulière du temps que représente le devoir culturel, c'est une garantie de qualité. Si ceux qui pratiquent le devoir culturel ne sombraient pas dans l'hébétude et le recueillement, ils n'en retireraient aucun fruit. Il faut au contraire que l'ennui les saisisse dans un lieu d'où il leur est pratiquement impossible de s'extraire, et le théâtre est parfait pour ça. Au théâtre, ils sont assis au milieu d'une rangée de fauteuils pour nains. Ils ont consenti librement à une forme d'enfermement volontaire, si bien que naît en ne manière de prière silencieuse, de méditation en tout cas, rendue possible par le caractère berçant et rassurant des voix qui résonnent dans la salle, presque toujours inaudibles. Le sentiment d'inquiétude qu'éveille en eux cette situation (sont-ils sourds ou tout simplement bêtes ? s'interrogent-ils) s'apaise assez vite, et ils sont naturellement conduits à déchiffrer une vérité intérieure née de cet enfermement même auquel ils se sont volontairement livrés. Parce que la raison pour laquelle ils vont au théâtre — et aussi au cinéma, parfois —, c'est d'abord pour éprouver le plaisir d'être enfermés, comme lorsqu'ils étaient enfants et qu'ils entendaient monter, de l'autre côté de la cloison ou de la cage d'escalier, les voix de leurs parents et de leurs invités. Adultes, ils assistent à une cérémonie secrète à laquelle ils ne participent qu'à condition que leur présence reste invisible et silencieuse. Ils pensent à leur voiture garée trop loin, dans cette banlieue où les seules lumières sont celles de bars nord-africains, ou bien au restaurant qui ne sert plus après onze heures, ou encore au film qu'ils ont vu il y a trois jours. Brusquement, ils s'aperçoivent qu'un comédien seul sur scène marche de long en large. Il fait semblant de se réchauffer les mains, il est censé avoir froid en attendant un train : ça leur rappelle les matins d'hiver où ils faisaient eux aussi les cent pas sur un quai de gare pour aller au lycée, l'odeur de tabac froid qu'il y avait dans le wagon et la cape noire, avec un pompon pendouillant au bout de sa capuche pointue, de Samina Mahmood qui montait à la station suivante et qui, beauté inaccessible, sortait avec le fils du pharmacien de Damiette qui n'était pourtant pas une lumière. Tout à coup, ils sursautent parce que, dans le flux de paroles du comédien auquel ils ne prêtaient aucune attention (il fait semblant de parler dans un téléphone portable, sans doute à sa femme), celui-ci dit, contre toute évidence : « Il y a beaucoup de monde sur le quai, il doit y avoir une grève, je vais me renseigner... » Soudain, ils pensent à tous leurs mensonges, à toutes leurs trahisons, à tout ce qu'ils n'ont pas dit, ou bien à tout ce qu'ils n'ont pas osé dire, par faiblesse, par mollesse, par lâcheté ou par froideur. Au fond, si on ne dit pas la vérité sur un quai de gare, pensent-ils, eh bien autant renoncer à dire la vérité un jour, à se la dire à soi-même, autant consacrer toute sa vie au mensonge, comme ça, au moins, les choses seront claires. Alors ils se recueillent et ils ne captent pratiquement plus rien de la pièce, tourmentés par leurs mensonges. Puis l'ennui revient, mais cette fois c'est un ennui apaisant, bienfaisant : il leur permet de retrouver une sorte de paix intérieure. Finalement, j'aurais pu devenir bouddhiste, mais pour ça il aurait fallu que j'aille régulièrement à Bobigny ou à Aubervilliers, et c'est trop loin, trop triste, trop moche. Autant rester à Gif-sur-Yvette.

7

Je ne sais plus exactement à quand ça remonte. Je suis beaucoup à la maison, à Gif, parce que ma grand-mère vient de se faire hospitaliser. Ça crée toutes sortes de problèmes parce qu'elle ne parle pas du tout le français. Déjà que les médecins, on a du mal à les comprendre... Je suis allé lui apporter le journal de la mission catholique tchécoslovaque, mais j'ai oublié ses lunettes. De toute façon, elle m'a expliqué qu'elle avait mal au cœur quand elle essayait de lire. Elle s'est cassé le col du fémur en faisant son lit. Moi, je n'étais pas là, j'étais parti faire le marché. Pour une femme qui, en cinquante ans de présence sur le sol français, non seulement n'a jamais su, mais, qui plus est, n'a jamais souhaité apprendre la langue, je me demande encore comment elle est arrivée à se faire comprendre du médecin et à faire venir une ambulance.

C'est très emmerdant, parce que je suis seul à m'occuper de ma grand-mère. Ma mère, on ne peut pas trop compter sur elle. Je la vois de loin en loin, et on ne peut pas dire que ce soit facile entre ma grand-mère et elle. Ma mère vit seule à Paris, où elle a longtemps travaillé dans l'immobilier, et elle a depuis vingt ans une liaison avec un type marié qui a été préfet, ou secrétaire d'État, je ne sais pas trop, en tout cas il a écrit des livres d'économie. Elle n'a jamais voulu me dire qui c'était, mais j'ai une idée sur la question. Ma grand-mère vient de Bohême, où elle était veuve d'un « propriétaire de moulin », c'est tout ce que je sais. En compagnie de ma mère (sa fille unique alors âgée de dix-huit ans), elle a quitté la Tchécoslovaquie en 1948, à l'arrivée des Russes : elle était issue « de la petite noblesse », comme elle disait, sans titre ni terre, d'un milieu provincial slovaque où l'on parle le hongrois. Ma mère venait alors d'épouser un aristocrate tchèque qui l'avait remarquée à la fête de son collège, à Bratislava, où elle avait interprété une mélodie de Schumann (le deuxième air de *L'amour et la vie d'une femme*, « Er, der Herllischte », j'ai vérifié sur un CD que j'ai acheté à prix réduit : Lotte Lehmann et Bruno Walter, *Frauenliebe und-Leben Dichterliebe*, CBS collection « Masterworks Portrait », enregistrement de 1942). Mariée, elle a vécu de façon princière durant quelques mois dans un château de la région de Brno (« C'était comme ici avant la Révolution, disait ma grand-mère : il y avait un cocher, une lingère, un cuisinier français qui avait servi à la cour du roi d'Angleterre, peut-être onze serviteurs en tout »). L'aristocrate tchèque (un comte, un baron, je n'ai jamais su, les versions changeaient à chaque fois) fut dépouillé de tout par les communistes. Il ne put quitter la Tchécoslovaquie qu'avec des poignées de billets de banque dans les poches. Il avait dans l'idée d'aller à Paris, où il avait des relations de jeu, afin de « se refaire ». Au bout de six mois, il lâcha ma mère et ma grand-mère qui vivaient dans un hôtel meublé près de l'Opéra, et partit vivre à Nice avec une veuve anglaise richissime. C'était dur.

Ma mère, qui allait régulièrement danser à la Fontaine des Quatre-Saisons à Saint-Germain-des-Prés, y fit la connaissance d'un couple d'Italiens. L'homme était producteur de cinéma : il s'appelait Ardemagni, Arcobali, ou quelque chose comme ça. Il recommanda ma mère pour un petit rôle dans une comédie où jouait un Daniel Gélin débutant, mettant en scène un milieu de journalistes « pleins de fantaisie », comme l'avait écrit *Télé 7 jours* dans son résumé quand le film était passé à la télévision en 1974. Ma mère y fit une courte apparition, jouant une jeune femme seule occupant un wagon-lit. Daniel Gélin courait dans un couloir de train à la recherche de son copain photographe, un marrant qui préférait lutiner les jolies filles plutôt que de faire son travail. Daniel Gélin ouvrait sans cérémonie les portières de chaque compartiment. Ma mère était brusquement surprise en combinaison et criait d'un air outré, avec un fort accent qu'elle perdit par la suite : « Ben vous gênez pas ! », ce qui donnait quelque chose comme « Beh, vous jeûnez pô ! ». Cette scène scandalisa ma grand-mère, qui en reparla souvent par la suite comme d'un avertissement auquel elle aurait dû prendre garde. Elle ne supporta jamais ce qu'elle appelait les « petites bêtises » de ma mère. Une fois, par malice, j'avais laissé ouvert un numéro de *Libération* avec une photo de ma mère dans le rôle qui marqua le point culminant de sa carrière : celui de Zarah Vaduz, espionne au service de la Résistance, maîtresse d'un officier nazi, dans *Le Grand Complot*, un film réalisé en 1954 en Allemagne par un metteur en scène oublié au nom roumain. *Libération* consacrait tout de même une colonne au film, en faisait un éloge ambigu avec un passage que j'ai appris par cœur, où la critique (une femme dont j'ai en revanche oublié le nom) mentionnait « l'enjôleuse Élisabeth Vitrac (le pseudonyme de ma mère à cette époque) qui apporte un soupçon *so sweet* de charme Mitteleuropa à cette hystérie chauvino-patriotique kitschissime ». Une photo de ma mère sanglée dans un ciré noir, la ceinture serrée au dernier cran, coiffée d'un béret de travers à la Lauren Bacall, les lèvres fardées entrouvertes, occupait un quart de la page avec cette légende : « Élisabeth Vitrac, l'éphémère starlette du *Grand Complot,* à 23 h 25 sur CinéClassics ». J'avais baissé exprès le son de la télévision pour guetter la réaction de ma grand-mère : je l'entendis distinctement grommeler le mot « Kurva » (« Putain ») avant de pousser un long soupir.

Entre mon père et ma mère, ce fut extrêmement bref. Ils s'étaient rencontrés à Rome sur le tournage d'un film d'espionnage entièrement réalisé en studio dont l'action était censée se dérouler entre Berlin-Ouest, Londres et Moscou, avec pour vedettes, je crois, Madeleine Sologne et Alberto Sordi. Mon père, alors âgé d'environ quarante ans (comme moi aujourd'hui), dirigeait l'équipe technique italienne. Je crois qu'à ce moment-là ma mère avait perdu beaucoup d'illusions sur le monde du cinéma et s'était mis en tête de se remettre au piano (« Elle a failli entrer à l'Académie Liszt à Budapest, tu te rends compte, mais avec la guerre et les Russes, qu'est-ce que tu voulais qu'on fasse ? » me dit un soir ma grand-mère). Je crois que ça flattait mon père d'avoir une femme artiste, même velléitaire, et que, parallèlement, ma mère avait besoin d'une bouée pour surnager quelque temps avant de s'élancer à nouveau vers ses rêves de grandeur. Évidemment, mon arrivée perturba quelque peu ses ambitions, aussi amples que vagues, mais très provisoirement. Ma grand-mère, dépêchée à Rome, s'occupa de moi. Accessoirement, elle tomba sous le charme de mon père.

À partir du moment où elle vécut à Rome avec mon père, ma mère ne voulut plus entendre parler de cinéma (« Un monde très superficiel, je préfère le monde de l'art », m'a-t-elle encore dit récemment en me raccompagnant chez ma grand-mère, où elle n'avait pas le temps de s'arrêter parce qu'elle devait repasser chez elle pour se changer en vue d'une soirée avec l'ex-secrétaire d'État ou préfet). Elle convainquit mon père de lui offrir un Pleyel d'occasion, un droit bien sûr : elle envisageait de donner des leçons aux enfants de producteurs, d'ambassadeurs et de gens chics à Rome. Mais le cercle de l'émigration tchécoslovaque était, c'est le moins qu'on puisse dire, sous-représenté à Rome, et dès lors, elle n'eut qu'une idée en tête : rentrer à Paris où, pensait-elle, ses relations mondaines lui ouvriraient des portes. Elle crut que grâce au soutien des Piccolomini, une famille d'aristocrates italiens depuis longtemps implantés en Bohême-Moravie, elle trouverait des leçons à Paris, où mon père avait de toute façon l'intention de s'installer pour chercher du travail dans le cinéma. Ainsi, ma grand-mère, ma mère et moi (j'avais quatre ans) arrivâmes à Paris en 1964 pour habiter deux pièces dans un appartement de la rue d'Armaillé, non loin du métro Argentine, trouvé grâce à l'aide d'un vieux couple qui avait connu mon grand-père en Bohême. Je ne me souviens de rien, sinon qu'il y faisait très sombre et qu'au début on me fit dormir dans un tiroir. Ma mère avait fait venir le Pleyel de Rome : elle l'installa dans une espèce de débarras au bout d'un couloir. Elle donna des leçons au fils d'un réparateur de tourne-disques, M. Mansour, qui avait son atelier dans le quartier et chez qui elle avait apporté son transistor, un sale môme qui faisait exprès de bouffer des pastilles de gomme devant moi sans jamais m'en donner. Ma mère retrouva bientôt son niveau d'avant-guerre et donna quelques concerts privés chez de vieux émigrés mélomanes. Mais très vite quelque chose ne tourna pas rond. Ma grand-mère me raconta qu'un soir où ma mère devait jouer des études de Chopin à une soirée à l'ambassade de Finlande, elle fut tellement malade quelques heures avant de se produire (un peu comme Ronaldo avant la finale France-Brésil de 1998) qu'il fallut tout annuler à la dernière minute. Artiste mais velléitaire : il faut croire que c'est dans les gènes. Enfin, moi, on peut juste dire que je suis velléitaire, parce que artiste, je ne sais pas, ça fait culturel, je trouve ça chiant. C'est déjà assez difficile comme ça de gagner sa vie.

Ma grand-mère m'a raconté cent fois cet épisode parce que j'étais trop petit pour en garder un souvenir conscient. En été 1966, nous étions en vacances à Viareggio, en Toscane, où mon père avait des amis, les De Pisis, qui nous logeaient. Il nous emmenait tous les jours à la plage, à Forte dei Marmi, dans sa Floride blanche décapotable. Alors qu'il conduisait sur la route à quatre voies longeant la mer, il fut frappé d'une crise d'hémiplégie. Par miracle, l'accident qui lui fit renverser violemment un forain pilotant un triporteur, un certain Melegari, originaire de Modène, laissa la vie sauve à celui-ci (qui, néanmoins, ne put s'occuper de ses manèges pendant un an et obtint de la compagnie d'assurances de mon père une forte indemnité). Il ne fut plus question pour mon père de venir s'installer à Paris, comme il en rêvait. Alors qu'il entreprenait une lente rééducation du mouvement et de la parole, une idée lui fut inspirée par son ami producteur Ardemagni (ou Arcobali) qui, après une heureuse opération financière, avait choisi de s'installer en France, mais hors de Paris, dans la vallée de Chevreuse, à Monfort-l'Amaury : c'était tout près de la capitale et, en même temps, c'était la campagne. Il encouragea mon père à choisir pour ma mère, ma grand-mère et moi une maison dans la région. Peut-être fut-il aussi question qu'ils fassent des affaires ensemble à Paris une fois mon père remis, je ne me rappelle plus bien. De toute façon, on apprit peu de temps après que la femme d'Ardemagni-Arcobali s'était jetée par la fenêtre de leur appartement à Rome. Mon père, en tout cas, était déterminé. Il avait hérité un petit capital de son père, un marchand de fripes juif basé à Livourne qui avait fait de bonnes affaires durant la Première Guerre mondiale. Puisque, durant quelque temps encore, il ne pouvait assurer notre subsistance par son travail, il choisit d'en dépenser la majeure partie pour nous loger durablement. Rétabli, il nous rejoindrait.

Ma grand-mère prit tout en main. Elle n'en revenait pas d'avoir trouvé un homme aussi généreux que mon père, qui supportait avec une telle constance sa fille et sa décourageante personnalité velléitaire. Elle voulut absolument se dévouer pour cet homme et l'enfant que sa fille avait eu de lui. Atrocement jalouse de la grande beauté de ma mère (elle le resta jusqu'à son dernier souffle), ma grand-mère plaça la rivalité sur un terrain où elle n'eut pas de mal, il est vrai, à prendre l'avantage : le dévouement. Ainsi, cette vieille Slovaque à lunettes retourna seule à Paris, où elle vécut dans une chambre à l'hôtel Gramont, toujours près de l'Opéra (elle n'imaginait pas en être trop éloignée, c'était pour elle la preuve qu'elle habitait bien Paris). Elle apprit à conduire, s'acheta une 4 CV et sillonna la vallée de Chevreuse, visitant tout, des fermes à l'abandon aux manoirs prétentieux. Elle repéra dans une partie de Gif-sur-Yvette alors encore séparée du centre par des champs cultivés une maison longue et étroite en pierre meulière au sol en terre battue, le long d'une rue en pente. Un couple d'artisans ferronniers y vivait et travaillait en compagnie de deux bergers allemands. Ils souhaitaient prendre leur retraite en Touraine « où il fait moins humide », avait expliqué la femme à ma grand-mère. Enclos dans des murs épais à moitié écroulés, le jardin, vaste, suivait une pente douce. Il y avait un abricotier, un cerisier, même quelques plants de fraises, et de larges massifs de ronciers qui donnaient des mûres magnifiques. Ma grand-mère prit des photos qu'elle adressa à mon père par courrier (j'en ai gardé dans une boîte à chaussures ; certaines sont petites comme des timbres-poste, avec des bords dentelés). Elle suggéra des travaux : le percement d'une cheminée, l'aménagement des combles où l'on accédait par une échelle de meunier et où les ferronniers entreposaient des ballots de paille pour couvrir la terre battue, ainsi que des instruments agricoles du xixe siècle dont ils semblaient eux-mêmes avoir oublié l'usage, afin d'en faire deux chambres, une pour elle et une pour moi. Ma grand-mère prit elle-même des mesures et traça des plans d'aménagement. Elle fit le voyage pour Viareggio en 4 CV, ce qui prit, je crois, près d'une semaine puisqu'elle fut victime de diverses pannes. Nous logions toujours chez les De Pisis, des vieux qui s'ennuyaient et à qui nous apportions de la distraction, surtout ma mère. Ma grand-mère se proposa de s'installer à Gif durant toute la durée des travaux.

Ma mère commença alors à souffrir de dépression nerveuse. Les De Pisis lui conseillèrent un établissement très paisible près de Lucca, dans un grand parc, où elle pourrait jouer sur un splendide piano à queue, un Steinway. À l'été 1967, mon père, dont la guérison ne faisait guère de progrès, fut placé dans une clinique près du lac de Côme spécialisée dans le traitement de l'aphasie. Ma mère s'y rendit une ou deux fois, mais chacune de ses visites occasionna une rechute de sa dépression, alors elle renonça à y aller. Quant à moi, j'allais à l'école française, où j'étais le plus mal habillé, et je jouais le dimanche avec Mauro, un garçon joufflu avec qui nous essayions de reconstituer à deux des épreuves de « Jeux sans frontières » (« Giocchi senza frontiere »). Ma grand-mère, en revanche, rendit plusieurs fois visite à mon père, avec qui elle mit au point un système de communication compliqué. Elle inventa, pour lui parler, une langue particulière, mélange de hongrois, allemand, italien et français. De sa main valide, mon père montrait les pièces sur le plan et traçait lui-même d'autres contours, agrandissant le volume d'une cheminée : ainsi, c'est lui qui eut l'idée d'adjoindre une aile pour créer une nouvelle cuisine. Ces échanges difficiles suscitaient une gaieté particulière entre eux, et ma grand-mère me dit souvent que ce furent les moments les plus heureux de sa vie depuis qu'elle était veuve. Mon père, dont, malgré quelques progrès superficiels dans l'élocution (je me souviens surtout qu'il bavait et que ma grand-mère sortait toujours un mouchoir pour tamponner le coin de sa lèvre gauche, ça me dégoûtait), la santé ne s'améliora pas, suivit pourtant les travaux avec constance et énergie. Une nuit, me raconta ma grand-mère, il se releva tout seul, ce qu'il n'arrivait plus à faire depuis six mois. Il alluma la lampe de chevet et en ouvrit le tiroir pour y examiner le plan de la maison, qu'il serrait là avec une photo de moi. On le retrouva endormi assis, le plan froissé sur les genoux, taché par des traînées de bave. Toujours, ma grand-mère garda le portrait de mon père sur sa table de chevet, posé à côté de son chapelet. Juste au-dessus de la tête de lit était suspendue une petite reproduction peinte de la Vierge à l'Enfant insérée dans un coffrage en bois peint en blanc, avec un portail d'église miniature à deux vantaux que je m'amusais à ouvrir et fermer.

Mon père tomba dans le coma le jour où il sut que nous venions d'emménager dans la maison. Le matin même, ma grand-mère lui avait longuement parlé au téléphone pour lui confirmer que tout allait bien. Durant cette période, la santé de mon père, longtemps stagnante, connut un léger mieux : ma grand-mère arriva même, me dit-elle, à avoir une conversation avec lui au téléphone, sans assistance. Elle m'annonça alors, je m'en souviens parfaitement, parce que je revenais du CES de Gif où on m'avait inscrit en sixième (il n'y avait pas de cours l'après-midi et le jeu « Loto-Tirelire », présenté par Gilbert Richard, passait à la télévision), que mon père comptait nous rendre visite, peut-être même s'installer si le médecin était d'accord, et enfin voir la maison, son rêve, quand les beaux jours reviendraient. Le soir même, alors que j'avais eu le droit, exceptionnellement, de regarder *La Grande Évasion* jusqu'à la fin, ma mère téléphona à ma grand-mère pour lui apprendre l'accident. Elle parut désemparée, me raconta ma grand-mère bien plus tard : elle avait l'air de comprendre enfin quel homme merveilleux il avait été, quelle chance elle avait eue ; elle s'était enfermée dans ses rêves stériles de vie avec des artistes, et mon père, bien sûr, insistait ma grand-mère, il n'avait pas été un grand artiste parce qu'il était trop occupé à faire le bien autour de lui. Elle levait les yeux vers la Vierge et l'Enfant Jésus : elle, elle était peut-être une vieille femme ignorante qui n'avait pas lu autant de livres ni étudié autant de musique que ma mère, ni discuté de l'art avec des gens très intelligents, mais elle était sûre d'une chose, c'est que cette maison, ici, pour cet enfant dont elle était fière, c'était l'œuvre d'un grand artiste, et que Cziffra pouvait venir ici lui jouer toute l'œuvre de Liszt et de Chopin, jamais ça n'aurait la beauté de cette maison que mon père avait imaginée.

Mon souvenir de l'enterrement de mon père reste très embrouillé. Je me souviens que ce fut peu de temps après la mort de De Gaulle. J'étais dans la cour du CES, il faisait beau, et je me revois faisant des allers et retours avec mon copain Pierre Mongondry, lui apprenant que mon père était mort, qu'il était enterré maintenant en Italie au cimetière de Livourne, où il y avait d'autres tombes avec mon nom dessus, des gens dont je comprenais mal qu'ils aient pu exister sans que je sois quand même un peu au courant. Je n'avais pas osé lui dire que c'était un enterrement juif ni que c'était la première fois de ma vie que je voyais un rabbin, j'avais peur qu'il trouve ça bizarre.

8

Quand, un dimanche après-midi de la fin 1978, Philippe avait rendu visite aux frères Seigneur chez leurs parents à Gif, il était clair qu'il les mythifiait toujours autant. Nicolas venait de terminer en quinze jours une BD de douze pages évoquant l'assassinat d'Aldo Moro par les Brigades rouges (en réalité par les services secrets italiens opposés au « compromis historique » entre communistes et démocrates-chrétiens) dans un style inspiré par le collectif graphique Bazooka, qui publiait le journal grand format *Un regard moderne*. Il avait exécuté ce travail sous la supervision de Jean-Michel qui, parce qu'il faisait une hypokhâgne au lycée Lakanal, adoptait le rôle de juge et contrôleur pointilleux des créations de son frère. Une planche était occupée par un immense dessin à l'humour cruel où l'on voyait des dizaines d'ouvrières chinoises au sourire radieux assises devant des rangées de machines à coudre, accompagné de la légende : « Les travailleuses du monde entier soutiennent les Brigades rouges. » Cette BD allait être publiée dans *Métal hurlant*, annonça Nicolas. Philippe Manœuvre avait gloussé d'aise et fait des bonds en découvrant la chose, proclamant qu'il avait entre les mains « un chef-d'œuvre ».

Les frères Seigneur apparaissaient à Philippe comme des êtres surnaturels. Le journal de Zarafian, *Volte-face*, avait été pour eux une sorte de stage accéléré. Nicolas et Jean-Michel y avaient pratiquement tout fait : les dessins, les articles, mais aussi la réécriture des textes apportés par les amis de Zarafian. D'abord hebdo, puis quinzomadaire avec de moins en moins de pages, *Volte-face*, au bout de trois mois, ne fut plus rien du tout. Zarafian, insaisissable, avait laissé les deux garçons aux prises avec le photocompositeur et l'imprimeur portugais qui réclamaient du matin au soir le règlement de leurs factures, sur un ton où la fureur semblait à chaque fois atteindre de nouveaux extrêmes. Jusqu'au jour où plus personne n'appela. Les PTT avaient coupé le téléphone. Le matin suivant, les Seigneur entrèrent dans un bureau sans électricité. Zarafian signa un dernier éditorial qui se terminait ainsi : « Le combat continue ailleurs, autrement, avec d'autres moyens. L'équipe de

Volte-face n'a aucunement l'intention de renoncer. Vous entendrez bientôt parler de nous. » Cette promesse aurait surtout fait plaisir à ses créanciers. Zarafian créa ensuite une maison d'édition destinée, put-on lire en cinq lignes dans *Le Monde*, à accueillir « les nouvelles sensibilités libertaires ». Il publia un livre de politique-fiction intitulé *Carnage à l'Élysée*. Quelques années plus tard, il refit surface comme conseiller d'un homme politique tunisien qui avait pour projet de produire un film à la gloire du président Bourguiba.

Lors d'un second rendez-vous à *Métal hurlant*, Jean-Pierre Dionnet examina la BD de Nicolas. Il ne partageait pas l'enthousiasme de Manœuvre. Dionnet jugea néanmoins la personnalité de Nicolas intéressante. Enfin, le terme de personnalité était sans doute inapproprié. Nicolas s'était présenté avec un pull aux losanges de couleurs vives — jaune citron, rouge sang, vert épinard — semblant disposés au hasard. Lorsqu'il avait pénétré dans les bureaux de *Métal hurlant*, tout le monde l'avait regardé : il portait un énorme badge de Staline, clairement détaché sur une étoile rouge. Dionnet et Manœuvre lui proposèrent d'un commun accord d'écrire des chroniques de disques new wave.

Les avis de Nicolas et Jean-Michel divergeaient à propos du mouvement punk. Jean-

Michel, dont le paysage musical restait dominé par Léo Ferré et Boby Lapointe, appréciait *Le Camembert électrique* de Gong dont il récitait à qui voulait l'entendre un passage parlé qui finit aussi par marquer Philippe : « Tu veux un camembert ? » Il voyait dans le punk une vaste blague, une provocation géniale d'étudiants destinée à semer une pagaille bienvenue. De son côté, Nicolas cherchait à se procurer tout ce qui se rattachait au mouvement — journaux anglais, 45 tours, badges — parce qu'il y sentait l'annonce d'une insurrection finale, d'une panique généralisée, un peu comme quand il y a une alerte à la bombe au lycée et que quelques-uns en profitent pour mettre le souk. Le mouvement punk créait un état d'insurrection permanente également attisé par sa lecture de la collection complète de l'*Internationale Situationniste*, qui venait d'être publiée chez Champ Libre sous une couverture bleu métallisé. Quand il conduisait le car VW de ses parents, il prenait une voix de forcené aphone et chantait (faux) les dents serrées, martelant en rythme le volant de son poing crispé : « White riot! / I want a riot! / White riot! / I want a riot of my own! »

Dans leur façon de s'habiller, les deux frères se distinguèrent nettement. Nicolas aimait porter un pantalon à pinces rouge sang, large en haut et serré aux chevilles, qu'il agrémentait d'une veste jaune citron et d'une chemise blanche en nylon d'un modèle pays de l'Est, sorte de voilage empesé, le tout couronné par des lunettes à l'épaisse monture noire de bakélite (comme les lourds téléphones d'autrefois) avec des verres neutres ; Jean-Michel se promenait dans une combinaison de pompiste vert épinard avec un grand zip, dérivé de la salopette sympa en jean délavé que mettaient les jeunes papas à barbiche et grosses lunettes rondes portant leur bébé dans un sac kangourou. Nicolas avait apporté à Manœuvre des chroniques de disques new wave. La première unissait les E-P *Datapanik In The Year Zero* de Pere Ubu et *Duck Stab* des Residents dans un long texte où il exaltait « un monde post-nucléaire, où une banquise de métal froid s'étend dans un crépuscule livide, sous laquelle meurent les vieux hippies congelés dans le permafrost avec leurs disques des Eagles, comme dans un splendide Pompéi inversé ».

Dès que Nicolas passait un 45 tours aux sonorités inhumaines (sifflements de machines rouillées, respirations de monstres sous-marins) sur la chaîne de sa chambre, Jean-Michel feuilletait d'un air incrédule et détaché le *New Musical Express* (son expression dubitative venait aussi du fait qu'il était nul en anglais). Pour l'énerver, Nicolas montait le son, mais Jean-Michel résistait et demeurait dans la pièce en affectant l'indifférence. La seule fois où Philippe vit Jean-Michel perdre sa sérénité, ce fut quand Nicolas, qui avait passé intégralement les faces 1 et 2 de *Third Reich'n'Roll* des Residents, prétendit remettre à nouveau la face 1 du disque.

Pour calmer le différend entre Nicolas et Jean-Michel, Philippe prit l'initiative de mettre *This Year's Model* d'Elvis Costello. Le premier morceau de la deuxième face commençait par une espèce de bourdonnement sinistre rappelant le générique des *Envahisseurs*. Nicolas, qui préférait ce passage par-dessus tout, le mit plus fort encore. Ce chanteur évoquait un type à genoux à qui on met des coups de pied dans les côtes et qui en redemande ; en même temps, il était difficile d'expliquer pourquoi, mais on sentait qu'il voulait conquérir le monde non pas malgré le fait qu'il était nul, mais précisément *parce qu'il était nul*. Jean-Michel ricana et quitta la pièce en singeant cette manière de chanter qu'il jugeait grotesque. Nicolas resta avec Philippe tandis que résonnait « (I Don't Want To Go To) Chelsea », avec son placage d'orgue minable, où le type semblait vomir ses paroles :

« Oh no, it does not move me / Even though I've seen the movie / I don't want to check your pulse / I don't want nobody else / I don't want to go to Chelsea. »

Pareil pour Nicolas et Philippe : rien ne les émouvait, inutile de leur prendre le pouls, leur néant leur suffisait. Philippe avait l'impression qu'un sang glacial coulait dans ses veines, que la même énergie dure, résultat de l'implosion d'un iceberg intérieur, les secouait sans un mot, Nicolas et lui.

Durant cette période, Nicolas mit à profit les relations qu'il s'était faites aux Arts-Déco. Sachant que le peintre Gilles Aillaud cherchait des assistants pour réaliser le décor de *Hamlet Machine*, une pièce-fleuve de Heiner Müller que Jean Jourdheuil montait au théâtre de Saint-Denis, il se présenta au culot. Il fut affecté à des travaux de force pour lesquels il se montra parfaitement adapté. Philippe se rappela qu'en 1975, les deux frères l'avaient emmené voir le *Faust* de Goethe monté par Klaus Michaël Grüber dans la chapelle de la Salpêtrière. Quatre décors grandioses, au milieu desquels on pouvait circuler, avaient été réalisés par Aillaud avec le peintre Arroyo. Le fait que désormais Nicolas côtoie Gilles Aillaud, qu'il lui parle tous les jours, qu'il ait participé de ses mains à *Hamlet Machine*, un spectacle sombre et obscur auquel Philippe assista comme à un mystère médiéval, lui semblait, là encore, surnaturel.

En 1981, Nicolas partit pour Berlin. Il travailla avec Aillaud sur le décor de *Hamlet* mis en scène par Grüber. Nicolas organisa la venue à Beaubourg de Blixa Bargeld (futur guitariste de Nick Cave) et de son groupe cacophonique Einstürzende Neubauten : Bargeld et ses camarades attaquèrent les murs du centre Pompidou au marteau piqueur. Nicolas exulta. Sceptique devant ce qu'il appelait l'« avant-garde terroriste », Jean-Michel, qui venait d'être nommé responsable de la programmation de la maison de la culture de Gif, ricana. Protégé par Grüber et Jourdheuil, Nicolas bénéficia de leur soutien pour monter son premier spectacle. En 1984, Philippe alla à la première de *L'Allemagne* de Heiner Müller, mis en scène par Nicolas Seigneur, au Petit Odéon. Parmi les invités il y avait Béruchet, et Philippe se souvient que celui-ci avait ironisé sur le fait que Jack Lang ne l'avait pas salué à la sortie. À la fin du spectacle, Rosa Luxemburg apparaissait comme une pute dans une mini-jupe en cuir, faisant une danse mécanique à la Grace Jones sur « Tanz Der Mussolini » de Deutsche Amerikanische Freundschaft (DAF). Des gens dont Philippe avait vu la photo dans les journaux fumaient, buvaient des coups et plaisantaient dans l'entrée, comme s'ils avaient toujours connu Nicolas. Philippe se sentait complètement largué. Nicolas s'intégrait, croyait-il, dans une histoire, et lui, il en sortait. Il sortait de toute histoire.

9

Thierry Ardisson a déclaré un jour que les années 80 n'avaient pas existé. C'est exactement ce que je ressens : ces années-là n'ont pas existé, pas plus que les suivantes. En 1989, pour commémorer le bicentenaire de la Révolution française, Jack Lang demanda à un photographe de mode d'organiser un clip à ciel ouvert sur les Champs-Élysées. Cela revint à proclamer officiellement l'entrée de la France dans l'âge de l'humour. À partir de là, l'État orienta la célébration de chaque figure sérieuse de son patrimoine — poètes, savants, peintres, musiciens, de Victor Hugo à Claude Monet, traditionnellement objets d'un culte patriotique — vers un traitement humoristique, autrement appelé « décalé », par des artistes désignés comme « intervenants » invités, via leurs « interventions », à provoquer une sorte de détachement, ironique ou mélancolique, vis-à-vis de l'œuvre ou de l'événement célébrés. Ce krach de l'esprit de sérieux a eu pour effet de populariser un thème aujourd'hui convenu (mais alors nouveau) chez les penseurs médiatisés : la récrimination sur différents tons, de la raillerie cinglante à l'imprécation apocalyptique, contre la descente pitoyable de l'esprit humain vers les abysses de la futilité. De Marc Fumaroli à Régis Debray, un ensemble important, peut-être majoritaire, récrimine ainsi depuis une quinzaine d'années. Quoi ? Un CD-ROM interactif sur Balzac et *La Comédie humaine*, où vous cliquez sur Vautrin pour entendre une voix à la Daft Punk qui vous raconte la vie du personnage ! Mais jusqu'où le public va-t-il accepter de se laisser décerveler ? Cependant ces récriminations, les mêmes depuis une quinzaine d'années, restent sans effet. Elles sont écoutées et *zappées*. Le krach de l'esprit de sérieux et l'instauration de l'âge de l'humour sont des évidences qu'il est vain de nier. Quelque intense que soit le désir des plus agiles et des plus pénétrants de blâmer leur époque, ils sont des représentants de l'âge de l'humour, peut-être même les plus grotesques et les plus pathétiques dans leur croyance naïve de ne pas être contaminés. À l'âge de l'humour, chacun est condamné à être un clown, et ceux qui veulent être sérieux ne sont que des clowns qui souffrent. Alain Finkiel-

endossé avec tout son sérieux et son émouvante intelligence le rôle du vieux jeune prof exalté crispant ses poings de rage lorsqu'il voit ses élèves s'échanger des CD de jeux PlayStation 2 au lieu de se livrer à des joutes verbales, l'écharpe au vent, sur les derniers sujets d'actualité internationale abordés au journal télévisé. Philippe Sollers, lui, s'est réinventé en ange sardonique de la révolte absolue, sortant régulièrement du bureau de son éditeur en costume d'Antonin Artaud ou de Guy Debord, tels les enfants en panoplie de Batman. Personne n'échappe au pouvoir absolu de l'humour, ce souverain d'apparence débonnaire, en réalité cruel et totalitaire, dont les médias disent l'excellence du matin au soir, et qui frappe les écrits et les personnes d'insignifiance.

À partir de 1989, il fut officiellement encouragé de se réjouir que rien n'arrive. Il faut croire que j'ai été influencé, plus que je ne l'aurais souhaité, par cette manière de penser, puisque de tous les événements survenus depuis, rien ne subsiste dans mon esprit. Quant à ceux qui ont marqué ma vie personnelle, je ne suis pas loin de voir les choses de la même façon. Lors de la célébration du passage à l'an 2000, une onde de soulagement a parcouru les télévisions du monde entier : rien n'était arrivé. La hantise de « Y2K » — le « bug de l'an 2000 » — avait canalisé une peur diffuse et instinctive vers le territoire rassurant et minuscule des réseaux informatiques, lieu symbolique où la maîtrise et l'expertise humaines aiment à se donner en spectacle : un peu comme les enfants qui décident que le diable est dans le placard et que, tant qu'il ne se passe rien dans ce placard, ils auront la paix. Et le fait qu'il ne se passa rien lors du passage de l'an 1999 à l'an 2000 fut ouvertement célébré par toutes les chaînes de télévision comme un événement heureux, un bonheur inespéré. De fait, rapportée à la destruction, un an et neuf mois plus tard, par deux avions de ligne détournés, des deux tours du World Trade Center, la célébration insistante du fait que rien ne se soit passé à ce moment-là revêt un caractère heureux qui apparaît pleinement justifié.

Depuis que le mouvement punk a pressenti l'imminence d'une apocalypse, le fait que rien ne se passe dans nos sociétés suscite un soulagement de tous les jours. Et je me demande, quand je porte le regard sur ma vie écoulée, si ma conduite générale, ma détermination à ne rien entreprendre, à n'adhérer durablement à rien, ne vient pas d'une certitude formée dans ces années-là : que, quoi qu'il arrive, ce serait néfaste, et que chaque année m'entraînant vers la mort serait non pas une année de perdue mais une de gagnée.

Pouvais-je imaginer, cet après-midi du printemps 1978 où j'accompagnai Dominique Le Calvez, ma petite amie, au sous-sol d'un magasin de chaussures du Quartier latin pour lui offrir une paire d'escarpins à talons aiguilles en velours mauve, que je ressentirais pour la première fois que ma sexualité serait altérée par la peur? Je craignis d'abord que Dominique ne trébuche, comme une petite fille essayant les souliers de sa mère. Elle fit quelques pas hésitants. La vendeuse la rassura en lui disant qu'elle aussi — qui avait un style à avoir porté des Kickers et des sabots toute son adolescence — avait eu peur au début mais que c'était sans problème parce que les chaussures étaient « très confort ». Elle lui demanda avec un petit sourire si elle désirait les garder. Dominique dit « Non, non... » et nous sortîmes avec le carton à chaussures comme d'un sex-shop. Quelques jours avant, je m'étais arrêté boulevard Saint-Germain pour regarder une grande fille aux longs cheveux noirs, les jambes prises dans un collant noir brillant sans pieds : elle marchait péniblement sur des talons aiguilles noirs vernis, raclant le trottoir. Enfin arrivée chez elle, elle se cramponna à la poignée de la porte cochère comme une nageuse épuisée au rebord d'une piscine.

J'évoque tout cela pour essayer de comprendre comment j'en suis arrivé à être un tel débris. Au début, Dominique, qui était dans ma classe en première, sortait avec Bernard Godmuse, le mec de Délirium. Ils étaient partis ensemble pour les vacances de février chez un pote de Godmuse dont les parents avaient un chalet aux Rousses dans le Jura. Ils étaient censés faire du ski de fond, mais il avait plu tout le temps. Le pote en question, un clarinettiste, répétait toute la journée ; Godmuse, lui, lisait *Le Seigneur des anneaux*, enveloppé dans un plaid devant la cheminée. Au bout de trois jours, Dominique en eut marre de faire les courses, la bouffe et la vaisselle toute seule et de passer la soirée à jouer au rami avec les parents du clarinettiste. Elle partit au milieu de la nuit, en stop. Au bout de trois jours, elle rentra chez elle à l'aube. Il n'y avait personne. Elle passa toute la matinée à pleurer. Puis elle téléphona aux renseignements pour avoir mon numéro parce qu'elle avait oublié son carnet chez « le copain de ce cloporte » (Godmuse). Sa mère, gérante d'un café-station-service à Gometz-le-Châtel, était partie faire un safari en Mauritanie ; quant à son père, qui vendait des poissons sur les marchés, il vivait depuis un an installé dix kilomètres plus loin avec la vendeuse de produits italiens, propriétaire de deux dobermans. La voix de Dominique tremblait :

« Rien qu'entendre un être humain aux Renseignements me donner ton numéro, ça m'a fait du bien. »

Il fallait que je vienne tout de suite. Elle me fit noter un itinéraire compliqué. Il fallait aller à Saint-Rémy-lès-Chevreuse, monter la route vers Limours, mais tourner bien avant, compter quatre routes à droite après le passage à niveau, continuer jusqu'à Boullay-les-Troux. Après, il était question d'une école, d'un cimetière et d'un terrain vague, où l'on se repérait grâce à l'épave d'une voiture de rallye bleu ciel avec le chiffre 7. J'arrivai en pleine tempête de neige, pédalant sur mon Solex, dans un village dont j'ai oublié le nom. C'était une maison aux volets rouges dans une ruelle qui montait et qui n'avait ni nom ni numéro. Je retirai mon casque qui avait été peint (à l'huile) par Nicolas et représentait, en légère anamorphose, Mr. Natural, le héros de Robert Crumb, gourou ridicule avec une barbe blanche, en robe de chambre.

Dominique s'était maquillé les yeux au khôl. Elle portait un ensemble de cotonnade indienne blanc et avait passé une série de minuscules colliers de billes de bois. Elle s'était teint les cheveux au henné. Je remarquai qu'elle avait mis un collant noir qu'on voyait en transparence quand elle passait devant la lampe du salon. Elle sentait le patchouli, un parfum qu'au début je croyais être un reste de terre dans les cheveux (au lycée elle se couchait souvent dans l'herbe, enroulée dans sa cape avec Godmuse). Elle me guida dans la maison, faisant un commentaire sarcastique sur les décorations choisies par son père : un narguilé rapporté de Tunisie, le poster d'Einstein tirant la langue, une affiche offerte par *Sélection du Reader's Digest* représentant la Voie lactée. Sur la porte de sa chambre où elle avait écrit « INTERDIT AUX CONS » sur un papier dont elle avait noirci les coins en les brûlant, elle avait imprimé l'empreinte de sa main qu'elle avait plongée dans un pot de peinture rouge sang; des traces de dégoulinade avaient séché. Elle prit un livre dans la bibliothèque de son père : les *Maximes* de La Rochefoucauld éditées par Jean de Bonnot. Elle l'ouvrit au hasard et pouffa en me montrant qu'il avait marqué certaines maximes de plusieurs croix rouges : « Il y a des gens qui n'auraient jamais été amoureux s'ils n'avaient jamais entendu parler de l'amour. » Elle ricana : « N'importe quoi ! » Dans sa chambre étroite, elle avait installé côte à côte deux petits lits bas aux sommiers en lattes de bambou, qui me rappelèrent la fumerie d'opium dans *Le Lotus bleu*. Aux quatre coins, on voyait des bâtonnets d'encens consumés. Les murs étaient peints en laque orange. Après nous avoir préparé et servi une salade avec d'énormes morceaux de carottes crues, elle me proposa de boire l'armagnac de son père, contenu dans une carafe tarabiscotée, de celles qu'un suspect mal dans sa peau essaie de faire boire à l'inspecteur Columbo pour endormir sa confiance. Je trouvai ça ignoble, mais j'affectai d'en boire comme du Coca. J'acceptai qu'elle me resserve comme si c'était pour moi une vieille habitude. Elle me fit écouter un disque de Glenmor qu'elle appréciait, me dit-elle avec un sourire grimaçant, parce qu'elle le trouvait « cynique ».

Très naturellement, Dominique me proposa de dormir dans sa chambre. Rien de plus : dormir dans un sac de couchage à côté d'elle sur cette couche de bambou dont on ne peut même pas dire qu'elle était dure comme du bois, parce qu'elle était en bois. Elle se tourna de l'autre côté et ne bougea plus. Je n'osai moi-même esquisser un mouvement. À l'aube, dans une lumière blanchâtre, Dominique remua un peu. L'odeur de l'encens et du patchouli, qui avait imprégné le duvet, la couleur orange et pâle des murs me donnèrent l'impression de me réveiller dans une échoppe du Quartier latin avant l'ouverture. Me tournant toujours le dos, Dominique colla son sac de couchage contre le mien. Je passai les bras autour de son duvet, elle se laissa faire sans bouger. L'odeur tiède de patchouli mêlée à sa peau, cette odeur qui venait de son corps chaud, tout près mais enveloppé, m'apporta un bonheur qui me parut merveilleux, immérité. Elle se retourna et m'embrassa lentement, comme avec précaution. Elle plongea son bras dans mon sac de couchage et me masturba gentiment, calmement, avec une régularité qui me parut le signe d'une grande assurance. J'éjaculai à l'intérieur du sac de couchage, dont elle ouvrit à moitié la fermeture Éclair. En me regardant jouir, elle sourit d'un air énigmatique. C'était si simple, si tranquille, aucun mot ne fut prononcé : cette simplicité avait un mystère qui se suffisait à lui-même. Puis, amusée, elle dit : « Ça me turlupinait de sortir avec toi. » Contemplant les éclaboussures de sperme à l'intérieur du duvet, Dominique lâcha avec un soupir : « Ah la la... Si tu savais le nombre de mômes qui sont morts là-dedans et qui n'iront pas peupler la surface de la planète... »

Le moment le plus beau, pour moi, ce fut celui du bain. Dominique faisait attention à ne pas faire couler trop d'eau, me dit-elle, pour ne pas hâter l'épuisement des sources de la planète. Elle s'assit tranquillement contre moi comme dans un bon fauteuil et chantonna en tournant les robinets avec ses doigts de pied. Je ne pouvais pas croire que tant de bonheur durerait. D'ailleurs il ne dura pas.

Quand, dans le sous-sol de ce magasin de chaussures, Dominique se mit à marcher avec ses escarpins mauves, un peu craintive, elle vit dans mes yeux le reflet de sa peur, une peur venue on ne sait d'où. Au fond, je sais ce qui nous rapprochait : nous étions *mauvais*, dans le sens où nous n'étions à la hauteur de rien. Nos parents étaient fantomatiques, absents ou largués, nos professeurs étaient des zombies, et Dominique savait qu'elle n'était pas à la hauteur pour porter des talons aiguilles. C'est clair, elle n'était ni Lauren Bacall ni même Martine Carol. Une sorte de pacte muet se scella entre nous : elle avait reconnu en elle une insuffisance qui l'empêcherait à tout jamais d'être faite pour porter ces talons aiguilles. Elle sentait en même temps que c'était précisément cette insuffisance qui me troublait, cette incapacité que je reconnaissais en elle, en écho à la mienne, à être une femme pour qui le port de talons aiguilles aurait été naturel. Ce qui nous unissait était un érotisme que je n'aurais su analyser : celui de jouer le rôle de personnages que nous n'étions pas et d'y trouver une sorte d'illumination intérieure.

Il y eut une transformation progressive. D'abord, elle s'offrit un « collant rétro », gris à couture, dans une mercerie tenue par une petite vieille. La première fois qu'elle le mit, ce fut pour me voir un après-midi où j'étais dans mon lit avec une forte fièvre. Elle s'étendit à plat ventre après avoir retiré sa grande jupe paysanne à fronces, gardant juste sa tunique mauve et son collant. Je fus tellement heureux de voir la ligne de la couture monter du talon jusqu'à l'empiècement des fesses, là où la trame se fait plus dense, que je voulus tout de suite poser mes mains dessus et les laisser pour l'éternité. C'était pour moi, c'était à moi. Dominique comprit ou ne comprit pas, glissa le bras sous mes couvertures et caressa mon sexe, passant la main dans la fente de mon pantalon de pyjama. Elle se retournait pour vérifier que la couture restait bien droite et frottait ses jambes l'une contre l'autre en disant « kssch ksssch... » pour imiter le crissement du tissu. Elle semblait se moquer de moi comme de la situation, mais ce comique semblait en même temps l'exciter.

Quelques semaines plus tard, dans une boutique aux puces, Dominique trouva une paire de bas argentés, tressés comme une cotte de mailles, avec des paillettes. Elle décida de les étrenner pour aller voir le concert de Clash au Stadium. Elle avait pris un porte-jarretelles dans les affaires de sa mère. Nous attendions le métro sur des banquettes en bois et je m'attendais à ce que des loubards s'arrêtent pour nous agresser ou bien qu'elle se fasse traiter de pute. Au concert, je me frayai un chemin vers les premiers rangs, la peur au ventre. Je m'en aperçois maintenant : le désir de faire la guerre — mais pour la perdre, pour se faire laminer — animait ces corps crispés par la frustration, massés de façon de plus en plus dense à mesure que je m'approchais de la scène. Quand le groupe arriva, comme expulsé à coups de fumigène d'une cave où il serait resté enfermé pendant trois jours, les gens se mirent à se jeter les uns contre les autres avec toute la violence dont ils étaient capables, comme s'ils étaient vraiment décidés à en finir, comme s'ils voulaient que quelqu'un, ou quelque chose, en finisse avec eux. Soudain, une vague se forma; je vis, à moins d'un mètre devant moi, des gens s'affaisser, comme happés par un tourbillon. Je me retrouvai moi-même à terre. Quand je me relevai, je fus projeté tel un sac postal. Joe Strummer chantait « English Civil War » comme s'il avait reçu une balle dans le dos et qu'il agonisait. Mick Jones courait de long en large avec sa guitare : il semblait chercher sans succès un endroit pour y foutre le feu. Je retrouvais les bagarres de mon enfance, les yeux bandés dans le noir, quand, avec mes copains, nous finissions par nous écrouler les uns sur les autres dans un fou rire. Mais là, je ressentais autour de moi un désir d'anéantissement : les gens qui étaient là voulaient qu'on les écrase, seulement à condition de pouvoir aussi écraser les autres. En somme, ils voyaient juste et loin, puisque c'est devenu le modèle du travail organisé dans les entreprises et même, à quelques précautions de langage près, un modèle revendiqué comme tel : « Responsable de projets multimédias, vous savez exiger le maximum de vos collaborateurs, et vous êtes prêt à ce que l'on exige le maximum de vous. Nous sommes faits pour nous entendre. »

Dominique me dit qu'elle avait vite reflué vers l'arrière, qu'il y avait eu quelques bagarres mais qu'elle avait quand même pu voir. Elle semblait impressionnée par la situation et faisait la tête de quelqu'un qui, après avoir accepté de jouer à un jeu, s'aperçoit que c'est allé trop loin. Après un long retour en métro au milieu de figures qui s'efforçaient de prendre l'air patibulaire, Dominique et moi marchâmes en silence jusqu'à notre chambre de bonne du 14e arrondissement. Elle retira ses bas argentés comme une randonneuse ses chaussettes, se mit en pyjama et se coucha sans mot dire.

10

Je crois avoir à peu près compris comment ça fonctionne au Centre hospitalier général d'Orsay à l'étage où ils ont mis ma grand-mère. Vers trois heures, quand j'arrive, les deux infirmières prennent le café. La Guadeloupéenne apporte les médicaments. Elle rigole tout le temps et, parfois, elle claque des mains tellement elle se tord. Ça résonne dans le couloir. La blonde maquillée, celle qui ressemble à une hôtesse de l'air dans une vieille série télé américaine, arrive lentement en faisant traîner ses claquettes, mains dans les poches, mâchant généralement du chewing-gum, avec l'air de fliquer tout le monde : c'est elle qui s'occupe de la toilette et des soins du corps. Pourtant, ce matin, je n'ai reconnu ni l'une ni l'autre dans la voix qui m'a réveillé au téléphone. Pendant une quinzaine de secondes j'ai cru que c'était une blague parce que je n'entendais que la radio. C'était RTL, la voix de Nagui, il disait : « Denis... Denis... Denis... Je crois que vous êtes cuisinier à Saint-Dizier dans le département de la Haute-Marne... Maître queux, c'est ça ? » Et puis cette voix que je n'ai pas reconnue m'a dit d'une traite, sans respirer : « Oui, c'est le Centre hospitalier, monsieur, alors votre grand-mère, elle a eu un problème et le docteur Hamdoun il a dû lui faire une intervention chirurgicale, vous êtes bien la famille, hein ? »

Le chirurgien ressemblait au prof de maths que j'avais en troisième. Je l'avais attendu pendant une heure sur le palier, assis dans un fauteuil en skaï noir aux pieds métalliques pointus près d'une fausse plante verte. Il me fixa avec une méfiance administrative.

« Vous êtes la famille ? Bon, j'ai dû lui retirer la vésicule, mais ça n'a posé aucun problème majeur, c'est une intervention très courante. »

Je me retins de lui demander s'il pouvait me remettre une facture indiquant le temps de la main-d'œuvre et le montant de la TVA.

« Vous pouvez aller la voir si vous voulez. »

Ma grand-mère était étendue avec une espèce de sourire à l'envers, un tuyau en plastique transparent dans le nez. J'eus à peine le temps de m'asseoir que la porte s'ouvrit. Ma mère apparut. Je fus frappé par la beauté de ses cheveux, un casque noir qui formait un dessin parfait, comme sur une peinture. Elle s'immobilisa dans l'encadrement de la porte, son parapluie et son sac dans une main, l'autre tenant une corbeille de fruits Fauchon recouverte d'une feuille de plastique artistement froissée. Ma grand-mère qui jusque-là avait paru gisante, totalement inanimée, présenta des signes d'agitation, comme une personne en proie à un cauchemar léger, quoiqu'elle eût les yeux ouverts. Elle parvint, au prix d'un effort inquiétant, à tourner son visage du côté opposé à celui de ma mère.

Le matin, en prenant le RER qui me menait au Centre hospitalier général d'Orsay, j'avais lu une enquête de *Libération* sur les « comportements des nouveaux ados de 18-24 ans ». Ils semblaient avoir des désirs très forts : réussir en priorité leur vie amoureuse, amicale, familiale et professionnelle. En revanche, très peu souhaitaient modifier l'organisation politique et sociale du monde, même si une majorité était d'accord avec la proposition « De manière générale, les choses vont plutôt en s'aggravant » et qu'à la question « Pensez-vous que, dans un avenir proche, il y aura beaucoup de conflits dans le monde ? », 74 % répondaient oui, 11 % non et 15 % ne savaient pas. Je ne comprenais pas comment, avec une vision aussi noire de l'avenir, on pouvait avoir autant de désirs. Un sociologue proche de

Pierre Bourdieu était invité à livrer ses commentaires : « La mélancolie ambiante est profondément ancrée dans une série de désillusions : désillusions de longue durée à l'égard des grandes utopies politiques des siècles précédents (républicaines, socialistes, communistes, gauchistes, etc.). C'est la crédibilité même de la politique, comme capacité collective à orienter le devenir de la société, qui apparaît atteinte. » Il invitait à chercher de nouvelles raisons d'espérer dans une sorte de regret actif du passé et de ses utopies : « Il faut lutter contre l'apathie ambiante en allant dénicher dans le passé des voies oubliées pour construire un autre futur. » Il invoquait le philosophe Walter Benjamin, mais préférait citer la chanteuse Axelle Red dont il recopiait les paroles d'une chanson qui lui semblait traduire cet espoir populaire diffus : « Jamais je n'aurais cru te revoir et pourtant / sois pas étonné je t'ai reconnu à l'instant / comment oublier ce regard qui est le tien / qui fait que du coup le passé me revient. » Stupéfié par cet alliage inédit de ton doctoral et de kitsch sentimental, je regardai son nom, ainsi que son titre : il était « maître de conférences en sciences politiques ». Il avait de l'espoir parce qu'il pensait que les jeunes pouvaient se situer « au carrefour du mouvement ouvrier classique et des mouvements sociaux, dans la quête d'un équilibre entre efficacité collective et esprit libertaire, entre combat dans les institutions existantes et subversion de ces institutions ». Parmi les raisons de s'exalter, il mentionnait la possibilité de « subvertir l'Internet », évoquait le sous-commandant Marcos et le mouvement antimondialisation Attac, rappelant pour finir le merveilleux espoir né de la longue grève des transports fin 1995. Personnellement, je pensais que ces « jeunes » dont il parlait ne cherchaient pas les espoirs flous ni les illusions vagues. Ils savaient qu'il leur serait impossible d'avoir la moindre emprise sur les emplois qu'ils occuperaient, sur la façon dont ils intégreraient cette société, ou encore sur le langage qu'ils emploieraient dans cette société, à moins de s'en exclure brutalement, ce qu'une majorité n'était pas disposée à faire, bien décidée à en profiter au maximum. Si le maître de conférences en sciences politiques souhaitait rêver à des révoltes brumeuses en écoutant son CD d'Axelle Red dans sa Renault Mégane, c'était son problème. Il restait, certes, pour les plus idéalistes, la possibilité de se détruire, mais on ne pouvait pas en vouloir aux « jeunes » de ne pas choisir cette option. Pour les autres, bien sûr, il y avait l'ironie.

Tout ce qu'on a inventé dans les sociétés développées pour supporter ce qui nous entoure, c'est l'ironie. Ne pas se prendre au sérieux. Le décalage. Les Guignols. La publicité, les médias répètent partout la bienfaisance de l'ironie. L'ironie est indispensable à tous : pour se regarder dans la glace, pour vendre, pour consommer, pour désirer quelque chose ou quelqu'un, tant on n'est sûr ni de ce qu'on fait, ni de ce qu'on dit et qu'on ne choisit rien. Le financier international rigole d'être un financier international, Jean-Marie Messier rigole d'être Jean-Marie Messier, il doit montrer qu'il rigole et qu'il est décalé pour montrer qu'il occupe bien le centre du pouvoir, parce que désormais ce sont les sérieux, les tristes et les chiants qui sont marginalisés. Ha ! ha ! ha ! le gros cigare, la lecture quotidienne du *Wall Street Journal*, c'est pas mon truc, moi, je suis plutôt Stones.

Les talons de ma mère claquaient dans le hall du Centre hospitalier général. Une infirmière la regarda avec insistance, comme si elle l'avait vue récemment dans un téléfilm.

« Est-ce que tu crois qu'elle a le droit de manger des fruits confits ? »

Je haussai les épaules.

« Qu'est-ce que j'en sais ? »

Elle balaya le parking du regard.

« Tu n'as pas ta voiture ?

— Non, je suis venu avec le car.

— Mais pour aller à ce journal où tu travailles à Paris, tu n'as pas besoin d'une voiture ? »

Ma mère referma son parapluie, chercha ses clés dans son sac et m'ouvrit la portière de son Austin Metro qui sentait toujours le plastique neuf, trois ans après son achat. Elle vérifia son maquillage dans le rétroviseur.

« Je n'écris plus d'articles depuis trois ans au moins... »

Elle mit le contact et sembla égarée.

« Maintenant je ne sais absolument pas où on est. Il y a le type de chez Esso qui m'a dit qu'il fallait rejoindre l'autoroute aux Ulis.

— Tu prends là... »

Depuis la route où des élagueurs achevaient de scier les arbres qui la longeaient, on distinguait désormais l'ensemble du plateau pelé, traversé d'une rangée d'immenses pylônes vert pâle reliant d'épais câbles à haute tension courbés par leur propre poids.

« Mais pourquoi ils lui ont retiré la vésicule ? »

Je répondis par un geste d'impuissance.

« Je dois te dire qu'elle arrive quand même à être désagréable. Je ne devrais pas en parler, ce n'est pas très charitable, mais je ne peux pas m'en empêcher. »

Je remarquai que la route avait atteint un degré de sophistication très élevé : on contournait des ronds-points où se trouvaient de nouveaux panneaux indicateurs pour des « zones d'activité ». Parfois, la chaussée se couvrait de grandes dalles roses. Des pancartes « Aimez nos enfants » apparaissaient. Il y avait des chicanes délimitées par une rangée de bornes en béton ou bien en ciment piqueté de cailloux, des « ralentisseurs » zébrés de couleurs inattendues, des portiques d'où pendouillait un réseau tressé de petites dalles rouges et blanches en plastique pour mettre en garde les conducteurs de camions à l'entrée des souterrains. J'avais l'impression que nous étions lâchés au milieu d'un parcours où l'on aurait laissé des passionnés de voirie s'éclater et bien délirer dans leur tête.

« La dernière fois, je lui ai apporté cette très belle plante... une azalée magnifique... Je sais qu'elle l'aime parce qu'elle m'avait dit qu'elle rêvait d'en avoir une grande dans le jardin de notre maison... Si tu avais entendu la méchanceté avec laquelle elle m'a répondu : "Mais tu sais bien que les infirmières détestent les bouquets de fleurs !" »

Un énorme camion « Tordjman métal » nous coupa la route alors que ma mère s'engageait avec lenteur sur un rond-point : il fit un bruit de réacteur qui la terrifia. Elle se mit à crier pour entendre sa propre voix.

« Les fleurs en pot ça n'a rien à voir avec les fleurs coupées ! Ce sont les fleurs coupées qui sont interdites dans les chambres d'hôpital, parce qu'elles fanent et que ça donne du travail aux infirmières ! LES FLEURS COUPÉES, D'ACCORD, C'EST INTERDIT, MAIS PAS LES FLEURS EN POT ! »

Elle continuait à crier alors que le camion avait cessé de rugir. Elle sembla réprimer un léger hoquet. Plantée au bord de la route, une pancarte affichait une image de livre pour enfants d'un genre un peu désuet, représentant une sorte de manoir tout neuf avec de la verdure. Elle annonçait dans une calligraphie élégante que Kaufmann & Broad lançait un programme de « douze maisons individuelles de style ». Un cartouche posé de biais indiquait, comme une incrustation de logo sur un écran télé : « Maisons décorées ».

« Dans l'entrée des cliniques, ils mettent des plantes en pot. En plus tu as bien vu que les fleurs étaient seulement en boutons, donc c'est comme une plante verte... Elle va fleurir et vous pourrez la planter à l'automne.

— Oui, s'ils la laissent rentrer à la maison... »

À cette réponse que je lui fis, ma mère parut s'apercevoir de ma présence physique.

« Tu n'as rien d'autre à te mettre ? »

Je lui répondis que j'avais d'autres choses à me mettre, mais que c'était précisément cette chose-là que j'avais choisi de mettre aujourd'hui. Elle me rappela qu'elle m'avait offert une veste en laine de Cerruti, très élégante. Mais je ne mettais plus cette veste parce que j'avais forci : l'inactivité, sans doute. Pas de sport, la lecture, la télévision, les courses à l'As-Éco et le Minitel.

« J'ai vu qu'on parlait beaucoup de ton ami Nicolas Seigneur en ce moment. Une amie m'a découpé un article dans *Le Figaro Magazine* où on le compare à Patrice Chéreau. Il paraît qu'il vit avec cette jeune actrice ravissante qui fait la publicité pour un parfum. Tu le vois encore ? »

Non, je ne voyais pas quel parfum ni quelle actrice, et non, je ne le voyais pas. En revanche je croisais parfois son frère, Jean-Michel, à l'As-Éco. Il s'occupait de la programmation de la maison de la culture à Gif. Ma mère eut un sourire vaguement douloureux, comme si je lui rappelais un épisode pénible de sa vie. Quand elle s'arrêta devant la maison, je m'aperçus que nous n'avions pas échangé un mot depuis dix minutes. Elle me parla d'une voix sourde.

« Il faudrait que tu m'expliques comment faire avec ta grand-mère parce que je n'y arrive plus. Je ne peux plus supporter cette haine, cette méchanceté. Pourquoi est-elle à ce point odieuse avec moi ? »

Je regardai le visage de ma mère : on aurait

dit qu'elle essayait de le retenir, qu'il allait subir une transformation comme dans un film fantastique. Ses yeux égarés roulaient dans tous les sens. Je lui dis qu'en général, les vieux se rigidifiaient et que, quand les échanges avec eux se réduisaient, il ne fallait pas s'étonner que les reproches renaissent, que les mêmes histoires reviennent toujours sur le tapis. En Yougoslavie, les populations ont pris les armes pour régler des histoires qui remontaient au Moyen Âge, alors, évidemment, ça rendait pessimiste sur les chances d'apaiser un conflit familial né dans les années 60. Moi, personnellement, je comprenais très bien que ma mère, veuve, n'ait eu aucune envie de s'enterrer à la campagne avec son jeune fils et sa propre mère qui l'aurait critiquée du matin au soir pour ne pas avoir su garder un homme bon et bienfaisant qui avait sûrement perdu l'usage de la parole à force de s'être disputé avec elle au téléphone. Je comprenais qu'elle ait choisi de vivre à Paris pour rencontrer du monde et mener sa vie professionnelle. Si elle était restée avec ma grand-mère et moi, elle n'aurait jamais été remarquée par un agent de théâtre qui cherchait une étrangère au léger accent de l'Est pour une comédie policière qui se montait au théâtre Daunou, *La Complice*, dont, ma grand-mère et moi, nous étions allés voir la première à Paris, où j'avais reconnu parmi les invités Claudine Auger et Jean Marais. Je regardai ma mère : devant l'entrée de cette maison où elle n'avait jamais habité, elle semblait complètement désemparée. On aurait dit que toute son incapacité à inscrire sa vie dans cette maison lui apparaissait à ce moment précis comme définitive et absolue.

Mon nouveau voisin, qui portait une chemise de bûcheron canadien et un pantalon de jogging « Gap Athletic », déchargeait des packs d'eau minérale et des paquets de couches 12-25 kilos roses compactés. Ma mère le suivait des yeux machinalement, derrière le pare-brise embué, comme une extraterrestre dont l'engin aurait atterri au mauvais endroit à la suite d'une erreur de calcul. Elle me dit d'une voix étranglée qu'elle avait un dîner ce soir et me serra fébrilement dans ses bras. Je la regardai partir, le buste bien droit dans l'Austin Metro éclairée dans la nuit par ses petites lumières comme sur un manège, tandis que la voix lointaine du voisin résonnait dans la rue vide : « T'as oublié les yaourts bio ! »

11

La ligne est occupée depuis deux heures par le Minitel : c'est pour ça que la fille a l'air aussi contente de me joindre. En général, la radio m'appelle quand Rhino publie un coffret de rééditions avec des bonus tracks remastérisés de gens que j'ai interviewés autrefois, ou bien quand ceux-ci viennent de mourir. C'est drôle, mais le fait d'avoir milité quelques mois, au début des années 80, en faveur de groupes qui, pour des raisons que je ne m'explique plus, jouaient le rôle de causes politiques, esthétiques, et même religieuses, ça vous délivre une espèce d'autorisation illimitée à radoter sur les mêmes sujets (auxquels on vous associera jusqu'au restant de vos jours) dans un éventail de médias à l'existence autrefois improbable. Ça doit être la France.

Mai 2000 : c'est le vingtième anniversaire du suicide de Ian Curtis, le chanteur de Joy Division. Magali, de Sonic-FM, m'appelle juste après que, sur le 3615 sado, « Isa Motarde », dans le 35, m'a écrit que samedi dernier, elle était sortie en boîte en « short cuir, tee-shirt noir, cuissardes ». Elle m'a promis de me donner son numéro et puis elle a coupé ; alors, déçu, j'ai déconnecté. Je bande encore à moitié lorsque la voix de Magali de Sonic-FM me demande si c'est bien moi. Oui, c'est moi. Elle est chargée de coordonner « un événement Sonic autour de Joy », couplé avec la sortie d'un « live avec des bonus » (qu'est-ce que je disais ?), et l'ensemble est « articulé autour d'un concept de journée spéciale sur Joy ».

« Moi, je ne te connaissais pas, mais l'ancien chanteur de Taxi Girl m'a donné ton nom et il m'a dit que tu étais le spécialiste incontournable de Joy. On doit enregistrer toutes les interventions demain à partir de onze heures. Bon alors, je te le dis maintenant à toi comme je l'ai dit à tous les intervenants, ton intervention, elle est pas rémunérée. Mais comme on offre 200 copies du live aux auditeurs, on peut t'en filer deux. T'es OK ? Super ! »

Magali est plutôt boulotte. Elle a un piercing sous la lèvre inférieure. Elle porte un tee-shirt mauve serré qui lui découvre un peu le nombril, elle a des cheveux avec des mèches dont les couleurs sont en train de partir, un pantalon large de rappeuse et des Adidas dont

Bret Easton Ellis aurait sûrement été capable de décrire le modèle, mais je ne connais rien à ces trucs-là. Elle me présente Romain, « notre directeur ». Il a une tête de jeune giscardien, avec des cheveux mi-longs et une veste avec un col pelle à tarte, mais on sent que c'est ironique et décalé. Il porte les mêmes Adidas que Magali, mais en deux fois plus grand.

Ils ont invité un type à la tignasse frisée un peu désordonnée. Il est vêtu d'un pull kaki comme moi il y a vingt-cinq ans. Il a posé à ses pieds un grand sac rempli de revues et magazines anglo-saxons de différents formats. Magali le présente comme un spécialiste hyperpointu des musiques nouvelles et du « post-rock ». Il collabore à *Nova Mag* et diverses revues et fait le DJ dans « différents lieux ». Il a posé autour de son micro un café tiède dans un gobelet en plastique, quelques livres et des papiers froissés. Je me sens mal à l'aise d'être arrivé les mains vides. En moins de trois minutes, il arrive à citer une douzaine de noms propres : des compositeurs contemporains, dont un Estonien, des articles de revues récentes, indisponibles en France. Magali lui dit que *Technikart* prépare un dossier sur le courant « post-indus », mais on voit, à sa grimace dubitative, qu'il doute du sérieux et de la qualité du dossier en question. Il mentionne aussi des chorégraphes et différents sites Internet dont le plus remarquable est islandais. Magali l'écoute avec une expression oscillant entre l'admiration ébahie et la honte affolée d'être ignare. Brusquement, elle adresse un sourire furtif de malaise en direction de la vitre du studio, à laquelle le spécialiste des musiques nouvelles tourne le dos. Je me retourne et j'aperçois le jeune giscardien en train de faire les ciseaux : des deux mains, il bouge parallèlement l'index et le majeur. Ce geste me paralyse : moi aussi, il va me trouver trop long.

« Alors, pour toi, Joy, c'est la méga-référence. Tu peux nous raconter comment tu les as connus ? »

Je parle comme on se lâche dans le vide. Je ne les ai pas connus à l'époque, je n'ai jamais parlé à Ian Curtis. Je les ai croisés un peu plus tard, quand les trois autres sont devenus New Order, mais de toute façon ils refusaient de parler dans ces années-là. En revanche j'ai vu leur concert aux Bains-Douches fin 1979, et pour l'occasion j'ai écrit une lettre de lecteur, transformée en article, pour *Rock en stock*. Magali adopte une voix à l'enthousiasme surjoué, dont le modèle semble être Philippe Manœuvre.

« Joy sur scène aux Bains-Douches en 1979, s'il vous plaît ! Dis-moi, c'est culte à mort, ça ! J'imagine tous les keupons de Paris et les jeunes gens modernes avec leurs petites cravates tristes en plein pogo sur "She's Lost Control"... »

Je déçus Magali en lui apprenant que moins de cent personnes étaient présentes et qu'elles ne manifestèrent aucune réaction, ou presque. Le chanteur ne disait pas un mot entre les morceaux, il semblait pénétré d'un sentiment de terreur qu'il m'arrive de ressentir encore aujourd'hui quand je pense très fort à eux, ce qui m'arrive parfois. C'étaient quatre banlieusards issus de Manchester, une des agglomérations les plus déprimantes d'un pays lui-même déjà particulièrement déprimant. Comme eux, je me sentais alors oppressé par un sentiment d'échec et d'effondrement pour lequel il n'y avait pas de mots. Aucune colère dans la voix de Ian Curtis : celle-ci s'était désagrégée, comme pulvérisée, et planait juste un esprit d'apocalypse qui venait hanter ce grand corps malade. Oui, bien sûr, le suicide de Ian Curtis survenu cinq mois plus tard grava tout cela dans le marbre. Mais en ce temps-là, l'important, pour moi, et je m'en serais alors vigoureusement défendu, fut aussi cette grande chemise noire large un peu luisante, aux petits boutons stricts, ce pantalon à pinces large en haut et serré en bas, comme j'en avais un moi-même, ces vêtements tristes d'une après-guerre imaginaire qui signifiaient pour moi, je ne sais pourquoi, ce mélange de lucidité stricte et grave et ce désir d'intensité, de souffrance, même, un désir enflammé et enthousiasmant dont j'ai du mal, après tout ce qui est arrivé dans ma vie et dans celle des autres, à ressentir la présence aujourd'hui. Je m'avance peut-être : je crois que Ian Curtis a annoncé à un petit nombre que l'homme occidental allait, en vitrine, agir et entreprendre, mais qu'il serait agité de soubresauts, de remords, d'impuissance et de dégoût dans sa nuit, quand personne ne le regarderait.

Évidemment, je n'ai pas dit tout ça à Sonic-FM. Je me suis arrêté assez vite après le début, mais ça a continué tout seul dans ma tête. Magali trouve ça superintéressant. Elle rappelle qu'elle est en direct avec moi et le spécialiste des musiques nouvelles, et qu'il y a deux cents CD à gagner du « live inédit de Joy » (au moins elle ne dit pas *les Joy*). Le spécialiste des musiques nouvelles rappelle qu'un DJ japonais a samplé l'intro de « Transmission », et qu'à Detroit, à la fin des années 80, Carl Craig et Derrick May, les créateurs de la techno, « se sont référés massivement à ce son de Manchester des années 1979-1981 ». C'est ce qu'il appelle « une tendance lourde ». Il faut aussi rappeler qu'il n'y avait pas que Joy Division, mais aussi The Fall, A Certain Ratio, The Passage et d'autres qui « étaient à fond dans cette vibration cold wave industrielle mancunienne ». Il s'apprête à citer d'autres noms quand Magali l'interrompt pour rappeler qu'il y a deux cents CD de Joy live inédit à gagner en répondant à la question : « Quelle était la date du concert culte de Joy Division aux Bains-Douches à Paris ? »

J'écoute froidement « She's Lost Control » dans ce studio de radio confiné. Magali appuie de temps à autre sur le bouton de communication avec la technique.

« J'ai la pub pour la Loco, j'ai le temps de désannoncer ? »

Un couinement étouffé de Donald sort de son casque.

« OK, c'est bon, j'annonce la soirée grunge revival à la Loco et on enchaîne sur Dominique A. J'ai le temps de dire au revoir aux invités [...] Ah, OK. »

Magali nous fait un grand geste signifiant qu'il faut quitter le studio tout de suite, parce qu'elle va devoir garder l'antenne assez longtemps. Le spécialiste des musiques nouvelles, occupé à consulter un message texte sur son portable, a à peine le temps de rassembler ses papiers, ses flyers et ses livres ouverts, ainsi que son gros sac avec des disques gratuits.

À la sortie du studio, le jeune giscardien nous serre la main et nous félicite en adoptant une voix contrefaite.

« Ils s'en sont bien tirés, les bougres ! »
Il reprend une voix normale.
« J'ai vraiment apprécié vos deux interventions. Joy Division, à mon avis, il ne faut surtout pas en parler comme d'un grand truc mystique ! »
Il s'adresse au spécialiste des musiques nouvelles.
« C'était important de rappeler qu'il y a eu tout ce courant de Manchester qui est aujourd'hui complètement revisité, en fait... »
Il se tourne vers moi.
« J'ai bien aimé la façon dont tu as résumé pourquoi ce personnage de Ian Curtis nous a tous tellement impressionnés. »
Le spécialiste des musiques nouvelles commence à téléphoner à *Nova Mag* et parle d'obtenir des places pour une soirée. Il prononce les mots « Batofar », « Luc Vertige », « Burgalat » et « invit' » dans son téléphone. Le jeune giscardien lui prend brusquement le bras.
« T'es avec Tellier, là ? Dis-lui que je vais l'appeler pour une opération que je suis en train de monter sur les Cardigans et que je déjeune la semaine prochaine avec le mec d'Universal... »
Il me fixe avec un sourire machinique.
« On s'est connus autrefois, non ? »
Sans doute, j'ai de plus en plus de trous de

mémoire, et en plus je vis à la campagne, enfin c'est la banlieue maintenant.

« Tu as le temps de déjeuner ? »

C'était simple. Il voulait lancer le « support-papier » de Sonic-FM, c'était son expression, en association avec un grand groupe de presse. Il avait essayé de lancer des jeunes de la station, mais ils manquaient d' « expertise ». Il avait besoin de quelqu'un de plus... il cherchait un mot pour ne pas me blesser... « enfin, quelqu'un qui puisse apporter une perspective plus fouillée sur les choses ». Il ne s'agissait pas de « décliner les émissions de Sonic en séquences papier » mais de « travailler sur un concept original », l'important étant de « réaliser des synergies avec un site web auquel Sonic allait s'associer, une nouvelle banque de données musicales interactive ». Outre le groupe de presse, il avait une opportunité en ce moment avec une grande chaîne de distribution de produits culturels qui comptait se lancer l'an prochain dans la vente de CD, DVD et événements en ligne.

On lui apporta son assiette de porc aux cinq parfums. Il se brûla en enfournant la première bouchée. En secouant la main pour dissiper cette impression désagréable, il me dit :

« C'est le genre de synergie que tous les petits médias comme nous recherchent en ce moment... »

Il n'aborda la nature de ma mission que lorsqu'il eut fini son plat.

« J'ai besoin d'un dossier super bien écrit. Le concept du magazine sur une page. Bien expliquer les synergies, l'intérêt pour toutes les parties. Et établir un déroulé, un rubricage, quoi... Je peux te débloquer 5 000 F : c'est un travail qui ne te prendra pas plus de quinze jours. Et après, bien sûr, tout dépend de la réaction du groupe. Si le projet s'enclenche, on pourra envisager une collaboration régulière. Je ne te parle pas de CDD parce que je sais qu'on va me dire non... »

Pour le principe, je demandai plus. Il faut toujours demander plus pour tester la détermination de celui qui vous sollicite. Il tordit la bouche d'un air douloureux.

« 7 500 F ? Tu sais, ça ne passera pas... »

12

Le premier rendez-vous eut lieu dans un immeuble vitré de Suresnes, où les partenaires du jeune giscardien, le groupe anglo-néerlandais Expert-Press, occupaient les étages situés du premier au troisième. L'immeuble en question avait été destiné à l'origine à entreposer du matériel informatique, ce qui expliquait l'étroitesse angoissante des bureaux dont les fenêtres donnaient sur une cour aveugle, comme les mauvaises chambres d'un Sofitel. Le hall d'entrée était absolument vide, avec juste un sol de marbre grisâtre maculé de traces de semelles boueuses et jonché de feuilles mortes en décomposition. On aurait dit que tout avait été démonté. La réception était située au deuxième, mais les bureaux de la direction au premier. Une fois sorti de l'ascenseur, on se retrouvait face à une porte vitrée qui ne s'actionnait qu'avec un badge. Les étrangers devaient sonner. Assis sur un canapé bleu électrique de forme circulaire, sorte de grande roue posée à plat dont le moyeu aurait été hérissé de cylindres chromés tordus de hauteur variée, comme des projections solidifiées de tubes de dentifrice à la dimension monstrueuse, j'avais l'impression d'être posé dans un projet de décor refusé pour *Star Trek*. Je faisais alterner mon regard entre la télévision, de la dimension d'un coffre, immobilisée sur une image neigeuse de MCM, comme si l'antenne était débranchée, et un présentoir où je détaillai des revues dont j'ignorais l'existence : *Je chasse*, *Chiens 2000*, *Réponses photo*, *Bravo girl*. La réceptionniste derrière le comptoir avait un petit micro attaché à un casque invisible, comme Madonna pendant la tournée où elle était blonde avec les cheveux courts. J'essayai de deviner si elle avait un caleçon noir serré ou une jupe courte moulante. Je me dis que je tenterais de regarder au moment où elle m'appellerait. Pourtant, quand ce fut le cas, j'oubliai : elle me tendit un badge « VISITEUR » et m'indiqua le chemin après la porte vitrée.

C'est à ce moment-là que m'apparut l'existence d'une réalité à l'écart de laquelle mon échec, travesti à mes propres yeux en marginalité, m'avait si longtemps maintenu : de l'autre côté de cette double porte actionnée par le badge qu'on m'avait prêté, je pénétrais dans la vie active, soit dans cette dimension de l'activité humaine qui m'avait jusque-là échappé, où tout, les paroles, les gestes, avait une densité qui avait manqué à ma vie. Des femmes en tailleur marchaient sur des talons avec d'épais dossiers croisés sur leur poitrine comme dans un téléfilm américain. Des troncs en chemise blanche, assis et figés, m'apparaissaient à travers une vitre à mi-hauteur, plongés dans la pénombre, tournés vers un écran scintillant où s'affichaient des phrases en grands caractères noirs. Les portes des bureaux restaient ouvertes comme des chambres d'hôpital. Un magasinier en blouse bleue, seul, comme égaré d'un autre monde, survivant d'une race dont tous les membres auraient été exterminés, poussait un chariot vide. Personne ne semblait le voir, à part moi.

La salle de réunion qu'on m'indiqua était également entrouverte, éclairée à la lumière électrique, sans fenêtre. Le jeune giscardien s'était placé à un bout de la table autour de laquelle il devait y avoir au moins vingt chaises. À côté de lui, je vis un homme en gris, la tête entre les mains, penché sur un document. Il semblait se préparer à présider un conseil d'administration. Le jeune giscardien portait une veste dans un velours noir un peu luisant qui évoquait un musicien de rock américain venu chercher une récompense de l'industrie du disque. L'homme du groupe de presse anglo-néerlandais, que le jeune giscardien m'avait décrit comme « absolument décisionnaire », ne réagit pas quand j'entrai dans la pièce. Ce dernier me fit un sourire gêné d'encouragement, comme à quelqu'un qui vient assister à une veillée funèbre, auquel on est reconnaissant d'être venu mais à l'arrivée duquel il serait peu décent de manifester de la cordialité. L'absolument décisionnaire notait quelque chose sur son PalmPilot. Je remarquai qu'il avait des poignets de chemise rayés et des boutons de manchettes. L'homme d'Expert-Press m'examina avec une sympathie désinvolte, comme un objet qu'on s'apprête à acheter dans une brocante. Il y avait inscrit « GIORGIO ARMANI » sur la branche de ses lunettes. Sa figure se détachait devant un panneau reposant sur un trépied, aux grandes feuilles détachables, sur lequel un schéma avait été grossièrement tracé au marqueur rouge. Des groupes de mots étaient encerclés, reliés par des flèches les uns aux autres : « 250 kF ++ », « ENTERTAINMENT », « UNIQUE SELLING POINT », puis, en bas, curieusement isolé au bout d'une longue flèche, « VALEURS ÉVASION RÊVE ». Quand mon regard revint sur lui, il me fixait toujours avec la même expression. Sa peau était bistre, son visage comme en glaise. Dès qu'il se mit à parler, il cessa de me regarder. Il avait la voix de quelqu'un qui confie ses ennuis à voix basse à des gens de passage dont il n'est pas tout à fait sûr. En même temps, il semblait faire une déclaration aux médias, pesant chaque mot, même si nous n'étions que trois dans cette pièce vide.

« J'ai envie de dire qu'Expert-Press sort en ce moment d'une période de transition où le groupe cherchait un petit peu à s'installer. Nous avons réalisé des acquisitions qui, on va dire, nous ont clairement installés dans le paysage français. À présent, nous étudions la possibilité de faire des lancements. A priori, je vais être un petit peu brutal, mais j'ai déjà longuement exposé la question à Romain, l'idée, c'est que si nous n'avions pas notre radio, nous n'étions pas partants... »

Le jeune giscardien amorça un geste ample de débatteur télévisé, prêt à enchaîner une batterie d'arguments. L'homme d'Expert-Press l'arrêta d'un petit sourire et se mit à parler à voix plus basse, d'un air complice et doucereusement ironique, en se voûtant un peu.

« C'est vrai que notre patron bien-aimé, Jan Jacob Schlackmuylders, a mis quelque temps à comprendre que l'acquisition d'une radio, dans un pays comme la France, se heurte à des impossibilités juridiques insolubles. Le positionnement de Sonic-FM, comme radio musicale, générationnelle et pointue, nous intéresse. Et, en l'état actuel des choses, nous estimons qu'il y a de véritables possibilités de synergie avec Sonic. C'est une première étape du dispositif. L'autre concerne le rachat d'une importante chaîne de distribution de produits culturels en France. Au cas où le board international, lors de sa prochaine réunion à Amsterdam, approuve ces développements, il faudra être opérationnel tout de suite. »

Il cessa brusquement de parler et, ouvrant un petit dossier relié par une spirale en plastique, invita du menton le jeune giscardien à prendre la parole. Les perspectives ouvertes par les propos de l'absolument décisionnaire semblaient lui ouvrir un champ d'une ampleur telle qu'elle le fascinait et l'effrayait en même temps.

« Oui, alors, il me semble justement que c'est très important de partager ensemble une vision globale au niveau de ce projet. Aujourd'hui, je crois que c'est vrai qu'on ne peut plus être seulement une radio, seulement un groupe de presse, seulement une chaîne de vente. Il faut combiner et rassembler tous les savoir-faire et les expertises pour optimiser le rôle de chacun... »

Il s'attendait sans doute à ce que l'absolument décisionnaire continue dans le même registre, mais celui-ci le regarda avec un sourire sibyllin d'examinateur.

« Oui, donc Philippe est, je crois, un bon expert dans son domaine. Il a collaboré à une revue hélas aujourd'hui disparue, *Rock en stock*, et il est actuellement consultant de Sonic-FM pour une série d'émissions traitant des groupes culte de l'histoire du rock. »

L'homme d'Expert hocha gravement la tête et inscrivit dans la marge de son document : « Consultant Sonic ».

« Il va finaliser pour nous un concept éditorial que vous pourrez présenter au board d'Expert. Ipsos va également réaliser une étude sur la consommation de CD et de concerts en France pour appuyer notre projet. »

Je regardai à l'envers sur le document de l'absolument décisionnaire et vis que c'était en effet prévu : « Ipsos, ± 150 kF ». Celui-ci eut un sourire assuré.

« Vous travaillerez en liaison avec Vincent Neveux, qui est chargé des projets chez nous. Il n'a pas pu venir, vous le verrez la prochaine fois. Pour la rémunération, je crois que vous vous êtes mis d'accord...

— Oui, nous avons parlé de 10 000 F. »

L'absolument décisionnaire inscrivit tranquillement 10 kF sous « consultant Sonic ». Je hasardai un regard vers le jeune giscardien qui se figea dans un sourire crispé et se mit à se balancer sur sa chaise, montrant par là qu'il trouvait exceptionnellement conviviale l'ambiance de ce rendez-vous de travail.

13

L'arrivée de l'informatique dans la presse ne peut être comparée aux améliorations techniques qui l'ont précédée, comme l'offset ou les progrès de la photogravure. Les innovations précédentes n'ont pas altéré la spécificité des métiers traditionnels ni l'ordre de la chaîne du travail, du texte à sa présentation. L'informatique, en revanche, a modifié cette chaîne du travail. Avec la possibilité de visualiser la page finie, jusque dans ses moindres détails de typographie et de présentation, sur de vastes écrans animés par des logiciels sophistiqués, il a paru possible et souhaitable à ceux qui organisent le travail dans la presse dite « industrielle » d'inverser la chronologie des opérations. Grâce à l'informatique, un magazine commence par l'habillage et se termine par le texte. L'apparence définitive d'une page est dessinée par des « directeurs (trices) artistiques » et exécutée par des maquettistes ; ensuite le rédacteur, encore appelé journaliste par tradition, vient « fournir du contenu ». Son métier, de premier, est devenu second. Ceux qui fournissent aujourd'hui du contenu à ces machines ont décrû en taille et en importance, comme dans ces films où des philtres dangereux réduisent les hommes à la taille de fourmis. Les « fournisseurs de contenu » remplissent les maquettes un peu à la façon dont les enfants, à la maternelle, colorient dans une couleur imposée des dessins découpés en petites parcelles numérotées.

Les choses m'apparaissent clairement aujourd'hui, mais j'étais alors bien loin de les comprendre : la conscience que j'ai acquise du développement de l'informatique dans ce qui me tenait lieu de milieu professionnel est allée de pair avec le sentiment progressif de mon propre effacement. La première fois de ma vie où j'ai eu affaire à l'informatique reste liée à Laurence, avec qui j'étais entré en contact par l'entremise de Dominique d'une façon assez bizarre. Après la terminale, en 1978, Dominique s'était inscrite en anglais à la Sorbonne. Elle s'était mise à fréquenter un milieu d'étudiants latino-américains tiers-mondistes qui me paraissait ennuyeux ; de son côté, elle était de plus en plus agacée que je sois obnubilé par les créations et les projets de Nicolas

Seigneur qui, lui, ne s'était jamais intéressé à elle. Vers 1981, alors que, parfois, elle venait encore passer la nuit rue Cujas dans le deux-pièces que je louais, elle avait commencé à prendre ses distances. Elle voyait un Chilien à moustache, un assistant en économie, avec qui elle allait danser dans des *peñas*, et dont j'étais d'ailleurs invité à être le pote. En 1982, l'année où elle passa sa maîtrise, elle m'annonça qu'elle partait vivre à New York où le Chilien était nommé à un poste au service financier de la Food and Agricultural Organization, l'organisation de l'ONU chargée d'aider les pays en voie de développement. Durant cette période où, après la fin de *Rock en stock*, mais avant *Le Matin de Paris*, s'éloignait la perspective que j'entre un jour dans la vie active, je recevais de temps en temps une carte, et puis plus rien. Jusqu'à ce jour de l'hiver 1985 où, vers sept heures du soir, Dominique me téléphona. Elle avait une copine française qui avait une galère, mais vraiment une grosse galère qui l'obligeait à rentrer à Paris. Elle lui avait filé mon numéro. C'était une fille super, il fallait juste que je l'héberge une semaine. Je n'avais pas à m'inquiéter parce qu'elle était très démerde et de plus superbrillante : une bosseuse, une prof agrégée lectrice de français à l'université de Syracuse.

« Au fait, c'est incroyable comme coïncidence, ajouta-t-elle alors qu'elle était sur le point de raccrocher. Tu sais qui j'ai vu hier après-midi sur Times Square ? Elle ne m'a pas reconnue, mais je suis sûre que c'était elle : Virginie Weber, tu te rappelles ? Putain, elle vendait des bijoux en ferraille assise par terre au milieu des punks ! Elle avait des cheveux rouges et un chien à côté. Ça m'a fait un choc, je peux te dire... »

Alors qu'il faisait moins quinze dehors, je contemplai de ma fenêtre avec angoisse et, il faut l'admettre, une certaine excitation, une fille en gros pull avec une drôle de toque sur la tête, affairée à extraire du coffre du taxi cinq sacs énormes. Quand j'ouvris la porte, elle finissait déjà de monter l'escalier avec un dynamisme inquiétant, malgré les trois sacs dont elle était arrivée à se charger, soufflant comme un déménageur. Elle était baraquée, plus grande que moi, avec des seins comme je n'en avais jamais vu d'aussi près, des cuisses fortes dans un jean serré, et de longs cheveux frisés. On aurait dit un dessin de Crumb. Elle alla chercher les deux sacs restants, refusant que je l'aide. À peine sortie des toilettes et sans prendre le temps de s'asseoir, elle me proposa avec insistance de laisser ses sacs chez moi et de chercher tout de suite un hôtel dans le coin. Elle parlait beaucoup, à toute vitesse, éperdument, et s'excusait de façon désordonnée. Sa présence me dérangeait et m'effrayait, mais enfin c'était un événement dans ma vie. Je préparai plus de spaghettis que prévu et, au lieu de n'utiliser que la moitié du bocal de sauce au basilic Buitoni, je fis réchauffer celle-ci tout entière. Laurence mangea deux assiettes en cinq minutes, descendit trois verres de vin à la suite et m'aida à installer un matelas dans la pièce séjour-salon où j'avais mis la télévision ; une demi-heure plus tard, je l'entendais ronfler à travers la cloison, tandis que j'étais assis sur mon lit tout habillé, ne sachant que faire.

Le lendemain, à l'heure du café, Laurence me raconta son histoire. Elle le fit avec un curieux mélange de distance et d'outrance, comme si les événements qui l'avaient conduite en catastrophe à Paris avaient été vécus par un personnage de sa connaissance et qu'ils lui fournissaient l'occasion de roder un numéro comique, avec un choix de détails délibérément abaissants. À New York, elle avait eu une histoire avec le guitariste d'un groupe « postpunk », comme on disait là-bas : il s'appelait Dee. Ça s'était mal terminé, parce que le Dee en question, installé chez elle, junkie en cachette, avait vendu sa télé, sa radio, jusqu'à son toaster et sa bouilloire tandis qu'elle se trouvait en séminaire dans une ferme du Vermont avec ses étudiants, des étudiants, me précisa-t-elle, qui jouaient dans une fanfare, et d'ailleurs le plus petit était celui qui jouait de l'instrument le plus gros. Bref, pour finir, après un déjeuner de réconciliation, il lui avait piqué sa carte de crédit et son chéquier quand elle était partie aux toilettes.

De chez moi, Laurence régla son avenir en quelques coups de fil. Elle prit des rendez-vous et, en moins d'une semaine, ce fut réglé. Elle repartirait à New York à la fin janvier pour terminer son « term » à l'université de Syracuse, mais sa décision était prise : elle reviendrait s'installer en France et chercherait un poste d'anglais dans un lycée pas trop loin de Paris afin de pouvoir terminer sa thèse. Au mois de juin, je lui proposai spontanément mon appartement comme point de chute, le temps qu'elle se retourne.

En pionnière venue de New York, Laurence fit en juin 1985 l'acquisition d'un Amstrad, le premier traitement de texte qu'un particulier pouvait se procurer. L'engin se présentait sous la forme d'un écran au coffrage massif. Allumé, il prenait une couleur vert pharmaceutique. La base était un meuble à part entière, et l'imprimante à boule rappelait les appareils futuristes qu'on voyait dans les films des années 60 dont l'action était censée se situer dans un avenir imaginaire et inquiétant. Les opérations qui paraissent aujourd'hui simples, du type « coupé-collé », requéraient une longue attente. Il s'agissait, m'expliqua Laurence, d'une informatique « humaine » adaptée aux littéraires comme elle. Tous les samedis, le « réparateur Amstrad » venait régulièrement s'asseoir sur une chaise à côté d'elle; j'avais l'impression qu'il lui faisait de l'acupuncture.

Oui, les choses me paraissent de plus en plus claires, au vu de la tournure prise depuis par ma vie professionnelle, si l'on peut même parler de tournure : je ne cesse de me le répéter, la conscience que j'ai acquise du développement de l'informatique est allée de pair avec le sentiment de mon propre effacement. Mon activité professionnelle sporadique ne justifiait pas que j'acquière un Amstrad. Invité par Laurence à partager son matériel, je pris goût moi aussi à changer d'ordre les paragraphes, à essayer divers débuts aux articles que je donnais à un fanzine de rock alternatif. J'admirais que Laurence ne développe aucune perversion dans son usage des nouvelles machines, qu'elle n'éprouve aucune fascination névrotique pour la technologie. Bref, c'était une femme. Pas moi : séduit et amusé par les manipulations propres à l'Amstrad, je fus entraîné vers les plaisirs naïfs de la technologie moderne. J'allai chercher un Minitel à l'agence des Télécom. Posé à côté de l'Amstrad, le Minitel donnait au salon-salle à manger, où Laurence s'était aménagé un bureau avec des tréteaux, un côté agence de voyages alternative si, bien sûr, on oubliait la présence du matelas, des portants et des tiroirs qu'elle avait installés.

Laurence, elle, travaillait. Elle était dans la vie active. Au mois de septembre, elle trouva un remplacement d'anglais au lycée Fragonard, à L'Isle-Adam. Le lundi, le jeudi et le vendredi, elle faisait sonner à cinq heures trente le réveil téléphonique. Elle avait la charge d'une classe de seconde et d'une première G (l'équivalent actuel des sections STT formant à la « gestion » et à l' « action administrative et commerciale »). Elle devait attraper un train à six heures trente-cinq à la gare du Nord, descendre à Parmain-L'Isle-Adam et faire vingt minutes à pied (il n'y avait pas de bus). Les élèves la respectaient parce qu'elle s'habillait bien, selon leurs critères, et qu'elle se maquillait : on lui expliqua que celle qu'elle remplaçait venait toujours en grand pull informe et Pataugas et qu'elle était partie en dépression. Les garçons étaient amorphes ; seules les filles s'intéressaient. La plupart de celles-ci arrivaient à huit heures du matin comme si elles s'apprêtaient à sortir en boîte. Celles qui avaient des patronymes étrangers se montraient généralement plus désireuses d'apprendre que les autres, abruties par une longue tradition alcoolique dans leur famille. Beaucoup des parents étaient en chômage longue durée. L'une de ses élèves disparut au bout d'un mois. Le bruit courut que son père, l'employé d'une entreprise de miroiterie, en arrêt depuis deux ans à la suite d'un accident de voiture provoqué par son ivrognerie chronique, la violait tous les samedis soir après Drucker.

Après sa douche, j'entrevoyais Laurence qui traversait ma chambre en peignoir. J'aimais entendre le pas rapide de ses escarpins et le frottement d'une cuisse contre l'autre quand elle avait passé son collant. Peut-être qu'elle avait choisi celui avec des papillons, en dentelle. J'étais presque déçu de l'entendre passer la jupe de son tailleur. Je l'imaginais frôlant des centaines de banlieusards pressés dans ce hall blafard de la gare du Nord, éclairé par sa verrière crasseuse, juste en soutien-gorge et en collant sous son imper cintré. Une fois la porte claquée, je me rendormais. J'arrivais à retenir l'envie de me branler. Au réveil, j'entrais dans la pièce où Laurence avait dormi, comme si je violais un sanctuaire. J'avais même peur que les voisins du dessous ne devinent que je me trouvais dans sa chambre. J'ouvrais son tiroir de lingerie en prenant la peine de ne rien déranger. Comme un enquêteur chargé de prélever des pièces sur le théâtre d'un crime, j'aurais voulu porter des gants de caoutchouc pour ne laisser aucune trace de mon passage. Je touchais ses culottes, en respirais l'odeur d'assouplisseur qui ne me plaisait pas trop, et passais ma main à l'intérieur d'un de ses collants noirs. Debout dans cette pièce qu'elle avait transformée, où tout servait à quelque chose, où tout avait une fonction, où tout était immédiatement accessible, et dont j'admirais le rangement et l'organisation, je commençais à caresser du bout des doigts mon sexe à travers ce collant dont je m'efforçais de tendre le tissu au maximum en écartant les doigts. Puis j'empoignais mon sexe, le serrais dans le voile noir, et me faisais peur en retardant ma jouissance. Si tout partait dedans, ce serait la catastrophe, parce que je ne savais pas comment on lavait ces trucs-là.

La première fois que j'utilisai le Minitel, j'allai sur le 3615 LUDO pour jouer à QUITTE OU DOUBLE. C'était un quiz de culture générale, avec des questions très élémentaires pour qui possédait un niveau d'instruction correct, un peu comme aujourd'hui QUI VEUT GAGNER DES MILLIONS ? Qui est l'auteur du *Lys dans la vallée* ? *a)* Émile Zola *b)* Stendhal *c)* Balzac *d)* Sulitzer. Si la réponse était juste, «BRAVO» s'affichait en grand, on pouvait continuer. Sinon, c'était «ARRGGH». Immanquablement, j'achoppais sur une question portant sur la Coupe de l'America et le skipper Dennis Conner, dont j'ignorais tout, ce qui m'empêchait à chaque fois de gagner la platine CD Pioneer (une nouveauté avant-gardiste en ce temps-là). ARRGGH. Je ressentais une morsure au ventre en contemplant l'organisation parfaite du coin occupé par Laurence, un espace où tout était maîtrisé, où n'entrait, trouvant sa juste place, que ce qui lui servait à atteindre son objectif : le dictionnaire d'anglais Random House, des livres empruntés à la Sorbonne, chacun entrelardé d'une dizaine de fiches, ce qui formait de jolies papillotes, des chemises de différentes couleurs pour chaque chapitre de sa thèse, des sous-chemises pour les notes. Punaisées sur un montant de la bibliothèque Habitat que je l'avais aidée à monter un samedi après-midi, la carte d'un restaurant de New York, et l'annonce d'un concert du groupe de Dee, The Bureaucrats, dans quelques lignes du *Village Voice* : « Veteran postpunk NYC fixture, with Dee Z. as the cartoon-like axe-grinder. »

Un soir tard, alors que Laurence et moi regardions le tennis en direct de Flushing Meadow, Dee appela. Laurence parla longtemps avec lui en anglais, éclatant plusieurs fois de rire bruyamment. À la télé, Lendl faisait la gueule parce qu'il perdait son service pour la deuxième fois de suite. Il marmonnait des injures en tchèque droit dans la caméra. Quand Laurence raccrocha, elle eut un sourire un peu perdu qu'elle chassa rapidement. Dee allait beaucoup mieux, il avait un nouveau contrat, ses nouvelles chansons étaient du niveau de tous les trucs qui se vendaient à des millions d'exemplaires et il allait donner des concerts à Londres.

« Le voir, oui. Revivre avec lui, non. »

Ce fut la dernière phrase qu'elle prononça de la soirée.

Une nuit, alors que j'avais profité de son absence pour me branler en passant carrément un de ses collants, je l'entendis ouvrir la porte en s'y prenant à plusieurs fois et marcher d'un pas lourd sur ses escarpins avant de s'effondrer sur son matelas dans un grand bruit. Je sortis de ma chambre doucement et entrouvris la porte de la sienne : elle était couchée à plat ventre en minijupe, Perfecto et collant noir, soufflant bruyamment. Je remarquai qu'elle n'avait pas mis de culotte. Au fond, ça n'allait pas mieux pour elle que pour moi. Elle avait beau avoir pris tout un tas de décisions dans sa vie, elle était aussi mal barrée que moi. J'avais envie d'elle, comme ça, à plat ventre, telle qu'elle était. Je partis me branler dans ma chambre. Ç'aurait été meilleur avec un de ses collants, mais ils n'étaient pas accessibles, et je ne me voyais pas acheter un de ces machins-là pour moi. Surtout à cette heure-là.

Je pense que la question du Minitel a été largement sous-évaluée et son usage, en tout cas, ramené à des questions triviales. Des inventions, il s'en fait beaucoup en France, pays des astuces et des raffinements inutiles. Ne sont adoptées que celles qui correspondent au rêve inexprimé d'une civilisation. Le Minitel est de celles-là. Les messageries érotiques consacrent l'aboutissement de tentatives diverses visant à introduire la magie au sein de nos existences : une magie aveugle, une magie qui obscurcit l'esprit de celui qui y recourt ; une sorte de monde parallèle, proche de certaines créations audacieuses de la science-fiction, où les phrases écrites et échangées effacent la frontière entre le langage auquel on recourt quotidiennement, à visage découvert, et celui qu'on s'adresse en secret à soi-même, dans la nuit de son esprit, masqué vis-à-vis de tous. On imagine le Minitel mis au point et inventé par de jeunes ingénieurs des PTT qui achetaient *Actuel* et aimaient bien Bob Marley, croyant sans doute que leur invention servirait à « échanger des plans », « partager des infos » ou « créer des réseaux sympas ». Or le Minitel a surtout servi à susciter des désirs en circuit fermé, renvoyés à leur émissaire chauffé à blanc. Au lieu d'instaurer une convivialité sympa, le Minitel a servi à lui envoyer, via l'écran, son désir en pleine face. Le Minitel a permis au connecté d'établir un rituel secret où il pouvait rendre un culte à son propre désir, suscitant ainsi une nuit magique en plein jour.

Le secret de la réussite de ces jeux de société interactifs, c'est qu'ils s'adressent à cette immense part de la population des pays développés chez qui le désir n'est plus accompagné de violence. Les quelques messageries sadomasochistes au « dialogue direct » desquelles je participais réunissaient surtout des hommes à qui les conventions sociales interdisaient d'arrêter une femme dans la rue et de lui hurler qu'ils la voulaient en se massant le sexe. Vers la fin des années 80, elles pouvaient mouler leurs fesses, leurs cuisses et leur sexe dans des espèces de bermudas cyclistes luisants, avec des brassières serrées, et j'étais censé les croiser en baissant les yeux pudiquement, sans pousser un grognement ni frotter fugitivement mon sexe contre elles. C'était atroce et intolérable. À cette époque, l'idée de devenir travesti m'effleura sérieusement : porter sur moi les accessoires qui me faisaient saliver et dont je lisais les légendes dans les magazines féminins, comme sur un menu gastronomique dans un restaurant (collant Gerbe petite résille : 129 F), ça pouvait constituer une forme de vengeance. Contre soi, malheureusement.

Désirer autrui, c'est horrible : on prend conscience du timbre désagréable de sa voix, de la gaucherie de son corps, de l'inadéquation générale de sa personne. En plus, dans les films, les gens à qui ce genre de choses arrive finissent à un moment ou à un autre par pleurer, regretter leur enfance, prendre des décisions irrationnelles. Et puis on a moins de temps pour écouter de la musique, penser à ce qu'on mange, apprécier, en somme, les plaisirs de la vie. Ainsi, le désir en est arrivé à se détacher de tout objet et à devenir, pour ainsi dire, absolu, susceptible d'être cultivé comme une plante en serre. Moins il est employé, plus il fait rêver.

Au fond, ces jeux de dialogues interactifs évoquent la chute de la série *Le Prisonnier* : après toutes ses grotesques tentatives d'évasion, où on le voit courir bêtement sur la plage avant de s'écraser la tête dans le sable, le numéro 6 finit par entrevoir dans un cauchemar psychédélique que le numéro 1, c'est lui. Il s'est joué tout un jeu sophistiqué pour se faire violence à lui-même. C'est aussi la vie professionnelle moderne où, dans l'entreprise, faute de débouché naturel à sa violence, l'employé combatif découvre qu'en fin de compte, c'est lui qui se fait violence à lui-même. Le numéro 1 invisible, c'est lui. Pour le désir télématique, il en va pareillement : le connecté suit des détours compliqués et « ludiques » pour être enfin seul avec lui-même, et retourner ainsi la violence contre lui.

Dans cette nuit où aucun visage n'apparaît, le désir luit comme un étrange feu qui brûlerait au fond de la mer, reflet passé d'une divinité que les hommes vénéraient autrefois. Aujourd'hui, des millions de paires d'yeux le contemplent, posés à la surface de l'eau : des yeux que je vois aussi matérialisés sous une voûte, dans le planétarium d'une secte américaine étrange. Des hommes et des femmes sont assis sur des rangées de fauteuils de velours cramoisi, un peu passé. Ils sont tous vêtus à la manière des années 60 : les hommes ont des crânes aux cheveux effacés par le port de chapeaux, ils portent de grosses lunettes à monture d'écaille, ils suent dans des chemises en nylon, avec des auréoles sous les bras, les femmes ont des chignons et des dents en or, il y a aussi des chiens, des caniches, et tous ces gens sont reliés par des fils entortillés qui les unissent aux poignets les uns des autres — mais ils ne se regardent pas. Ils contemplent leur désir, là-haut, sur la voûte céleste. Je ne peux m'empêcher de penser qu'ils se préparent à un suicide collectif, qu'ils vont tous disparaître avec la certitude de renaître dans la sphère de leur désir, comme les membres de la secte Heaven's Gate qui, en 1997, avaient avalé du poison avec entrain pour leur dernier grand voyage, leurs baskets soigneusement alignées au pied de leur lit.

Le Minitel m'a permis de faire un voyage vers le néant. Souvent, quand je me connectais sur le 3615 sado, je pensais à Madonna dans sa combinaison de vinyle noir. Elle partait pour un grand voyage vers le désir, elle se préparait à faire souffrir son corps dans cette enveloppe qui, comme les combinaisons des astronautes futuristes des films de science-fiction ayant annoncé de façon si clairvoyante notre désir de désintégration collective, était faite pour être déchirée, brûlée magnifiquement dans ce vol sacrificiel. J'embarquais moi aussi, avec d'autres passagers inconnus, vers ce voyage final, sans cesse répété, où, chaque fois, se rejouait une excitation sans terme, un désir ultime toujours repoussé. Mon pouls s'accélérait, mon sexe se durcissait, une image apocalyptique se formait, et mon enveloppe charnelle se déchirait. Devant l'écran, j'attendais l'explosion dans mon vaisseau spatial.

Je déconnectais et courais me branler dans le lavabo. La prochaine fois, ce serait la bonne, l'anéantissement pour de bon.

14

Comment les guerres surviennent-elles dans les familles ? Exactement à la manière des vraies : des incidents à répétition, des paroles malheureuses, ou bien pas de paroles quand il en faudrait. Et puis un acte qui fait prendre conscience aux deux parties que la guerre a toujours été là, et que la paix était un mensonge.

Depuis que ma grand-mère s'était fait retirer la vésicule par mon prof de maths de troisième, elle n'avait plus trop le moral. La dernière fois que je lui apportai le journal de la mission catholique tchécoslovaque, tellement triste, plié sous sa bande de kraft, qu'il semblait avoir été imprimé avant guerre, elle ne l'ouvrit même pas. De toute façon, les numéros s'accumulaient sur sa table de chevet sans qu'elle y touche. L'azalée s'était retrouvée dans le bureau des infirmières qui, reconnaissantes, m'accueillaient toujours avec un bruyant enthousiasme, surtout la Guadeloupéenne. Le médecin, qui me demandait à chaque fois si j'étais de la famille, me lâcha quelques indications sur le ton d'un technicien préposé à la surveillance du tableau électrique dans un grand magasin après une série de pannes : « Je me suis occupé du bilan sanguin », « Je stabilise sa tension ». Inquiet de la voir décliner, j'interrogeai l'infirmière un après-midi. Elle m'apprit que ma grand-mère était soignée pour des escarres. Je lui demandai ce qu'elle en pensait. Elle me fit une grimace mitigée signifiant : rien de bon.

La perspective d'un retour de ma grand-mère à la maison s'effaçait de jour en jour. Ma mère prit l'habitude de passer des après-midi à la maison de Gif-sur-Yvette, dont elle me réclama les clés. L'ancien préfet ou secrétaire d'État, qui avait apparemment des soucis de santé, passait de plus en plus de temps dans sa maison en Bourgogne où sa femme, elle-même mal en point, le soignait à demeure. Ma mère s'asseyait dans les fauteuils, ouvrait les tiroirs, vidait les placards. Elle trouvait tout dégoûtant. Elle prit bientôt l'habitude d'y inviter des amies à prendre le thé, généralement des femmes seules, désœuvrées, dépressives, voire suicidaires, dont elle avait fait la connaissance dans son immeuble de la rue Franklin, obtenu grâce à l'aide de l'ancien secrétaire d'État ou préfet, et qui offrait une vue sur la tour Eiffel.

Laurence, qui se débrouillait bien dans la vie, s'était acheté une petite voiture, une Fiat Cinquecento d'occasion, fabriquée en Pologne, garantie un an pièces et main-d'œuvre. Un vendredi après-midi d'automne où il faisait encore beau, nous décidâmes d'aller à la maison de Gif. Un camion de déménagement LES INTELLOS DÉMÉNAGEURS était garé dans la rue. En entrant, nous entendîmes un grand éclat de rire venant du salon. Deux types en bleu de travail se tenaient debout, avec une tasse à café dont ils serraient gauchement la soucoupe, et assistaient à un récital de ma mère, vêtue d'une longue robe brodée orientale, jouant une mazurka de Chopin sur un piano à demi-queue qu'elle avait fait installer au milieu du salon, chantonnant fortement pour s'encourager dans les passages difficiles.

« Ah ! voilà mon fils ! » s'exclama-t-elle en voyant Laurence me précéder dans le salon, avec une besace chargée de livres de travail et un PowerBook en bandoulière.

Ma mère continua à jouer, tout en arborant un large sourire, et il fallut attendre un peu plus de cinq minutes que le morceau soit fini. Ma mère désigna le plus grand des deux déménageurs, celui qui avait des oreilles rouges.

« Monsieur, vous avez une fille qui s'appelle... Marie-Madeleine, n'est-ce pas ?
— Marie-Charlotte, madame.
— Marie-Charlotte, répéta ma mère, extasiée. Et Marie-Charlotte étudie le piano au conservatoire de... quelle ville, déjà ?
— Athis-Mons.
— Athis-Mons... je ne connais pas. Je tiens absolument à offrir à Marie-Charlotte l'enregistrement des *Rhapsodies hongroises* de Liszt par Cziffra. Et elle pourra venir ici quand elle voudra. Vous voyez », dit-elle en désignant le salon que ma grand-mère avait tapissé de gravures, où des étagères étaient surchargées de coffrets Archiv aux lettres gothiques gravées sur la tranche, « ici, c'est la maison des musiciens et des artistes. Puisque vous sentez la musique, je voudrais vous faire une confidence, et vous expliquer pourquoi j'éprouve un sentiment très étrange, quand je viens ici... »

Le déménageur aux oreilles rouges, dont la fille s'appelait Marie-Charlotte et étudiait le piano au Conservatoire d'Athis-Mons, semblait, dans sa bienveillante hébétude, ouvert aux manifestations de l'irrationnel. Je vis dans un coin du salon une bouteille de muscadet sur lie aux trois quarts vide. Le verre était posé à l'autre bout de la pièce, sur une marche d'escalier, près d'un cendrier plein. Ma mère regarda les deux déménageurs l'un après l'autre, gravement, comme si elle devait les sonder avant de prendre une décision lourde de conséquences.

« Vous savez que Schumann, le compositeur, s'est jeté dans le Rhin alors qu'il vivait heureux parmi ses enfants auprès d'une femme qui l'adorait et qu'*il* adorait ! Personne n'a pu l'empêcher en pleine nuit, en plein hiver, de se jeter dans cette eau noire et glaciale du Rhin, non, personne !... Il a été sauvé par deux mariniers sur une péniche, deux êtres humains généreux comme vous... Et pourquoi, malgré tout cet amour merveilleux qui l'entoure, pourquoi personne ne peut l'empêcher d'accomplir une telle folie ? »

Ma mère, qui parlait d'une voix sourde aux accents insinuants, fixa l'autre déménageur d'un air énigmatique, celui qu'elle avait jusque-là laissé tranquille. Il prit l'air d'un élève qui n'avait pas appris sa leçon.

« Parce qu'il est poursuivi par des figures plus effrayantes que les créatures les plus incroyables de Jérôme Bosch ! Je ne parle pas de monstres à la forme d'œuf avec des pieds palmés et une hache plantée dans le crâne ! Je parle de fantômes qui sont mille fois plus terribles pour lui ! Ce sont les apparitions de Schubert et Beethoven qui l'ont poussé dans le fleuve pendant la nuit, en plein hiver. Et il se serait noyé si les deux mariniers qui dormaient paisiblement dans leur péniche ne l'avaient pas entendu se débattre et appeler au secours ! »

Elle se mit à jouer la *Sonate au clair de lune* en chantonnant d'un ton menaçant. Le déménageur pris en faute jeta un coup d'œil presque rassuré à son collègue : il reconnaissait. Brusquement, ma mère s'arrêta et conserva un silence énigmatique, comme si la séance de transe était achevée, et qu'elle cédait la place à un autre personnage, cette fois une commentatrice sobre et détachée qui allait nous aider à réfléchir à l'évocation à laquelle nous venions d'assister.

« C'est très amusant, dit-elle en regardant ses mains, parfois le fantôme de Clara Schumann vient me rendre visite. C'est tout à fait curieux, et je peux comprendre qu'on juge cela tout à fait ridicule, dit-elle en me regardant, mais je crois que les ondes traversent les époques, qu'elles *pourfendent* les siècles (je me demandais où elle avait trouvé ce mot, qui était impropre, mais pas si mal choisi). Et quand je joue, j'ai l'impression d'être comme Clara, envahie par l'art de cet homme qui l'adore. Vous savez que Schumann avait eu la main paralysée à vingt ans en s'acharnant à jouer, alors il avait besoin de Clara pour que sa création existe... Sans Clara il n'était rien ! »

Je redoutais qu'elle n'entonne le deuxième air de *L'amour et la vie d'une femme,* « Er, der Herllischte », qu'elle avait chanté à son collège de Bratislava en 1945.

« Parfois certaines choses du passé se transmettent à vous et vous ne savez pas pourquoi, dit-elle comme si elle prenait brusquement conscience du lieu où elle était. Vous ne comprenez pas pourquoi elles mettent tant d'années à vous atteindre mais elles vous atteignent. Vous savez, cette maison est l'œuvre d'un homme qui n'était pas un créateur génial, mais son esprit plane dans cette maison où il n'a jamais vécu. Et je suis sûre que mon fils qui est ici ressent cela ! »

Elle sembla s'abîmer dans une méditation douce, façon de signifier qu'elle en avait fini, et que son message était délivré. Évidemment, que je ressentais ça, comme elle disait, puisque j'avais vécu ici. Contrairement à elle. Les déménageurs profitèrent de ce moment de suspens pour déguerpir. Ma mère en parut brusquement dégrisée. Laurence avait quitté la pièce avant la fin de la mazurka pour s'enfermer dans la cuisine d'où parvenaient de temps à autre des bruits d'eau et de placard.

Ma mère me regarda d'un air attendri.

« C'est tellement sympathique d'être venu à l'improviste ! »

Je souris et, ne sachant que dire, quittai la pièce à mon tour. Laurence était sur les nerfs. L'ami de sa mère, le proviseur d'un collège à Trappes, récemment divorcé, venait de faire une tentative de suicide. Il était arrivé à monter sur le toit d'un bâtiment en grimpant le long d'un conduit de cheminée auquel était fixée une échelle de métal et, ayant mal visé, s'était écrasé d'une hauteur de quatre mètres environ sur un petit toit couvert de gravier dont il avait sous-estimé la largeur. La mère de Laurence la harcelait de coups de téléphone larmoyants et parlait elle aussi de mettre fin à ses jours. Le proviseur, de son côté, était soigné à la maison de repos de la Verrière, réservée au personnel de l'Éducation nationale. Le ton monta très vite.

« C'est elle qui te dit que tu viens à l'improviste ! Elle est gonflée ! Je ne te demande pas grand-chose, juste de pouvoir passer deux jours à la campagne sans avoir à me farcir ta malade de mère. En plus, tu es le premier à dire que tu n'en as rien à foutre d'elle, que moins tu la vois, mieux tu te portes ! »

En effet, ça m'avait échappé un jour, ça ne voulait pas dire que je le pensais tout le temps.

« Mais pourquoi tu ne la fous pas à la porte ? Explique-lui que ce n'est pas sa maison ! Mais je vais lui dire, moi, si tu ne lui dis pas ! »

Elle criait de plus en plus fort, quand ma

mère entra dans la cuisine, l'air doucement égaré.

« Tout va bien ? Je me ferais bien un peu de thé... Vous en voulez ?

— Non, c'est l'heure du dîner », répondit Laurence.

Elle déchira violemment un sachet de purée de carottes Picard, envoyant de petits cristaux de glace par terre, que ma mère regarda tomber avec curiosité.

« L'heure du dîner », reprit ma mère sur un ton ironiquement solennel.

Laurence s'apprêta à dire quelque chose, puis s'arrêta et laissa tout en plan, préférant sortir dans le jardin. Ma mère regardait par la fenêtre comme si elle voyait à travers, alors que le dos de Laurence, pris dans une grosse veste en laine à carreaux, s'encadrait en plein milieu. Elle essayait d'allumer une cigarette malgré le crachin.

« Et toi, tu ne veux pas de thé ?

— Non merci. »

Je quittai à mon tour la pièce et m'assis devant le piano. Puis je me levai et ressortis de ma collection de CD laissée là *Beaster* de Sugar, un disque qui en son temps m'avait fait beaucoup de bien, en particulier le morceau où la guitare hurle comme une sirène et le type braille comme s'il allait passer sa tête à travers la fenêtre. Je pensai au proviseur sous sédatif à la Verrière dans une pièce capitonnée. Je plaçai les mains n'importe où sur le piano, dont je n'avais jamais su jouer, et me mis à produire le plus de bruit possible.

J'ignore ce que Laurence aurait été si la société avait évolué différemment. S'il n'y avait pas eu ces mutations qui me rendent les autres complètement étrangers comme je suis étranger à moi-même. Je me suis demandé quel genre de femme elle aurait été en des temps plus heureux. C'est ainsi que je procédais : je transposais ce qui m'entourait, ce qui m'arrivait, dans d'autres temps, d'autres usages, d'autres costumes. J'étais moi-même une ombre, et ceux que je croisais étaient à mes yeux aussi des ombres.

Il y a plus de dix ans de cela, en 1987, je crois, elle était rentrée au milieu de la nuit dans le deux-pièces de la rue Cujas. Je l'entendis pleurer en silence de l'autre côté de la cloison. Enfin, en silence... J'avais perçu une série de spasmes, des bruits de kleenex tirés d'une boîte et une série de reniflements. Le lendemain, Laurence débarqua dans la cuisine en peignoir à deux heures de l'après-midi, la clope au bec. Elle s'efforçait toujours de se faire des chignons qui ne tenaient jamais.

J'avais imaginé, à tort, qu'elle était partie en chasse à une fête, qu'elle avait bu et qu'elle était rentrée bredouille. En fait, pas du tout.

Elle avait rejoint un petit groupe d'amis qui lui avaient annoncé que Dee s'était suicidé. Il s'était jeté du toit de l'immeuble où il suivait une cure de désintoxication dans les environs de New York. Il s'était écrasé entre un thuya et une pièce d'eau.

Laurence avait alors vingt-huit ans. Comme moi, elle avait grandi dans une petite ville proche de Paris, avec ses derniers trains à minuit et ses rues désertes ; avec le sentiment, comme moi, d'être immédiatement dirigée vers une voie de garage. Sa mère était une excentrique stérile qui travaillait comme « agent d'artistes contemporains » : en fait, elle ne s'occupait que de tocards qu'elle rencontrait dans des bistrots ou des queues de cinéma. Il fallait qu'ils soient des minus absolus, des moins que rien, pour qu'elle ait le sentiment de les inventer, pour ainsi dire de les créer à partir de rien. Adolescente, Laurence rentrait chez elle et retrouvait sa mère avec un Nord-Africain en djellaba qui jouait du luth, ou un révolutionnaire latino-américain qui avait une grosse moustache comme Edwy Plenel et qui voulait réaliser un film pour dénoncer le rôle de la CIA dans le monde. Presque tous devenaient les amants de sa mère. Une fois, Laurence était partie avec l'un d'eux, un grand Marocain extrêmement digne qui préparait un excellent couscous, pour essayer des matelas à la Samaritaine. Quant à son père, elle n'en parlait jamais. Tout ce que je savais, c'est qu'il avait refait sa vie à l'étranger. Apparemment, il y avait un doute sur le fait qu'il ait vraiment été son père. Des amis de sa mère lui avaient suggéré que c'était un sujet très délicat. Une fois, elle avait entendu que son vrai père avait travaillé comme ingénieur dans le pétrole en Algérie.

Laurence s'était jetée à seize ans dans les études parce que c'est tout ce qu'elle avait trouvé pour échapper à une mère folle. Après avoir été placée chez les sœurs à Tours, où on lui apprit qu'il était obscène de se mettre un stick pour se protéger les lèvres devant ses camarades, elle atterrit au lycée Condorcet. Elle passa brillamment un bac C, alors qu'elle commençait déjà à être livrée à elle-même dans les cafés parisiens. Effrayée à l'idée de devenir ingénieur comme son vrai père, elle décida qu'elle ferait de l'anglais, et réussit à se faire admettre en hypokhâgne au lycée Lakanal où ce n'était pas trop difficile. Ses excellents résultats lui permirent de faire une khâgne au lycée Henri-IV à Paris où elle détonna par rapport aux fils et filles de profs membres de la nomenklatura universitaire, sûrs d'eux et péremptoires comme s'ils étaient déjà ministres, et aux illuminés provinciaux, issus de familles fanatisées par le savoir, dressés à lire le latin à livre ouvert à l'âge de dix ans, qui venaient en cours en sandales de curé avec des chaussettes. Alors qu'elle n'avait pas dix-huit ans, elle se mit en ménage avec un garçon qui l'avait abordée lors d'un débat à l'auditorium de la Fnac Montparnasse où il organisait un festival du court-métrage (« Panorama du court »).

Elle franchit tous les obstacles avec une détermination calme : intégration à l'École normale supérieure, maîtrise (sur les liens de William Blake avec la Révolution française), Capes, agrégation. À vingt ans, elle avait un salaire, elle était autonome et la question de ce qu'elle ferait dans la vie ne se posait plus. C'était réglé. Quand elle débarqua à New York, où l'École normale supérieure lui offrit un poste inespéré d'assistante de français à l'université de Syracuse pendant un an, elle fut heureuse d'échapper au sort de ses condisciples : le débarquement dans les « banlieues dures », où le rectorat se plaisait à envoyer les jeunes agrégés et normaliens, histoire de souligner que la règle de l'équité républicaine ne souffrait aucune exception. Le département de littérature de Syracuse lui demanda également d'assurer des cours de français auprès de futurs diplomates qui ressemblaient à des basketteurs. Elle leur donnait des articles de politique étrangère du *Monde* à traduire et commenter, et elle se rendit compte à cette occasion que certains correspondants de ce journal recopiaient parfois, non sans faire de sérieux contresens, ce qu'ils lisaient dans la presse new-yorkaise, en ajoutant des commentaires persifleurs et condescendants qui montraient bien que, en tant que représentants de l'intelligence française, toute de vigilance, d'esprit critique et, surtout, d'omniscience innée, ils ne s'en laissaient jamais conter.

Rentrée à Paris en catastrophe, elle nourrit près de deux ans le secret espoir de s'y faire rejoindre par un Dee désintoxiqué. En 1985, elle retrouva ses amies françaises : l'une gagnait bien sa vie en rédigeant les discours de Paul Delouvrier, l'ex-patron d'EDF, inventeur des villes nouvelles en région parisienne, alors à la tête du parc de la Villette (soit la future Cité des sciences et de l'industrie et la Cité de la musique), également président du mouvement « Alerte aux réalités internationales » (et inspirateur, après sa mort, de l'association « Regarder plus loin pour voir plus juste ») ; une autre, qui avait fait l'ENA, travaillait auprès de la direction de la SNCF (elle prépara la mise en place du système informatique SOCRATE, système offrant à la clientèle des réservations d'affaires et de tourisme en Europe, dont la mise en place, en 1993, fit doubler le temps d'attente aux guichets et suscita des scènes de quasi-émeute) ; une autre enfin avait tout abandonné pour faire des études de cinéma à Vincennes avant de travailler pour une société de sous-titrage qui ne lui permettait même pas de payer son loyer. La première lui faisait miroiter l'argent facile (mais gagné dans l'ennui), l'autre l'appartenance, toujours possible, à l'élite bureaucratique et la dernière une sorte de bohème masochiste. Sagement, Laurence ne voulut rien de tout cela. Ça ne l'empêchait pas d'être désespérée. Parce que le monde, pour elle, était mauvais et ne lui promettait rien de bon.

C'était la première fois que nous nous faisions vraiment face. Avant, nous avions parlé des autres. De Guillaume, son ex d'avant Dee, qu'elle s'était mise à revoir, qui avait cessé d'organiser le festival du court-métrage à la Fnac Montparnasse et tentait depuis plus de trois ans de monter un film à l'ambition grandiose, une histoire mettant aux prises un créateur d'informatique génial, capable de faire apparaître des créatures holographiques partout dans le monde, traqué par une multinationale néfaste de l'audiovisuel, sorte d'hybride du SMERSH des films de James Bond et de la CIA, qui cherchait d'abord à l'acheter puis, voyant qu'il était incorruptible, à l'abattre. Laurence avait laissé le scénario traîner, et je me rappelle avoir essayé de calculer combien coûterait la réalisation du premier plan du film.

« Extérieur jour naissant. Le boulevard périphérique au petit matin. Des centaines de véhicules immobilisés, collés pare-chocs contre pare-chocs. Soudain, surgit une forme bondissante, vêtue d'une combinaison argentée marquée du sigle VOX, surmontée d'un casque muni d'une caméra informatisée. Le mystérieux personnage porte sur son dos une "base" d'ordinateur sanglée à la façon d'un parachute et vole de toit en toit. On ne distingue pas son visage. Il porte devant lui, également retenu à son corps par des sangles, un incroyable clavier électronique futuriste, surmonté d'un écran vidéo : un instrument de musique d'un pouvoir prodigieux, capable d'envoyer des images. Des sons de rock futuriste new wave s'échappent de son engin avec une puissance phénoménale, tandis qu'il bondit d'une voiture à l'autre. Les conducteurs le regardent, ahuris. Sa légèreté semble surnaturelle. Brusquement, son image se multiplie par dix, puis cent, sur le toit des voitures. Il s'agit d'"hologrammes", images en relief et mouvantes à la précision hallucinante, qui répètent son image à s'y tromper. Le personnage joue de son clavier dans différentes postures, semblant improviser avec ses "doubles" une musique de plus en plus folle et endiablée. Des danseuses apparaissent, puis des choristes. Les automobilistes semblent à leur tour entraînés dans cette sarabande infernale qui s'achève dans un éclat de rire monstrueux. FONDU AU NOIR. Les lettres du générique défilent : HOLO MAN, un film de Guillaume Tiercelin. »

Il paraît que rien qu'en montrant cette première scène écrite, il était arrivé à tirer une somme inimaginable d'un producteur afin de développer le scénario. Je n'osai dire à Laurence que cette chose me faisait penser à une monstrueuse hybridation de Jean-François Bizot d'*Actuel* et de Jean-Michel Jarre.

Laurence avait les yeux gonflés, les lèvres pâles et la voix cassée. Je n'avais jamais vu une femme dans un tel état. La mère de Dee n'avait pas eu le courage de l'appeler pour lui annoncer la nouvelle. Elle l'avait apprise lors de cette soirée où elle était allée dans le vague espoir de se faire un mec. La culpabilité tordait sa bouche.

« Quand je pense que j'ai reçu hier le dernier impayé du chéquier sur lequel j'avais fait opposition. Tu te rends compte, près de deux ans après, il l'utilisait encore... »

Le sourire mécanique que cette pensée lui arracha la déchira. Elle eut un spasme, mais elle n'avait plus de larmes, c'était fini. Elle parlait d'une voix blanche. C'était le début du samedi après-midi. Une musique de salsa particulièrement joyeuse s'échappait d'une fenêtre donnant sur la cour, accompagnée d'un bruit d'aspirateur. Je me demandais bien quoi faire. Allumer une cigarette, comme dans les films, et souffler la fumée d'un air concerné, les yeux dans le vague ? Ça puait déjà assez comme ça avec l'odeur de poisson grillé qui flottait dans la cour. Je n'avais jamais vu ce garçon. Avec la meilleure volonté du monde, que pouvais-je ressentir ?

« De toute façon, je ne peux pas aller à l'enterrement, j'ai cours et mes premières me font deux exposés. »

Le frigo émettait une vibration menaçante, vaguement rythmée, qui me faisait toujours penser à l'intro d'« Astronomy Domine » de Pink Floyd. Je fixais l'affiche peinte de *James Bond 007 contre Docteur No* que j'avais placardée dans ma cuisine et, je ne sais pourquoi, je concentrai mon regard sur le canon du silencieux fixé au revolver de James Bond, étrange cylindre sombre. Le bourdonnement du frigo semblait venir du silencieux. La voix de Laurence avait disparu. À la place, j'entendais le son d'une machine que je ne voyais pas, dont je ne comprenais pas quelle pouvait être la source, mais qui m'habitait à mon tour, qui m'assourdissait et m'ôtait la perception de tout mot et de toute phrase. Le visage de Laurence s'animait, ses lèvres bougeaient, mais je ne percevais que des grincements, des raclements, des feulements étouffés, des cris d'oiseaux lointains, des bribes de musiques macabres, des voix appartenant à d'autres personnes et d'autres époques de ma vie. Une sorte de langage sauvage et inarticulé semblait naître du fond de mon ventre, recouvrant comme le son d'une radio détraquée tous les mots que Laurence pouvait dire. Je sentais une vase noire et froide couler dans mes veines. Je voyais un corps jeune en baskets et débardeur, avec une coupe punk, une bave noire mêlée de débris innommables sortant de sa mâchoire fracassée. J'avais l'impression que ce corps déchiqueté était au fond de mes entrailles et qu'il allait jaillir en me perforant le ventre, comme dans *Alien*.

Montant de la cour, une publicité pour les magasins But me fit à nouveau réaliser que deux personnes se trouvaient dans cette cuisine où flottait une odeur de liquide-vaisselle au citron mêlée à des relents de poisson grillé : une assise en peignoir avec un chignon qui se défaisait, et une autre qui écoutait — moi — mais qui n'entendait rien. Je me mis soudain à regarder Laurence dont je ne percevais plus que deux lèvres desséchées et tremblantes, et je pris soudain conscience de l'ensemble de son visage et, surtout, de son regard, un regard qui n'avait rien à voir avec tout ce qui se trouvait dans cette pièce — ni avec le bruit du frigo, ni avec le silencieux au bout du revolver de James Bond, ni avec les magasins But, ni avec la mort de Dee, ni avec mon peignoir trop grand qui faisait ressembler ses bras à deux trompes d'éléphant. Ce regard me sembla la seule chose vivante de cette pièce, la seule qui pût nous sauver elle et moi de cet enfer. Laurence penchait un peu la tête de côté, un tendre sourire d'incompréhension dessiné sur son visage, et je sentis la présence de quelque chose qui ne correspondait à aucune pensée, aucune image, aucun mot. Je la regardais. C'était là devant moi, mais ce n'était pas ses yeux eux-mêmes, c'était derrière ses yeux, ou bien au-dessus, enfin ça bougeait tout le temps. Ça n'existait pas, on ne pouvait pas le voir, mais c'était là. Moi, je l'avais vu, et c'était suffisant.

15

Le mariage, pensais-je, était la dernière manifestation possible d'irréalisme dans le monde détruit où je vivais. Je reculais autant que possible mon entrée dans ce monde de désirs illimités que les mercenaires libertaires des médias et de la publicité, entraînés par les fossiles de la contre-culture du type *Actuel*, cherchaient à rendre attirant. Le mariage était un engagement. C'est beau de s'engager, me disais-je, quand tout, autour de moi, était futile et provisoire.

En Occident, le mariage était devenu un passage inutile. À la limite, on se mariait pour se mettre en règle et bénéficier d'avantages fiscaux ; des couples décidaient de passer à la mairie quand ils se rendaient compte que ça leur ferait payer 15 000 F d'impôts en moins. Cependant il existait déjà des « certificats de concubinage » permettant d'obtenir certains avantages. Bref, le mariage ne servait plus à rien et ça le rendait assez exotique, un peu comme un puits qu'on garde dans un jardin pour la décoration. *Le Figaro Magazine* s'en alarmait, *Libération* y captait d'intéressants signes de modernité, mais au fond ils étaient d'accord : le mariage était désacralisé. À quoi bon passer par là puisque ex-mari, ex-femme et pourquoi pas ex-enfants allaient se retrouver dans une « famille recomposée » dont les représentants les plus cool partaient en « tribu » dans un Renault Espace pour faire des « grandes bouffes » dans des maisons retapées, à deux heures de Paris par l'autoroute (mais il faut calculer large) ?

Cette idée de mariage était aussi liée à ma grand-mère. Elle était catholique. Au Centre hospitalier général d'Orsay, elle continuait à suivre la messe à la télévision le dimanche matin, même quand il s'agissait d'une retransmission en plein air depuis un village d'Afrique noire. À la tombée du jour, à Gif, elle murmurait toujours des prières dans la pénombre de la cuisine, les pieds calés sur l'échelon inférieur du tabouret posé contre le radiateur, tout en tambourinant de ses doigts glacés sur le formica. Quand le soir tombait, elle n'allumait pas la lumière, comme si l'électricité n'existait pas et que nous étions en Slovaquie en 1910. J'avais l'impression non pas de pénétrer dans la cuisine d'une habitation située dans une petite ville de la vallée de Chevreuse, mais de me mêler à la matière d'une scène de la Slovaquie rurale. Désormais, c'est à peine si ma grand-mère me regardait quand je restais assis près d'elle sur la chaise de l'hôpital alors que le soir tombait et que l'infirmière guadeloupéenne, dans un éclat de rire, allumait la lumière en lui apportant une assiette de hachis Parmentier et une crème Mont-Blanc à six heures et demie du soir. Elle n'avait même plus la force de tendre la main vers son chapelet.

Elle mourut une semaine après son transfert à l'hospice. Lorsqu'on la chargea dans l'ambulance, je vis dans son œil une lueur de scepticisme un peu agacé. Par un sentiment de gratitude envers les infirmières qui s'occupaient d'elle avec tant de soin et auxquelles elle ne voulait pas manquer en se laissant mourir, elle s'était forcée à survivre, ce qui représentait un exploit surhumain vu la profondeur de ses escarres. Une fois à l'hospice, plus rien ne la retint : elle eut une infection généralisée et, dix jours plus tard, je l'enterrai. La plus grosse couronne portait l'inscription « SES AMIS DU 3ᵉ ÂGE ». Un mois après, je fis part à Laurence de mon projet de me marier avec elle.

Lui aurais-je proposé cet acte au-dessus de mes moyens tant j'y mettais de puissance symbolique si Dee ne s'était pas suicidé; si ma grand-mère n'était pas morte; si tout autour de moi et d'elle ne flottait pas dans une atmosphère de néant où je ne percevais qu'une discontinuité décourageante? C'est toujours au nom d'un ordre meilleur, introuvable dans nos vies, que nous portons notre choix sur un acte fondateur à la portée magique, censé marquer une césure libératrice entre un avant et un après. Avant, c'était le chaos, les ténèbres, le bordel. Et puis Dieu ou l'histoire éclairent le monde. Certains voient, d'autres restent aveugles. Toutes les religions, toutes les utopies supposent un état antérieur du monde, un sous-monde malade et désordonné, fragile et fluctuant, négatif du monde idéal. Selon l'utopiste, qu'il soit Messie ou génie de la Révolution, il faut que le monde où nous vivons s'inverse pour que la vraie vie, celle dont nous ne percevions que le reflet, se révèle enfin à nous pour que nous soyons à jamais délivrés du négatif. Toutes les utopies, toutes les révolutions répètent cela.

Les utopies anciennes projetaient l'existence de ce monde vrai dans l'au-delà, une fois le cours de la vie terrestre achevé. Les utopies modernes, fruit de l'impatience, veulent accélérer le processus : le monde vrai n'est pas celui que l'humanité a perdu puis falsifié à force de dévoiement, mais celui qu'elle va soulever de terre, sous nos yeux, comme une montagne. L'histoire joue le rôle de la lumière divine : ce qui régnait avant était mauvais et imparfait, ce qui régnera après sera meilleur et tendra vers le parfait. Le bonheur ici et maintenant, comme la radio du PS. En repensant à tout cela, je me rends bien compte de la faiblesse d'une utopie terrestre comme le mariage. Les utopies religieuses n'avaient rien à craindre : aucune réalité ne pouvait les démentir. Les utopies terrestres, en revanche, si : elles doivent rendre des comptes à ceux qui règlent leur vie en fonction d'elles, un peu comme quelqu'un qui suit une thalassothérapie ou un régime amaigrissant. Il veut des résultats et, si ceux-ci ne viennent pas, ça affaiblit l'utopie. Néanmoins, je me dis aussi qu'il ne faut pas sous-estimer la force de conviction entraînée par l'*expert* pour justifier les ratés, « dysfonctionnements » et échecs grotesques et monstrueux des utopies terrestres. Adolescent, j'avais bien vu se succéder une série d'experts du communisme soviétique, du maoïsme, de la révolution permanente, toujours capables d'expliquer pourquoi la réalité que quiconque pouvait constater n'était pas la vraie réalité, que cette réalité-là était illusoire, dérisoire même, bonne à abuser les esprits naïfs et superficiels qui ne voyaient pas plus loin que le bout de leur nez. Les vrais experts, eux, connaissaient les vraies raisons. Les responsables d'une commune populaire chinoise avaient été passés par les armes pour « crime économique » ? Avant toute chose, était-on sûr de l'information ? Ne devait-on pas d'abord chercher l'intérêt de ceux qui la diffusaient ? Aujourd'hui, le même mécanisme se reproduit avec l'utopie marchande et économiste. Des quantités d'experts pullulent pour rappeler à ceux qui les écoutent que ceux-ci vivent dans un monde d'apparences, et que le monde parfait régulé par la vérité de l'économie et du commerce va bientôt régner. Il nécessite encore des efforts, jamais achevés, et c'est pourquoi ses échecs et ses aberrations *doivent être resitués dans leur contexte*, celui de la recherche d'un monde parfait et excellent. Les experts ne jugent les manifestations de la réalité qu'en les rapportant à un monde positif et idéal, seul lieu à partir duquel la réalité est observable, puisque nul événement ne peut advenir ni être pris en compte sans que l'expert le rapporte à cette connaissance du monde parfait qu'il a reçu la charge — pardon, qu'il *est en charge* — de représenter. C'est le même mécanisme que j'ai retrouvé plus tard chez le consultant du groupe Expert-Press.

Je dégottai un prêtre parlant le hongrois à la mission catholique tchécoslovaque, 18, rue

Monte-Cristo à Paris, dans le 20ᵉ, non loin du Père-Lachaise, où j'avais souvent conduit ma grand-mère. C'était un local déprimant, sorte d'hôtel une étoile, en comparaison du palace qu'est l'Église de scientologie rue de Dunkerque, devant laquelle des Africains distribuaient des tracts. Il venait d'arriver de Slovaquie, dormait apparemment là dans un bureau sur un sac de couchage, n'avait jamais célébré de mariage et ne parlait pas un mot de français. Il m'offrit des brochures en hongrois qui paraissaient avoir été imprimées avant sa naissance. Je parlais et comprenais phonétiquement un hongrois rudimentaire, celui de ma grand-mère, mais je ne saisissais pratiquement pas un mot à ce que me racontait ce malheureux. Laurence, qui avait été plutôt élevée dans la foi communiste, trouvait ça attendrissant.

Ce mariage ressembla plus à une sorte de reconstitution historique, avec des figurants loués et costumés pour l'occasion, qu'à un événement inscrit dans la trame de nos vies. Nous eûmes le plus grand mal à réunir quelques vieux — pris dans les relations de nos deux mères — qui, au moins, possédaient sur les autres l'avantage de disposer à l'avance de tenues idoines pour la cérémonie, laquelle eut lieu à la chapelle de Courcelle, où ma grand-mère se rendait à la messe pour les grandes occasions en compagnie d'une dame avec qui elle allait au marché. Eux, c'étaient des pros qui avaient fait ça toute leur vie. À l'inverse, nos amis, décontenancés, mêlèrent des costumes appartenant à des registres différents, un peu comme si un comédien en vogue dans les années 60, une danseuse de tango de renommée internationale, un musicien endimanché engagé pour une soirée à thème russe, une lady anglaise en partance pour une croisière dans l'océan Indien se fondaient dans la même foule. Chacun avait puisé dans des souvenirs cinématographiques, ou bien avait feuilleté mentalement des albums familiaux pour se conformer à l'image qu'il se forgeait d'une tenue pour un mariage, afin de participer de son mieux à notre reconstitution historique. Les vieux regardaient le groupe disparate formé par nos amis avec une sorte de curiosité indulgente, comme un groupe de comédiens aguerris qui voit débarquer une troupe bigarrée d'amateurs pour un spectacle expérimental.

Ma mère, enthousiasmée par la cérémonie, nous dit qu'elle aussi voulait se marier. Elle arriva dans une cape blanche aux plis compliqués, surmontée d'une immense capuche. Elle fut la vedette de notre mariage. Après la cérémonie — en partie en hongrois — à laquelle nos amis assistèrent comme à un spectacle culturel intéressant auquel *Télérama* ou *Le Monde* les aurait envoyés, nous organisâmes une réception où le prêtre hongrois qui semblait, lui, sortir d'un film de l'Est en noir et blanc, errait comme un figurant égaré, une coupe de champagne à la main. Je me promenais dans mon propre mariage comme le maître d'hôtel d'un restaurant, surveillant si tout allait bien. Je portais d'ailleurs un costume sombre d'excellente coupe qui m'aurait permis d'accueillir de façon très crédible les clients d'un restaurant prétentieux. J'avais en outre transporté moi-même la vaisselle, les verres et les plats de service, loués à une entreprise de restauration collective à laquelle il avait fallu verser une caution. Au final, l'expérience fut, je crois, jugée très réussie par tout le monde à condition toutefois qu'elle ne se répète pas.

Au fond, j'aurais dû changer de nom en me mariant, un peu comme Cat Stevens qui s'est fait appeler Yusuf Islam après sa conversion à l'islam. Laurence, elle, s'amusait à se faire appeler Madame et à porter mon nom par plaisanterie. Les aspects matériels du mariage me firent momentanément perdre de vue son caractère idéaliste et utopique. Sans que ce fût planifié, le mariage nous permit d'abord de solidifier une procédure d'installation à deux : la « liste de mariage » déposée au Bon Marché offrit l'occasion de se procurer le robot mixer, les verres à pied et les lampes qui nous faisaient défaut. Laurence fut prompte à traduire ce contrat qui nous unissait en actes utiles. Suis-je le seul aujourd'hui à percevoir un lien entre le mariage et la création d'entreprise, si encouragée en cette période désormais reculée ? J'apportais l'idée, le peu de capitaux dont je disposais, et Laurence se chargeait du suivi et de la gestion. Dans mon esprit, l'objet du mariage n'était pas d'offrir un cadre rassurant à la survie économique du couple, qu'un simple « on habite ensemble » aurait réglée. Il y avait des objectifs plus élevés, un peu comme ceux que s'assignent EDF ou Vivendi sur les dépliants adressés aux particuliers pour les persuader que la distribution d'énergie ou de « contenus » via des chaînes câblées n'est pas une fin en soi mais relève au contraire d'une utopie terrestre : « relier les hommes entre eux », « faire de la planète un espace où il fait bon vivre ». Des objectifs qui n'ont rien de vérifiable ni de quantifiable, mais qui offrent une sorte de couronnement invisible et nébuleux à ces entreprises, un peu à la façon des panneaux aux lettres colossales dans les pays totalitaires proclamant à qui veut les lire que « le but de la révolution est le bonheur de tous ». On passe avec indifférence devant ces justifications grandioses : la jeune Française occupée douze heures par jour à faire du télémarketing pour 5 000 F net par mois (762 €) y croit autant que la ménagère cubaine qui attend pendant quatre heures un autocar bondé qui tombera en panne au bout de dix kilomètres.

J'ai parfois l'impression que je me suis marié comme j'aurais rejoint une secte. Je n'écoute plus de musique trop fort, je vois seul cet ami qui est désagréable à « ma femme », je dois payer cette facture qu'autrement j'aurais fait traîner pendant des semaines, je dois acheter d'autres draps chez Habitat alors que ceux que j'avais avant me convenaient très bien. Je dois converser avec le mari de sa copine chargé de surveiller les comptes du programme Ariane au ministère de l'Industrie et de la Recherche, je mange des légumes étranges dont je n'avais jamais entendu parler avant. Je dois entendre tous les jours des expressions et façons de parler qui ne me sont pas familières et qui déteignent sur moi : « Adieu Berthe », « Il est arrivé avec la gueule enfarinée », « C'est trognon »... Je ne peux pas ouvrir la fenêtre quand je veux. Il y a des disques qui ne conviennent pas, d'autres qui conviennent. Des amis qui sont accueillis avec plaisir, d'autres à la suite de négociations. Des paroles malheureuses qui prouvent que je n'ai pas de sentiments. D'autres que je me surprends à prononcer avec honte. Des objets à déménager, des meubles à transporter, des camionnettes à louer, des courses à faire. Et des sourires de reconnaissance, des moments de bonheur, des matins où la pesanteur du monde s'en va, quand même.

Avant le mariage, ma vie était nulle, j'étais dans les limbes. Après, ma vie était fausse. Mais je ne suis pas le seul. N'est-ce pas le cas de l'humanité qui place son destin sous le signe d'un idéal ? Marié, je compare les bonnes et les mauvaises choses qui surviennent dans ma vie à l'idéal que représente le mariage. Cet idéal ne les rend ni pires ni meilleures, il me permet de les juger. Les journées peuvent-elles s'écouler sans que l'individu ait quelque chose à juger, quelqu'un à qui s'en prendre, une idée noble à laquelle demander des comptes, un dieu, une multinationale, un idéal choisi ou imposé qui réponde de tout ? Je me dis que les militants opposés au commerce mondial globalisé ont la même vision du monde que ceux auxquels ils s'en prennent : une vision totale, le monde vu comme une immense horloge où le tour donné à une grosse roue dentelée par un protestant anglo-saxon au teint jaune et au complet rayé, votant pour une résolution lors d'une réunion de l'OMC où il écoute à moitié, et qui déprime en pensant à sa fille de quinze ans qui écoute Marilyn Manson, va créer le malheur de la fillette philippine aux doigts ensanglantés qui travaille à l'usine Nike dans la banlieue de Manille. Le modèle mécaniste appliqué à l'économie et que les antimondialistes plaquent à présent sur tout, y compris le climat, n'est ni vrai ni faux : on ne peut établir avec certitude que des causalités vérifiables, les causalités secondes et indirectes me semblant toujours ressortir à une appréhension religieuse du monde. L'explication mécaniste du monde a un mérite surpassant les autres : elle nous permet de sacrifier à cette passion de juger qui met de l'ordre dans le chaos du monde, elle simplifie la détermination du bien et du mal, ce qui est tout de même la grande affaire humaine. Ainsi, pour moi, le mariage a été le bien avant de devenir le mal.

16

Dans la voiture qui ramenait Philippe chez lui après l'enterrement de la mère des frères Seigneur, il repensait à l'année qu'il avait passée à travailler au projet de « support papier » que la radio Sonic-FM avait tenté de lancer en s'associant avec le groupe Expert-Press. Quand Corinne L'Helgouarc'h lui avait demandé, juste à la sortie du cimetière, en lui prenant le bras d'un air complice et en l'entraînant sous son parapluie : « Alors ? Tu fais quoi maintenant ? », il vit, impuissant, arriver le moment qu'il avait cru éviter avec un soulagement prématuré. Philippe ne pouvait pas répondre qu'il était « sur un projet » puisque celui-ci avait capoté depuis déjà trois mois.

« J'essaie de faire repartir un projet » fut l'approximation la plus honnête qu'il trouva compte tenu du délabrement objectif de sa vie professionnelle. Le sourire un peu désolé de Corinne L'Helgouarc'h lui apparaissait encore entre deux battements d'essuie-glace. Il signifiait : « Encore un mec qui galère, comme celui que j'ai tenu à bout de bras et qui n'a même pas été foutu de garder son boulot de gardien au gymnase. Pourtant, toi, je pensais que tu t'en tirerais mieux, tu avais des possibilités... » Philippe imaginait ce malheureux qui conduisait des trains, la nuit dans la banlieue, des trains de marchandises, alors que des bandes de beurs débiles balançaient des parpaings du haut d'un pont pour exprimer le mal-être des cités. Pauvre mec.

La préparation du projet se faisait dans les locaux d'Expert-Press à Suresnes. Philippe avait pris l'habitude du trajet. Être coincé dans un embouteillage à huit heures quarante-cinq sur le pont de Puteaux, face à des joggeurs courant en sens inverse sur le trottoir en direction du bois de Boulogne alors que la pluie tombait depuis déjà une demi-heure, tout en écoutant sur France Info Michel Lis, le chroniqueur du jardinage, un illuminé qui beugle pour vous expliquer comment tailler un rosier grimpant, ça plaisait bien à Philippe. Autour de lui, que des gens seuls. Beaucoup de femmes : l'une croquant une golden, l'autre la bouche entrouverte, l'air de ruminer une vengeance. Tous donnaient l'impression d'avoir peur, que cette journée était peut-être leur dernière. Il y avait quelque chose de rassurant à se retrouver enfermé dans cet agglutinement comme, Philippe l'imaginait, le soldat noyé dans son peloton. Il appartenait à la masse des sacrifiés, ceux dont c'était le devoir de rouler vers les parkings de ces immeubles de bureaux. Il avait la vision d'une chaîne ou, plus exactement, d'un immense tapis roulant, comme les tapis de bagages dans les aéroports. Il revoyait ces photos en noir et blanc d'ouvriers, tête basse, poussant leur vélo vers l'entrée des filatures du Nord. Sylvie, qui travaillait comme secrétaire de rédaction pour *Chiens 2000*, lui avait d'ailleurs dit un jour :

« Avant, je travaillais comme préparatrice dans une usine de parfums à Grasse. Il y avait de grandes baies vitrées. C'était mieux qu'ici. »
La France est une immense plainte.

Réunion à neuf heures. L'homme du groupe Expert-Press a convoqué l'équipe-en-charge-du-projet, mais il n'est pas là. La réunion a lieu dans le bureau de Vincent Neveux, qui occupe un local où il n'y a rien d'affiché sur la porte, ni nom ni numéro, juste trois petites étoiles argentées, comme celles qu'on colle sur les emballages des cadeaux de Noël. Son bureau donne sur le toit du réfectoire dont on voit les ouvertures en forme de bulbes blanchâtres encrassés par la pluie, maculés de boue. Un ballon promotionnel rose «Wanadoo» à moitié dégonflé, enfermé dans cette cour étroite, semble flotter là depuis un an. Sur le rebord de sa fenêtre, Vincent Neveux a installé une mini-chaîne sur laquelle il écoute, à un volume très faible, à peine discernable, les nouveautés qu'il part acheter à la Fnac, à l'heure de la pause, sur son scooter (comme il le confiera plus tard à Philippe). L'espace qu'il occupe est à peine plus grand que la surface moyenne d'une cuisine dans un appartement parisien. Le bureau sur lequel il travaille a la dimension d'un plan de travail avec évier. Pour y accéder, il faut contourner une petite table ronde en bois noir entourée de fauteuils en toile Habitat, dont le dossier est frappé du logo TÉLÉQUICK, un magazine visant la cible des 25-34 ans qui bénéficient, avec leur conjoint(e), d'un pouvoir d'achat double parce qu'ils n'ont pas encore d'enfants (facteur de ralentissement dans les sorties et dans la consommation de produits technologiques et culturels), dont Canal +, et particulièrement les Guignols, représente le signe de ralliement, magazine dont le slogan de lancement était «Pour ceux qui n'aiment pas se prendre la tête avec les programmes télé». L'affiche de pub, placardée sur le mur, montre une battante en tee-shirt moulant lui découvrant le nombril et pantalon de cuir : d'une main, elle enfourne goulûment une part de pizza dont on voit le carton entrouvert tandis que de l'autre elle pointe la télécommande vers le téléviseur. À côté — détail décalé —, son mec en marcel et caleçon. Il a vaguement la tête de Jean-Hugues Anglade dans *37°2 le matin*. Il est plongé, les sourcils froncés, dans la lecture d'un magazine aux couleurs criardes sur la couverture duquel on distingue des étoiles dorées et les mots « STARS », « SCANDALES », « BLABLA », « CULTURE », soit tout ce qui est censé être un objet de dérision pour les acheteurs potentiels de *Téléquick*. *Téléquick*, au « concept » pourtant très attrayant, s'est interrompu il y a trois semaines, soit deux mois après le début de sa parution, faute d'avoir atteint ses objectifs.

Vincent Neveux portait une cravate à motifs ludiques (des petits motards) et une chemise frappée du monogramme YSL aux manches exagérément bouffantes sur des bras maigrichons. En le voyant au fond de son bureau, Philippe pensa à un prisonnier de luxe dans sa cellule. Il feuilletait avec gravité *L'Équipe*, dépliée sur son bureau, comme un document stratégique. L'échec de *Téléquick* qu'il assumait avec crânerie (l'affiche occupait la quasi-totalité du mur) lui donnait l'air stoïque d'un militaire mis sur la touche. Vincent Neveux tendit sa carte à Philippe : il y était indiqué qu'il était « business manager ». Sur ses gardes, il vit que Philippe observait l'affiche de *Téléquick*. Philippe comprit que Vincent Neveux avait hérité le projet du « support-papier » de Sonic-FM comme un officier déchu condamné à superviser des travaux de voirie, un peu comme Napoléon à Sainte-Hélène. Il se garda bien du moindre commentaire. Pour montrer qu'il n'était pas du genre à fuir ses responsabilités, Vincent Neveux lâcha :

« Une grande idée qu'il aurait fallu suivre avec de grands moyens... »

Philippe déchiffra d'autres titres sur la couverture du magazine imaginaire censé incarner la ringardise dont *Téléquick* aurait dû soulager ses heureux lecteurs : « LES LARMES DE CHARLENE LOUKOUM ». Vincent Neveux appuya un sourire et dit sur un ton qui se voulait définitif :

« C'est une aventure qui nous a lancés sur des pistes que nous continuons à explorer. »

Au deuxième rendez-vous, Vincent Neveux annonça à Philippe qu'il avait l'habitude de tutoyer ses collaborateurs. Il posa à plat la feuille où Philippe avait rédigé le « concept » du magazine. Le blanc du papier ressortait violemment sur le noir de la table. Il fixa la page d'un air de concentration volontaire. Ses mains tendues en pyramide se rejoignaient à la racine de son nez. Sa réflexion semblait si intense qu'on aurait dit qu'il souhaitait désintégrer cette page par la seule force de son regard. Estimant que soit Vincent Neveux n'avait rien à dire, soit qu'il avait à dire des choses tellement désagréables que seul un sentiment de pitié le poussait à ne pas les exprimer, Philippe jugea préférable de prendre les devants.

« Je me suis contenté de reprendre les formules qu'on avait évoquées la dernière fois : d'abord le fait qu'il existe un nouveau public, moins spécialisé et moins sectaire, qui écoute toutes sortes de musiques et qui ne dispose pas d'un moyen d'information suffisamment éclectique; ensuite que Sonic-FM, radio spécialisée dans le rock, mais pas n'importe lequel, jouit d'une réputation incontestable... » (Philippe ne savait même pas comment on captait cette radio.)

Le visage de Vincent Neveux s'éclaira brusquement d'une expression de reconnaissance enfantine qu'il n'eut pas le temps de dissimuler tout à fait. Il tenta à nouveau d'hypnotiser la feuille puis secoua bizarrement son visage dans un mouvement de gêne.

« J'ai peur qu'on nous reproche d'être trop passionnés par notre sujet. »

Il se retourna vers sa collection de CD, où Philippe distingua Saint-Étienne, Belle &

Sebastian et une réédition des Go-Betweens, avec l'air d'un enfant pris en faute, comme s'il abritait une collection de DVD pornos.

« J'essaie de m'abstraire de ma position de fan. Je veux porter sur ce projet un regard objectif. Tout ce que nous allons faire dans ce bureau va être passé au scanner par le comité de direction. »

Il cessa soudain de regarder la feuille, comme découragé par cet exercice inutile. Il fixa Philippe d'un air rusé qui lui fit penser à Louis de Funès dans la série des gendarmes. Les motos de sa cravate avaient l'air de danser.

« Qui est-ce que tu mettrais en couverture pour le numéro 1 ?

— Je ne sais pas... Garbage, par exemple... Ils sortent un nouvel album le mois prochain. »

Vincent Neveux grimaça légèrement et aspira l'air entre ses dents serrées.

« C'est très pointu, ça, Garbage... On risque d'être taxés d'élitisme...

— Ils ont quand même vendu des centaines de milliers d'albums en France, d'après la bio envoyée par BMG.

— Ça fait très *Inrocks*, ça, Garbage... 36 000 exemplaires par semaine ! Attention ! »

Il sourit d'un air finaud, comme s'il avait trouvé une ruse particulièrement astucieuse pour mettre Philippe à l'épreuve. Cette fois, il ressemblait aux Dupond(t) soupçonnant Irma, la cameriste de Bianca Castafiore, du vol des bijoux.

« Et pourquoi tu ne mettrais pas Céline Dion, hein ? »

Devant l'air interloqué de Philippe, Vincent Neveux, magnanime, souleva un coin du voile sur sa stratégie. Il ouvrit le dernier numéro des *Inrockuptibles* qu'il avait placé sous *L'Équipe*.

« Bien sûr, je dis Céline Dion, mais il ne faut pas prendre Céline Dion au pied de la lettre... Il suffit de prendre le chart de la Fnac, de l'analyser, et, à partir de là, nous allons déterminer les critères qui nous permettront de trouver quelle sera notre cover star du mois. »

Philippe regarda la liste :

N° 1 Suprême NTM
N° 2 Sting
N° 3 Johnny Hallyday
N° 4 B.O. du film *Astérix et Obélix*
N° 5 Best of Pink Floyd
N° 6 Liane Foly
N° 7 The Offspring
N° 8 Les plus belles voix d'Italie
N° 9 Radiohead
N° 10 La compil des Enfoirés

L'affaire se présentait mal, comme on dit dans les romans policiers.

« Il faut que tu décortiques tout le chart de la Fnac depuis six mois pour qu'on puisse établir la proportion exacte des styles qui marchent afin de faire un prévisionnel des couvertures à venir. C'est comme ça que nous avons procédé pour *Téléquick* et c'est une méthode excellente. Tu verras, avec ce document, on va convaincre le comité de direction qu'on a réalisé un vrai travail de fond. »

17

Laurence voyageait, travaillait, progressait, et moi je stagnais. Quelques mois après notre mariage, elle planifia un séjour d'une semaine en Angleterre pour consulter au Fitzwilliam Museum de Cambridge des manuscrits du *Mariage du ciel et de l'enfer* de Blake. Il me restait alors un peu d'argent de l'héritage de mon père, qui fondait de mois en mois vu mon incapacité à trouver une activité stable et même à imaginer des projets culturels ou artistiques qui m'auraient permis de bénéficier de diverses subventions, allocations et aides pour l'obtention desquelles il fallait écrire des notes d'intention, comparaître devant des jurys et prendre rendez-vous avec des bureaucrates, même sympathiques, un processus qui me décourageait à l'avance. D'ici un an, sans doute, pensais-je, je ne pourrais plus faire de voyages. J'avais vu un reportage dans un magazine sur Portmeirion, un village côtier du pays de Galles où l'on avait tourné la série *Le Prisonnier*. Le lieu, qui n'était pas un décor artificiel comme on aurait pu l'imaginer, mais un vrai village construit de toutes pièces par un architecte excentrique, avait été transformé en hôtel ; chacune des maisons constituait un bungalow. On pouvait apparemment y déguster du saumon au milieu de couples âgés et discrets dans une grande salle à manger désuète.

Laurence suggéra une formule avion + voiture de location qui me permettait de la rejoindre à son hôtel à Cambridge et de faire le voyage en voiture tranquillement le lendemain. L'avion partait tôt (c'est sans doute pour ça que c'était moins cher) et, du coup, je pus passer quelques heures à Londres. Au lieu de me précipiter au Virgin Megastore comme j'en avais formé le projet, je fus pris d'une inspiration subite en voyant une annonce dans *Time out*. Je décidai de passer dans un sex-shop dont la spécialité était le cuir et le vinyle et qui s'appelait « She an'me ». Le dessin de la publicité montrait un couple dont les deux silhouettes de profil, penchées l'une vers l'autre, formaient un cœur. La femme était dessinée de façon assez précise pour qu'on puisse détailler son vêtement : une combinaison intégrale en vinyle surmontée d'un col relevé. Elle portait des sandales hautes et lacées. Son visage était étrangement paré de lunettes noires en forme de papillon. Sa coiffure évoquait le style des années 50 : lissée en arrière et surmontée d'une queue-de-cheval plantée très haut, comme rigide. L'homme portait un blouson court fait dans la même matière, traversé de nombreuses fermetures Éclair, et un pantalon semblable, coupé comme un jean, avec une fermeture Éclair remontant le long de chaque jambe. Les fronts du type et de la fille se touchaient, et quelque chose dans la photo suggérait néanmoins que ce n'était pas tout à fait sérieux.

Laissant la voiture à l'aéroport, je me fis déposer en taxi sur Old Brompton Road, dans le quartier de South Kensington, non loin de Chelsea et de King's Road. La boutique était profonde et vaste, prolongée par un sous-sol. Un couple de quinquagénaires renfrognés — j'imaginais des restaurateurs modestes — examinait des slips surmontés de godemichés en plastique noir comme s'ils avaient à choisir un outil de jardinage. Au sous-sol, il n'y avait personne. Je me mis à imaginer qu'un temps de présence prolongé dans ce lieu comportait des risques, qu'il fournirait aux responsables de ce magasin trop d'informations sur ma personnalité, mes faiblesses, et que cela aurait des répercussions désagréables, voire dangereuses, sur ma vie, puisque ceux qui m'auraient vu ici pourraient répondre à des questions sur mon passage, ce qui, par recoupements, mènerait un éventuel enquêteur à découvrir mon identité. Je m'emparai d'un objet pour apparaître comme un client déterminé à faire un achat précis, à qui l'on ne pose pas de questions, et non comme un traînard malsain dont le reflet apparaissait sur l'écran noir et blanc d'un moniteur vidéo, et de qui un agent de sécurité se rapprocherait insidieusement pour l'empoigner et l'expulser. Je serrai dans ma main une culotte en vinyle d'une taille que je choisis au jugé, à laquelle était agrafé un gros embout de plastique blanc rigide marqué d'une empreinte magnétique antivol; celui-ci était d'une dimension au moins deux fois supérieure à la culotte que je destinais à Laurence. Je serrai ce morceau de vinyle qui diffusait une suave odeur de pétrole, et d'où pendouillait ce gros hochet de plastique blanc. Le contact du vinyle, bien que froid et mou, diffusait dans ma main une sorte de courant tiède, comme si je tenais un organisme étrange dont le contact altérait mes fluides intérieurs. Quand je me mis à passer en revue les combinaisons de vinyle suspendues à un portant, je vis danser les petites étiquettes indiquant le prix : 179 £, soit plus de 2 000 F. Ces fantômes noirs se balançaient les uns contre les autres au bout de leurs cintres chromés. Le revers du vinyle était composé d'une matière grise, fine et synthétique, comme une peau de souris stérilisée entrelacée de fils de plastique invisibles. Quand j'eus fini de les examiner de gauche à droite, je recommençai de droite à gauche. Je tâtai l'un, puis l'autre, au point de ne plus savoir ce que je faisais. Le vendeur, affairé à des allers et retours entre le comptoir et l'arrière-boutique, m'adressa un sourire commercial :

« They're nice, aren't they ? »

Je souris. Le fait qu'il m'ait adressé la parole était le signal m'indiquant que je devais acheter quelque chose, sinon le courant qui me traversait allait s'interrompre brusquement. Je m'empressai d'extraire l'une des combinaisons comme d'un feu. J'avais quatre billets de 50 £ dans la poche, eux aussi me brûlaient les doigts.

« I'm going to have this one. »

Le vendeur ne put s'empêcher de marquer de la surprise devant ma brusquerie. Je sortis de ma poche les quatre billets auxquels ma main était agrippée.

« Are you sure it's the right size ? »

J'affectai un acquiescement entendu. Bien sûr que c'était la bonne taille ; j'avais évidemment réfléchi à cet aspect de la question, mais là, ça n'avait aucune importance. Quand je sortis dans la rue, je portais un grand sac noir contenant la combinaison, la culotte et une paire de menottes, choisie au dernier moment parmi de petits objets posés près de la caisse, comme les agendas et les porte-clés dans les papeteries. Sur le trottoir, le contour des passants semblait découpé par la lumière d'hiver avec une précision inhabituelle. Je restai un moment hésitant devant la boutique, ne sachant comment m'orienter, telle une machine qu'on aurait oublié de programmer. Je dissimulai la pochette de « She an'me » au fond de mon sac de voyage.

À Cambridge, j'arrivai tard à l'hôtel où Laurence était logée avec d'autres universitaires. Elle voulut quitter sa chambre immédiatement de peur de subir les assauts d'un collègue chercheur qui, m'expliqua-t-elle, malgré ses trente-cinq ans semblait avoir des taches de vieillesse sur les mains. Nous marchâmes deux cents mètres sur un trottoir glacé. J'avais l'impression de participer à un film qui se déroulait à une vitesse légèrement plus lente que celui dans lequel circulaient les autres passants. On m'avait fourni moins d'indications, mon rôle était moins clair que celui des autres. Nous atterrîmes dans une pizzeria où les cartes, elles-mêmes en forme de pizzas, étaient en plastique rigide. Un haut-parleur fixé au-dessus de nos têtes diffusait des succès des Beach Boys interprétés à l'identique par des musiciens mercenaires, ce qu'une oreille un peu attentive repérait assez vite.

Sortis de la pizzeria, nous ne distinguions plus rien : ni passants, ni fenêtre allumée, ni trafic. Juste le froid. Sur le chemin de retour vers l'hôtel, je me mis à chanter « I Get Around » faux, en essayant de faire toutes les voix. Laurence avait largement puisé dans le pichet de rosé qui, vu l'euphorie vaseuse qui s'était emparée de moi, m'avait fait beaucoup d'effet aussi. Je serrai Laurence par-derrière et tentai de passer les mains sous les pans de son gros manteau d'hiver afin de lui caresser les cuisses sous sa minijupe droite, quitte à la détrousser en pleine rue. Mais Laurence redoutait par-dessus tout l'irruption de l'homme aux mains tachées, susceptible de surgir de partout, à tout instant. Avant de partir, elle avait pleuré toute une soirée en me reprochant d'être complètement indifférent à elle, de juste la sauter, que le mariage ne voulait rien dire pour moi, et que Dee, lui au moins, l'avait profondément aimée. « Peut-être, me retins-je de répondre, mais lui, il s'est jeté par la fenêtre, et pas moi. » Je m'étais abstenu et j'avais mis un disque à la place.

Laurence insista pour prendre l'escalier, persuadée que le chercheur aux mains tachées la guetterait dans l'ascenseur. C'était un escalier de secours : les marches étaient en béton, il n'y avait pas de minuterie, mais, au premier étage, une lance à incendie enroulée comme un serpent python. Une fois la porte de la chambre refermée, je fus envahi par la peur, comme si nous ne nous apprêtions pas à faire l'amour, mais à nous dissoudre, à disparaître. Laurence, en manteau, se coucha sur le lit en tombant tout d'une masse, et elle se retrouva presque dans la position où je l'avais contemplée, en collant noir et sans culotte, la nuit où elle avait appris le suicide de Dee. Le souffle coupé, pris d'une légère transe, je me mis à fouiller dans mon sac pour en extraire la pochette « She an'me ». Laurence soupirait dans la pénombre, me demandant les yeux fermés ce que je faisais. Je lui défis la sangle de son manteau, lui enlevai péniblement son pull, sa minijupe, son collant noir puis sa culotte. J'étais moi-même torse nu. Elle entrouvrit un œil lorsqu'elle entendit un bruit de sac en plastique. Je n'osai sortir que la culotte en vinyle — question de réalisme, aussi — que je serrais dans ma main comme un objet volé. Je lui demandai de fermer les yeux afin de ne pas compromettre cette opération magique. Fermant les yeux à mon tour, je me retrouvai transporté dans un lieu de sorcellerie, prêt à accomplir un rite sauvage et enchanté. Je glissai cette carapace noire qui vint se mouler sur son entrejambe. Nous fermions tous les deux les yeux. Puis je plaquai ma bouche dessus et ma langue s'efforça, empêchée, de passer sous le vinyle. Laurence grommela, dans un état second, entre l'amusement et l'agacement.

« Mais c'est quoi ? »

Je ne répondis rien. J'écrasais mes lèvres sur cette surface noire et sans reflets qui sentait le pétrole. Ma langue cherchait à l'enduire et à la rendre plus lisse encore, puis à passer dessous, afin que ma bouche fonde et se dissolve dans le sexe de Laurence.

18

Il n'y a pas longtemps, j'étais au Minitel sur le 3615 SADO (1,29 F la minute — « Soyez forts, suggestifs, mais jamais révoltants »), les jambes prises dans la combinaison de vinyle que, depuis toutes ces années, je n'avais jamais osé montrer à Laurence. Soudain, le haut de l'écran se brouilla et défilèrent une série de chiffres et de sigles étranges, signe que quelqu'un essayait d'appeler au téléphone sur la ligne occupée par le Minitel. Comme je n'arrivais pas à nouer de « dial » excitant avec une connectée (ma préférée, « CH MAITRE SOFT », n'était pas là) et que je ne bandais pas, j'eus juste le temps de me déconnecter, d'entendre la sonnerie et de répondre au téléphone. Après tout, ça pouvait être une proposition de travail. Ça commençait bien : la voix d'un inconnu cherchait à s'assurer qu'il s'agissait bien de moi en m'appelant par mon nom complet. Il se présenta sur un ton sobre, d'une voix basse et voilée à l'effet mélodramatique.

« Bernard Godmuse... »

Ce nom résonna un court moment dans le vide, comme une pierre lâchée dans un puits. Je pensai à ces pièces policières radiophoniques d'autrefois, de la série « Les Maîtres du mystère » sur Inter-Variétés, où un personnage qu'on croyait disparu, ou pis, mort, réapparaissait, affectant le naturel et la banalité. Comme dans « Les Maîtres du mystère », à mon silence — celui du personnage interloqué confronté à une réapparition déconcertante — répondit un ricanement tranquille.

Bernard Godmuse m'avait entendu parler de Joy Division sur Sonic-FM alors qu'il attendait des musiciens pour une répétition. L'image que j'avais gardée de lui était celle d'un mec en manteau afghan devant la MJC de Saint-Michel-sur-Orge, tirant sur sa clope en regardant le ciel étoilé, après un concert où Délirium avait fait un triomphe en première partie de Magma. Ce fut le sommet de sa carrière. Face à moi dans ce café de la Bastille était assis un type avec un bonnet sur la tête, une dent grise et des lunettes, un téléphone portable posé à côté de son verre. Deux minettes style *Nova mag* étaient assises à la table à côté, et je ne pus m'empêcher de m'étonner qu'elles ne le dévorent pas des yeux, comme les filles du lycée le faisaient il y a vingt-cinq ans. En 1976, elles auraient interrompu leur conversation. Là, c'était un vieux assis à la table à côté, en conversation avec un autre vieux.

Bernard Godmuse regrettait de ne pas avoir apporté de véritable innovation dans la musique, comme Jimi Hendrix. Il me le disait sérieusement. Collégien, il allait voir régulièrement, le mercredi après-midi, *Hendrix in the West* et *Rainbow Bridge*, programmés en permanence dans une salle du Quartier latin. À chaque fois, il entraînait une fille. Acoquiné avec Richard Pinhas de Heldon, Godmuse avait enregistré un album instrumental, avec sa guitare, son ampli et deux magnétophones Revox, dans un style assez proche de *No Pussyfooting* de Fripp et Eno. L'album s'appelait *Glass Menagerie*, la pochette représentait un éléphant de verre levant la trompe, et on le voyait de temps en temps à la Fnac ou chez Gibert. En 1976, avec son copain de Villebon, Jean-Guy, un métis antillais branché sur le reggae, Bernard s'était vu proposer de loger dans une espèce de cave à Londres, dans le quartier de Camden, d'où Jean-Guy voulait démarrer un groupe. Celui-ci avait une obsession : « passer au Marquee », dont les affiches austères, intimidantes comme des avis de recherche du Far West, l'avaient longtemps fait rêver, comme celle des Who, en noir et blanc, reproduite en fac-similé dans *Live At Leeds*, avec le slogan « Maximum r'n'b ». Une fois cette ambition réalisée, on ne voyait plus trop ce que Jean-Guy comptait faire : s'arrêter, peut-être, et contempler cette affiche nuit et jour, été comme hiver, dans la chambre de son pavillon à Villebon. En attendant, il fumait des joints et essayait, comme il disait, de « piquer des plans » à Robbie Shakespeare sur des disques de Culture qu'il écoutait assis par terre, sa basse à la main, au milieu de la nuit, avant de piquer du nez.

Métis, Jean-Guy entrait partout. Il avait eu le don d'attraper les intonations des Jamaïcains de Brixton. Entraîné par des connaissances, il découvrit les « sound systems », sonos de fêtes foraines qu'on montait dans des salles de bal comme dans des entrepôts, parfois dans la rue, où des « toasters » improvisaient des discours rythmés, claironnant qu'ils étaient les meilleurs et qu'ils les tombaient toutes, dans un style que les rappeurs imitèrent ensuite largement. Pour Bernard, ce fut une révolution. Lui qui s'était fait saigner les doigts à essayer de reproduire des séquences de John McLaughlin et qui haussait les épaules face à ceux qu'il appelait, pêle-mêle, « les Sha Na Na », d'après le groupe de rock'n'roll parodique qu'on voit dans le film

Woodstock, simplifia son jeu et accepta de jouer surtout en rythmique. Il y trouva un bonheur particulier, et même une sorte de rage qu'il n'avait pas pu exprimer auparavant, et qui avait pour source la haine de la banlieue où il avait grandi, de son père communiste, ingénieur au CEA de Saclay, qui lui avait coupé les vivres, et sans doute aussi la frustration de savoir, déjà, qu'il ne serait jamais Jimi Hendrix.

Je voyais passer, place de la Bastille, des vies bien habillées, celles de tous ces gens qui travaillaient pour le service juridique de maisons de disques, ou bien étaient employés dans l'administration des musées de la Ville de Paris, et j'avais l'impression que Bernard Godmuse, assis devant son demi sans alcool dont la mousse débordante avait formé une petite flaque autour de son verre, était pour eux comme un SDF. Il me faisait penser à une gare de banlieue où les rapides ne s'arrêtent pas, que les voyageurs ne font qu'apercevoir de haut et très vite, depuis leurs banquettes surélevées. On avait pour ainsi dire coupé le son à Bernard Godmuse, on l'avait débranché. Il appartenait à une catégorie de la population appelée à s'éteindre progressivement, comme les poilus de la guerre de 14. Il logeait dans une case que la société n'avait pas encore eu le temps de réorganiser rationnellement, comme ces vieux ou ces immigrés qu'on voit à Paris dans des maisons lépreuses et dont on acceptera beaucoup plus volontiers la présence une fois que leur cadre de vie sera réorganisé en fonction d'une rationalité moderne. Là, ils auront accès à la consommation et à la culture. En attendant, ils surnagent comme les débris d'un monde disparu, venant parfois s'échouer sur les marges d'un monde nouveau qui les rejette régulièrement à la mer.

Un morceau de Clash, « The Magnificent Seven », passait à la radio du bar, Bernard ne le reconnut même pas. Pourtant, avec Jean-Guy et Dwayne, un chanteur américain qui faisait la plonge dans un restau indien, il avait formé un groupe, les Ugly Bastards, qui avait joué plusieurs fois à Londres en première partie de Clash : au Dingwalls, au Nashville, et même une fois au Lyceum, après la sortie de leur premier album que Bernard, après l'avoir détesté, écoutait au casque douze fois par jour. Mick Jones avait dit à Bernard :

« You guys could blow us off the stage! And you, man, dit-il en pointant son doigt vers Bernard, you have a fucking brilliant right hand. You know, forget about Wilko, you could be the bloody Hendrix of punk... »

Il fit une grimace un peu méchante, et lâcha, avant de lui tourner le dos :

« Just what the world needs now... »

Il avait tout résumé. Bernard aurait pu être le Hendrix du punk, sauf que le punk rejetait l'idée même d'un Hendrix. D'un autre côté, Bernard ressentait trop cette excitation du punk à Londres, cette ambiance de fin du monde comme il n'en avait jamais connu. Et puis il ne voulait pas finir comme testeur de guitares à la Guitare à Dadi. Dans les clubs où passaient les Damned, ils étaient tous des dieux, tous des stars : l'employé de la station-service, le chômeur de Camden, la caissière qui se tapait deux heures et demie de transport en bas résille et collier de chien, le mec qu'on cognait à l'école parce qu'il était pédé. Ils se regardaient, ils rigolaient, ils criaient ensemble, ils pouvaient tout détruire s'ils en avaient envie. Bernard voulait appartenir à ça : ce n'était pas trop beau, comme Hendrix, mais c'était trop vrai. Trop vrai pour être beau.

« À un moment, Jean-Guy et moi on a partagé le même squat que Sid Vicious et Chrissie Hynde. Quel pauvre connard, ce Sid Vicious ! Dès qu'il me voyait, il me rotait dans la gueule avec son haleine de porc ! Je sortais avec la fille des Slits, là, Ari, une copine de Rotten. Elle s'habillait en nonne, avec des jarretelles, t'imagines la zone que c'était... Chrissie Hynde, elle se marrait. Tous ces petits branleurs qui ne connaissaient que Bowie et

Iggy Pop et qui crachaient sur les Ricains parce que c'était à la mode ! Un jour, elle en a pris un et elle lui a dit : "Toi, mon gars, je parie que tu n'as jamais entendu un disque de James Brown de ta vie. Tu as vu Muddy Waters ? Tu as vu John Lee Hooker ? Tu as jamais vu un bluesman de ta vie, et ton dieu, c'est Iggy ? Mais si Iggy était là, pauvre minable, il ne t'adresserait même pas la parole !" »

Je sentais qu'il avait dû servir ces histoires à environ cinquante personnes déjà, et sans doute plusieurs fois aux mêmes, tant il semblait rodé, s'arrêtant, comme un comédien aguerri, à certains endroits clés, pour boire une gorgée de sa bière sans alcool, l'œil pétillant. Il ne buvait plus d'alcool, il ne mangeait jamais de viande. Comme il me le dit sobrement : « J'ai passé huit ans dans la dope. » Tous les musiciens dont il parlait se caractérisaient à ses yeux par les drogues particulières qu'ils avaient consommées : il savait à quel moment ils en avaient pris, en quelle quantité approximative, à quelle fréquence, et dans quels disques, voire quels morceaux ça s'entendait. Il n'avait aucune pitié, aucune patience pour les musiciens qui se droguaient.

« Il y a un an, j'ai essayé de retrouver des gens de cette époque. Par une relation, j'ai eu le numéro de Chrissie Hynde. Quand j'ai appelé, elle a été très désagréable. Elle m'a dit qu'elle était en train de s'occuper de sa fille et qu'elle avait mieux à faire de ses soirées que de les passer avec des losers comme moi. »

Il eut un petit sourire d'autodérision.

« Je peux la comprendre, tu sais. Les anciens junks, moi aussi, je préfère les éviter... Ari, elle est en Jamaïque. Elle a je sais pas combien d'enfants là-bas. Il paraît que son mec s'est fait buter, mais enfin, en Jamaïque, c'est fréquent... Les mecs sortent un flingue comme toi ton portable. Elle est toujours au top : elle fait ses trucs de danseuse et de mannequin, et ça marche. Medusa, elle s'appelle maintenant. »

Il prit l'accent en rigolant.

« Miss Medusa, man!... »

Il partit dans un rire qui, au début, aurait pu sembler franc et joyeux, mais qui se perdit dans ce ricanement sec et inquiétant qu'il avait eu tout à l'heure au téléphone.

« Je joue dans un bar à Oberkampf dans quinze jours pour Halloween. Je te mettrai sur la liste... God Messiah! »

Je le regardai sans comprendre. Cette fois, le ricanement fut bref, suivi d'un regard vide.

« Godmuse — God Messiah! Tu piges? Je fais ça avec des mômes de Pantin, près de là où j'habite. J'essaie de les éduquer, je leur passe mes albums de Culture et de Burning

Spear. Ils connaissaient que Marley, tu imagines ? Le problème, c'est que la discipline, c'est pas leur fort. Et les horaires, laisse tomber ! Je leur dis : "Les mômes, arrêtez la dope ! — Oh là, il s'énerve, le papy", qu'ils me font... »

Brusquement, Bernard s'assombrit.

« Mais je vais te dire un truc. La musique, pour eux, c'est pas comme ça a été pour nous. »

Il était préoccupé par cette pensée, il la voyait là, comme une tache sur la table, juste à côté de son portable, il ne pouvait pas s'en détacher. Il imitait la voix de l'un d'eux :

« Eh, nous, Bernard, on veut de la thune... Si Jalane elle fait sa tournée avec sa daube r'n'b, moi, je monte dans son bus ! Les Spice Girls, moi je les prends toutes, même la grosse ! Oh, réveille-toi, Bernard, on n'est plus en 1925 ! »

Les deux filles à côté étaient parties depuis longtemps, maintenant c'était un type aux cheveux coupés bien net qui parlait dans son portable devant un classeur ouvert avec des feuilles recouvertes de plastique. De temps en temps, il tournait la tête vers Bernard d'un air maussade.

« Tu vois, moi, j'ai conscience que j'ai pas apporté de révolution dans la musique comme Hendrix, c'est archiclair. Mais je n'avais pas ces rêves merdiques de show-biz, je n'avais pas dans la tête tous ces trucs de MCM, je voulais pas gagner des millions... Eux, ils veulent tout de suite être dans la télé...

— Mais toi aussi, t'as rêvé, non ? »

Il fixait un point qui, cette fois, semblait disparu.

« Ouais, mais c'est pas pareil. Moi, j'ai rêvé de vivre un truc, pas de passer à *Star Academy*... Et mon rêve, je l'ai vécu... Mick Jones, putain ! Chrissie Hynde, bordel ! »

Il était reparti.

« C'était pas Jean-Pierre Foucault ou Thierry Ardisson, t'es pas d'accord ?... »

J'étais d'accord.

19

Le seul objet à orner la salle de réunion d'Expert-Press était un rétroprojecteur. Celui-ci servait à envoyer sur un écran l'image agrandie des « transparents », soit les feuilles de plastique utilisées lors des exposés, où étaient imprimées des phrases en gros caractères avec des courbes, des graphiques et des tableaux. Cet engin me rappelait son ancêtre préhistorique dont se servaient mes professeurs d'histoire-géo au collège pour projeter des cartes aux teintes pâles et à la définition floue dans une salle jamais assez sombre, malgré les efforts des fayots pour bien tirer les rideaux. La salle de réunion d'Expert-Press évoquait d'ailleurs une salle de classe du début des années 70, toute en étroitesse et en profondeur, comme anamorphosée, avec ses fenêtres en alu qu'on entrouvrait en les faisant basculer. À l'extérieur, on voyait des arbres tristes le long d'un trottoir, encastrés dans du mobilier urbain. Arrivé le premier avec moi, Vincent Neveux avait actionné les interrupteurs et s'était assis aussi loin que possible du fauteuil du directeur général. Il avait posé devant lui une pile de documents reliés par des spirales de plastique noir. Plongé dans l'un d'eux, il l'annotait d'un air morose. De nombreuses feuilles étaient couvertes d'un tableau ou d'un schéma ; les textes étaient imprimés en caractères minuscules. On aurait dit qu'un nouveau prof de maths, fraîchement nommé, allait faire son entrée et que Vincent Neveux, arrivé à l'avance pour bien déployer tout son matériel, voulait être distingué d'emblée comme l'élève le plus sérieux de la classe. Les autres se présentèrent presque tous en même temps, soit un quart d'heure environ après l'horaire prévu. Ils eurent un sourire entendu en le voyant : eux savaient qu'ils passeraient dans la classe supérieure, tandis que pour Vincent Neveux il y avait un doute.

Il s'agissait d'obtenir un budget pour développer le projet de support-papier de Sonic-FM. Des oraux, j'en avais passé autrefois. C'est un peu toujours le même principe en France : avant d'allouer à quelqu'un un budget, un jury d'examen se réunit pour tester son aptitude à tenir un discours où ne s'introduise ni doute ni hésitation. Il s'agit d'aligner des platitudes avec un ton d'autorité, mais des platitudes vérifiées et contrôlées par d'autres autorités. Si ces autres autorités sont payées — cher —, c'est encore meilleur ; c'est même indispensable. Il faut aussi — et c'était heureusement la partie de Vincent Neveux — employer un langage dont la sophistication masque la banalité, ce qui n'est pas sans susciter un certain effet poétique dans la langue française : « efficience » pour « efficacité », le barbarisme « investiguer » pour « rechercher », avec des trouvailles bien plus audacieuses, comme les « young French woman » (*sic*), que Vincent Neveux produisait à un rythme soutenu et avec un talent particulier. Dans le cas du projet de support-papier de Sonic-FM, il entreprit d'aligner des banalités et des platitudes validées en bonne et due forme par des sociétés d'expertise en études d'opinion qui avaient demandé à leurs enquêteurs de poser une dizaine de questions à mille personnes environ afin de déterminer :

1° quelle proportion d'entre elles achetaient : entre 0 et 1 CD par mois ; entre 2 et 4 ; 5 et plus ;

2° quelles radios les aidaient à choisir les CD qu'elles achetaient : NRJ, Skyrock, Fun Radio, Voltage, Sonic-FM, Ouï-FM, Europe 2, RFM, Nostalgie, France-Inter, aucune radio ;

3° quels journaux ou magazines les guidaient le plus dans leurs achats de disques et leurs choix de concerts : *Télérama*, *Libération*, *Le Nouvel Observateur*, *Le Monde*, etc., ou bien aucun d'entre eux, ou bien tous un peu en même temps ;

4° dans quel ordre de préférence elles classaient les genres suivants : chanson française, variété pop-rock internationale, rap, musiques du monde, dance, techno, classique, jazz, etc.

L'étude soulignait par des formules inutilement techniques que, par exemple, les adolescents écoutaient en majorité de la dance (« 37 % des personnes interrogées dans le segment des 15-19 ans déclarent avoir fait l'acquisition d'un CD single de dance. Les noms cités sont : Lou Bega, Daddy DJ, Janet Jackson »). Elle en faisait découler une longue série de truismes : « La dance apparaît donc comme un phénomène propre au segment 15-19 ans. » Ou bien : « Rapportée à d'autres musiques, la dance opère comme une "porte" indispensable vers la consommation d'autres musiques dont on constate la prévalence dans d'autres segments de la population. »

Le directeur général, arrivé en dernier, se dirigea vers son fauteuil comme Chirac pendant une campagne électorale : s'esclaffant, riant tout seul de sa maladresse, serrant la main à chacun avec une joie débordante, semblant implorer de ses subordonnés de l'indulgence pour son retard, ainsi que pour toutes ses fautes passées et à venir. Tous les membres du « board », comme préférait dire Vincent Neveux, avaient l'air attendri par leur directeur général. Celui-ci parlait peu, assurant les transitions entre les différents intervenants, à la manière d'un présentateur de télévision un peu gauche qui aurait animé un talk-show sur une chaîne religieuse du câble. On aurait dit qu'il faisait un numéro amateur devant les membres plus âgés de sa famille et quelques amis très proches, manifestant à son égard une bienveillance un peu crispée, pleine d'appréhension. Il demanda à tous les membres du « board » de se présenter, puisque j'étais une sorte d'invité exceptionnel, peut-être bientôt un des leurs. Moi aussi, si je justifiais le projet de Vincent Neveux, qui avait besoin de ma caution extérieure étant donné qu'il n'était plus crédible « en interne », peut-être aurais-je à mon tour une voiture de fonction et une place de parking : cela me fit presque « pleurer de tendresse », comme le loup de la fable. Ils regardaient Vincent Neveux de façon narquoise tandis qu'il bafouillait et me présentait comme quelqu'un dont la « qualité d'expertise » était incontestée. Pourquoi fallait-il accorder un budget de développement de 600 kF (au moins) à un type comme lui qui avait fait perdre plusieurs millions de francs par semaine à Expert-Press avec le lancement désastreux de *Téléquick*? Je pensais à la formule rituelle prononcée dans les films par les pasteurs anglo-saxons : « Si quelqu'un doit ici s'opposer à ce mariage, qu'il parle à présent ou qu'il se taise à tout jamais ! »

Je fis comme Chirac : après un départ difficile, je parlai avec fermeté et autorité. Vincent Neveux se tordait les mains sous la table. Le directeur général, enfoncé dans son siège, me regardait d'un air concentré, les mains raidies en V renversé le long du nez, un peu comme Louis Jouvet face à Michel Simon dans *Drôle de drame*, mais on sentait qu'il pensait plutôt au mensonge qu'il allait faire ce soir à sa femme. J'avais l'impression d'être entouré de cette assemblée comme Tintin par l'étrange confrérie du *Cigare des pharaons*, dont tous les membres portent des cagoules de pénitents. Ils avaient des costumes noirs. Il y avait bien deux femmes en robes de couleur, à l'air gentil, mais c'était pour brouiller les pistes. Ils conduisaient des voitures, ils avaient des enfants et des chiens, mais on sentait que quelque chose n'allait pas. On aurait dit qu'ils craignaient à tout moment que l'un d'eux ne dise une grosse connerie et n'attire la foudre sur leur tête. Ils s'étaient retrouvés là-dedans plus par peur que par choix, et la seule chose qui les rassurât, c'était que l'autre à côté ait aussi peur qu'eux.

À la fin, on me demanda de sortir comme à un accusé, le temps que le jury délibère. Tard dans la soirée, Vincent Neveux m'appela pour me dire que c'était gagné : nous avions obtenu le budget. Il était content comme un footballeur qui a sauvé sa saison. Le lendemain après-midi, il partit sur son scooter acheter une bouteille de champagne au Shopi, et nous l'ouvrîmes dans son bureau cagibi.

20

Pourquoi décrire le périphérique ? Tout le monde sait à quoi ressemble le périphérique. Des logos lumineux géants, ACCOR, BOUYGUES, SIEMENS, rappelaient à Philippe les boîtes de jeux de société américains auxquels il jouait enfant : ASCOT, RISK. La dernière fois qu'il avait pris le périphérique avant de rentrer de l'enterrement de Solange, c'était à peu près pareil : le crachin, France Info, des camions, des camions de quinze mètres de long, de nationalités bizarres, qui fonçaient sur la file de droite dans un grand bruit de flaque. Une autre fois, pas si éloignée, il s'était retrouvé sur le périphérique pour exécuter un plan. Sous ses vêtements de ville — comme on dit encore, alors qu'on sait bien aujourd'hui qu'il n'existe plus de vêtements de ville qui ne doivent pas quelque chose aux vêtements de sport —, Philippe avait revêtu une autre identité, ainsi qu'il est dit dans les récits d'espionnage. Philippe ne savait pas quel nom il avait, mais il était un autre, il était cet autre. Il portait un slip en cuir noir, le plus minable qu'il ait pu trouver, acheté aux « Artistes », à Pigalle (quand on payait par carte bleue, ils facturaient, pour ne pas éveiller les soupçons du conjoint, au nom de la « Librairie des Artistes »). Il avait mis un blouson de vinyle trop étroit qui lui comprimait la cage thoracique et même une paire de jambières noires en latex — un peu comme Prince à ses débuts — fixées à un modèle de porte-jarretelles sobre, genre fixe-chaussettes, en latex noir. Un collier épais de faux cuir noir, terminé par une longue chaîne épaisse, du genre qu'on utilise pour cadenasser la grille des maisons de campagne, était caché sous le col de son imperméable d'employé. Même si sa tenue, dissimulée sous ses vêtements anonymes, était invisible, Philippe craignait néanmoins les regards des automobilistes aux feux rouges.

Mais lorsque, parvenu à Sevran à l'entrée de la résidence des Beaudottes, au pied du bâtiment G, où « CLAIRE 36 A », contactée via le 3615 SADO, l'avait convié à se rendre, Philippe dut garer sa voiture et marcher à pas comptés, il se sentit comme un malade, un handicapé, ou encore l'évadé d'un hôpital psychiatrique redoutant d'attirer l'attention, d'être démasqué puis tourné en ridicule par des enfants cruels. Il marchait comme s'il portait une armure non pas sur mais sous ses vêtements, une armure dont le but était de le rendre, étrangement, vulnérable. Dans l'entrée, aucun nom : les gens qui habitaient dans ce bâtiment, au sas curieusement étroit, étaient obligés d'entrer et de sortir seulement un par un, comme dans une agence bancaire. Sur le tableau des résidents, chacun était désigné par un numéro à trois chiffres. Philippe appuya sur le 532. Jusque-là, sa mission avait réussi. Dans l'ascenseur, il put vérifier que rien de sa tenue n'était visible au cas où l'ascenseur se fût immobilisé entre deux étages et qu'il eût fallu appeler Allô-Otis 24 h sur 24. Quand les portes de l'ascenseur s'ouvrirent en glissant, il flottait une odeur de pot-au-feu refroidi, celle qui semble émaner du lino, de la peinture des portes et même des sonnettes de ces appartements. Une porte s'ouvrit. Philippe entendit des grognements, des gémissements et un raclement nerveux contre le bois de la porte. Une femme en pull noir et pantalon corsaire, avec de grosses lunettes en forme de papillon, hurlait en anglais avec un très fort accent :

« STOP ! QUIET ! STOP ! HE'S OK ! HE'S OK ! »

Elle était presque couchée sur un berger allemand qu'elle saisissait à bras-le-corps tandis qu'il raclait désespérément le sol de ses griffes en poussant des aboiements que l'écho du palier amplifiait. L'intérieur de l'appartement faisait penser à un garage : tout était noir, fermé, à peine éclairé. Elle s'exclama :

« Ah, mais il est pas possible, lui ! »

Avant même de refermer la porte, elle éleva la voix pour appeler à la rescousse un personnage invisible.

« John ! John ! Please take care of Gandalf, he is going completely mad... totally bonkers ! »

Le chien aboyait si fort, sans discontinuer, que Philippe ne put échanger un mot avec CLAIRE 36 A pendant plus d'une minute. Arriva ensuite, comme sorti d'un placard, un homme au long visage maigre vêtu d'un peignoir, en pantoufles, aux bras longs et pendants, au visage immobile comme un masque encadré par deux coulées de cheveux blancs longs et fins. Dès qu'il le vit, le chien s'arrêta, comme si on lui avait coupé le son au moyen d'une télécommande. L'homme et le chien s'estompèrent.

CLAIRE 36 A regarda Philippe : elle lui fit brusquement penser à un membre du personnel de l'Éducation nationale provisoirement « arrêté » à la suite d'une dépression. Elle avait une expression indescriptible qui semblait signifier : « J'ai un bon contact avec les élèves. »

« Alors tu es venu. C'est bien... J'ai apprécié tes messages, ils avaient quelque chose de poétique... Parce que, en général, le Minitel, c'est "Tu baises ?", "Tu suces ?" ou bien "Je cherche une belle salope..."... »

Philippe pensa à un message publicitaire qu'on lui avait adressé au cours de ses errances au Minitel : « Rejoins-nous et sodomise toutes les salopes de ton département. » CLAIRE 36 A regardait du côté où avaient disparu Gandalf et son maître. Elle paraissait légèrement préoccupée, en tout cas distraite. Elle restait debout et parlait à Philippe comme si elle surveillait quelque chose en même temps.

« Si j'avais eu une petite paire de ciseaux, j'aurais adoré pouvoir découper certains de tes messages », dit-elle bizarrement.

Elle se tourna à nouveau dans la direction où étaient partis Gandalf et son maître. Pourtant, il n'y avait aucun bruit.

« Tu m'attends là un moment, je reviens... »

Elle s'évanouit à son tour par ce qu'on appelait dans les romans-feuilletons une porte dérobée. Seul dans cet appartement du sixième étage du bâtiment G de la résidence des Beaudottes, qui ressemblait à l'intérieur d'un garage aménagé et où, curieusement, ça ne sentait pas du tout le chien, Philippe s'assit sur un canapé de cuir noir et retira tout ce qui dissimulait son armure, dans l'attitude d'un malade exécutant une procédure de préparation à un soin spécial qu'on s'apprête à lui administrer. CLAIRE 36 A allait revenir et le verrait avec son harnachement luisant. Après, les choses devaient s'enchaîner.

Un bruit déjà familier. Le chien passa avec un raclement cette fois très régulier, suivi de son maître. Celui-ci jeta un coup d'œil indifférent à la personne de Philippe et à sa tenue, à la manière d'un assistant médical. CLAIRE 36 A revint. Elle eut un bref sourire professionnel, seule façon d'enregistrer sa transformation. Cette fois, elle eut le comportement d'un médecin dont le temps était compté. Elle s'assit sur le bras du canapé, de cette façon à la fois bienveillante et minutée propre au corps médical.

« Une personnalité atypique..., fit-elle après un bref examen.

— Oui, c'est bizarre pour moi de me retrouver ici... »

Il faisait noir, Philippe n'avait pas la moindre idée de ce qui allait se passer. Il pensait au chien qu'on n'entendait plus. Il s'aperçut brusquement de la présence d'un poster de Bob Marley, un Bob Marley réduit à une effigie, comme Che Guevara. Dans le lieu où

Philippe se trouvait, il repensa à l'époque de sa vie où il avait jadis pris conscience de l'existence de Bob Marley, aux visages, aux rires, à la façon de s'habiller de ceux qu'il connaissait durant cette période aujourd'hui insaisissable où il écoutait Bob Marley, aux expressions et aux intonations qu'ils employaient, à l'odeur de toile de jute qu'il y avait dans sa chambre quand il essayait de jouer « No Woman No Cry » à la guitare et de comprendre les paroles imprimées sur la pochette de *Natty Dread*, au dessin représentant le visage de Bob Marley sur cette pochette, à la façon dont des paumés massacraient cette chanson dans les couloirs du métro, et à la façon dont tout ça était aujourd'hui figé, glacé, sur ce poster qui faisait de Marley une marque, comme un logo sur le périphérique. Cette affiche lui rappela que la vie à laquelle il avait participé, où Bob Marley était présent, que cette vie-là était morte, et que celui qu'il était aujourd'hui, posé dans ce garage clos, était un être annulé, la manifestation même de l'annulation du monde où Bob Marley, vivant, avait chanté, de ce monde dont la présence avait autrefois flotté autour de Philippe comme l'odeur des sous-bois de Gif, et qui n'était plus. Une carapace de prisonnier, de pénitent, de handicapé transformait Philippe lui-même en logo, en objet échappé d'un dessin, d'une photo de magazine ou d'une pochette d'album. Il l'avait enfilée afin de perdre toute conscience que ce moi d'avant, d'avant son annulation, auquel il n'arrivait même plus à repenser, ce moi d'avant avec lequel il n'avait plus de contact que par l'entremise d'un vieux Photomaton où il souriait comme un innocent, d'une vieille sacoche oubliée au fond d'un placard avec laquelle il allait au lycée, ou de quelques visages de dix-sept ans, érodés comme les anges sculptés d'une vieille église et dont il se répétait parfois les noms comme une prière absurde — Anne-Lise Cadet, Évaine Le Diberder, Isabelle Hubrecht —, bref, que ce moi-là avait existé un jour. Ce moi-là était annulé ; ce n'est pas qu'il avait évolué ni qu'il s'était transformé ; simplement, il n'était plus, et c'était sans doute pour cela, sûrement même, que Philippe se retrouvait à incarner un personnage annulé, à Sevran, dans une pièce close. C'est sur sa vie passée que la pièce était close. Ceux qui s'étaient annulés de façon délibérée, ceux dont la seule manière de manifester leur existence dans le monde était de se dénier toute substance et de porter leur nullité comme un masque, les Sid Vicious, tous ceux qu'il n'avait pu regarder il y a vingt ans sans s'identifier inconsciemment à eux, il les rejoignait ici, à Sevran, vingt ans plus tard, en s'offrant cette performance absurde à lui-même.

Des mots continuaient à sortir de sa bouche :

« ... quelque chose d'une cérémonie secrète... l'idée de parler normalement alors que je suis habillé comme ça... parler de bottes, de cuir collant la peau... des situations qui peuvent tourner dans un sens ou dans l'autre... »

Philippe se mit debout. CLAIRE 36 A était plus petite que lui et mâchait un chewing-gum. Elle fit pression sur ses épaules d'un geste ferme mais doux. Il était au moins trois fois plus fort qu'elle. Elle lui fit comprendre qu'il fallait qu'il cède. Philippe se laissa glisser lentement, comme si une lance avait transpercé son armure en un point vulnérable. Il se retrouva à genoux, plaquant ses paumes sur les cuisses maigres de CLAIRE 36 A serrées dans un pantalon corsaire en toile qui faisait de petits plis. Il posa les lèvres sur ses sandales vernies, comme il l'avait vu faire sur des photos, et demeura ainsi, regrettant qu'elle n'ait pas de bas noirs fins sur lesquels il puisse faire glisser ses lèvres.

« Tu es gentil... », dit-elle.

Elle lui tendit la main et il dut se relever comme un acteur à qui on demande de refaire une prise.

« Il faudra que tu reviennes quand j'aurai un peu plus de temps, parce que j'aime bien tes mots... »

Elle parlait comme les femmes qui interviewent les chanteurs à textes dans des radios pour vieux.

« Viens... Rhabille-toi... »

Elle conduisit Philippe vers la porte dérobée, comme un personnage de princesse dans un film pour enfants un peu désuet. La porte donnait en fait sur une cuisine très étroite qui se prolongeait sur une terrasse décorée de hautes plantes vertes, la dérobant ainsi à la vue des voisins. Le chien faisait des allées et venues. John était assis et regardait machinalement une petite télé qui diffusait un match de tennis sans le son : des joueurs que Philippe ne reconnut pas. D'un simple mouvement du menton, John interrogea CLAIRE 36 A.

« He's a very nice guy, John. I can't stay with him because I am busy now... »

John ne semblait pas enchanté. Son visage triste et creusé était parcouru de minuscules veines bleues sous une peau d'un rose malsain. Il avait une petite queue-de-cheval, étique comme une queue de rat. Il poursuivit l'activité où il était plongé : se préparer un cocktail de couleur orange en superposant un verre renversé sur un autre afin de former un cylindre. Il fit basculer le tout d'un geste agile, comme le font les serveurs dans les restaurants avec les cendriers. Ça ressemblait à un tour de magie. C'est comme ça qu'on faisait une bonne vodka-orange, expliqua-t-il à Philippe. Il parlait tout en donnant à manger au chien ce qui traînait sur la table. Ouverte devant lui, la revue *Musician*. Musicien, guitariste, John raconta qu'il avait accompagné Bob Dylan aux États-Unis, qu'il avait joué sur plusieurs de ses albums. Quels albums de Dylan ? Pfff, il ne se souvenait plus. Plein. Il avait aussi joué avec Yes, il avait participé aux albums solo de Rick Wakeman, le « sorcier des claviers » de Yes. Et il retourna à nouveau son verre comme un magicien. Il aimait bien qu'une femme joue avec le cul d'un mec, ça ne le dérangeait pas, mais un mec n'avait pas intérêt à le toucher. Et Rick Wakeman, il avait vraiment enregistré un grand album, *The Six Wives of Henry VIII*, les six femmes de Henry VIII ; il l'avait accompagné sur scène, ainsi que tous les autres musiciens de Yes. Et qui était le meilleur guitariste au monde, selon lui ? demanda Philippe. Difficile. Lui-même était très bon, sans doute un des meilleurs, Brian May, de Queen, aussi était très bon, mais il pensait que c'était sans doute Mark. Mark ? Oui, Mark Knopfler.

Brusquement, la porte de la cuisine s'ouvrit. CLAIRE 36 A réapparut.

« John, you've got to see this guy. I mean, it's absolutely amazing, he is pierced all over... »

Elle se retourna et dit :

« Viens !... »

Un bonhomme apparut, le visage halluciné d'un comédien de théâtre en pleine extase culturelle, et en effet il brillait de partout : du métal sur ses couilles, sur son sexe pendant, sur les tétons. On aurait dit une installation d'art contemporain. John le regarda avec indifférence, comme l'habitué d'un bistrot, embêté d'être distrait de ses petites affaires.

« Vous n'avez pas envie de le toucher ? »

Non, John n'avait pas envie de le toucher. Philippe déclina lui aussi l'offre poliment. John avait des choses plus sérieuses à faire, comme se préparer une autre vodka-orange et continuer à nourrir le chien. Peut-être n'avait-il rien d'un mythomane, après tout. En raccompagnant Philippe, claire 36 A lui raconta que John l'avait abordée à Nice alors qu'il sortait de son hôtel en Bentley et que depuis ils ne s'étaient plus quittés, elle, le chien et lui.

Sur le périphérique, Philippe avait roulé entre les logos lumineux, ses affaires roulées en boule dans un grand sac en plastique Champion, ceux qu'on paie 3 francs parce qu'ils ne craquent pas si on veut mettre dedans à la fois un bidon de lessive liquide et une bouteille de vin, pas comme les petits sacs merdiques qu'ils vous refilent gratuitement. La maladie de Philippe était derrière lui, provisoirement bouclée dans le coffre.

21

Nous vivons avec l'illusion que les changements s'opèrent insensiblement, qu'ils sont invisibles à l'œil nu. C'est complètement faux. Le CD n'a pas *insensiblement* pris la place du vinyle ; ça ne s'est pas passé petit à petit. Un jour, à la Fnac, au Virgin, tous les vinyles ont disparu, et on n'a plus trouvé que des CD. Les seuls changements sont des changements violents, il n'y en a jamais d'autre. Un jour, on vendait des vinyles ; un autre, on n'en vend plus. Pour les êtres, c'est pareil. On connaissait quelqu'un et brusquement il est un autre, un autre auquel on ne reconnaît rien, un autre qui s'est emparé de sa manière de parler, qui a adopté certaines de ses attitudes, usurpant la place de celui que nous connaissions, comme dans ces vieux films d'espionnage, où un type qu'on croyait disparu revient avec le même pardessus mais le cerveau lavé.

Penché sur la table de réunion du groupe

Expert-Press, examinant la pré-maquette de seize pages du support-papier de Sonic-FM, le consultant sollicité par Vincent Neveux me rappelait quelqu'un d'autre. Lorsqu'il releva la tête avec un petit sourire brusque et un peu méchant, je retrouvai l'émotion fraîche de ma vie d'autrefois, encore marquée par des détestations vives, un sentiment intense de n'avoir pas trouvé ma place et une excitation que je ne m'explique plus, née d'un désir d'activité effrénée. Les années 80 : 1981, 1982, 1983... Je travaillais comme d'autres buvaient ou se droguaient. J'avais décroché depuis longtemps. Lui, qui avait à peu près le même âge que moi, n'en était pas sorti.

De l'autre côté de la grande table vide, Vincent Neveux faisait face au consultant et le regardait dans l'attitude dolente d'un pénitent. Avec sa chemise blanche aux manches un peu bouffantes d'une coupe trop ample et mal adaptée à sa petite taille, il semblait porter la camisole des condamnés à la guillotine. Il avait l'air habité par une conscience permanente de son indignité. Le visage serré entre ses mains, on aurait dit que Vincent Neveux se préparait à entendre un jugement cinglant, relevant tous les manquements de son projet et l'insuffisance générale de sa personne. Après quoi la punition viendrait. Il l'attendait, il était prêt. Je me disais que le monde de l'entreprise, en tout cas ce que m'en faisait entrevoir la fenêtre dont je disposais sur le groupe Expert-Press, avait réinventé les méthodes d'humiliation en huis clos propres aux sectes politiques extrémistes. Derrière le tronc de Vincent Neveux, un peu décalé, se trouvait un tableau auquel était fixée une liasse de grandes feuilles rabattues vers l'arrière. Avant l'arrivée du consultant que nous attendions comme des gardiens de musée dans une salle vide, Vincent Neveux avait examiné l'une après l'autre toutes les feuilles rabattues avec l'air d'un enquêteur cherchant à relever des indices avec une maussade opiniâtreté. Après avoir dégagé une feuille vierge, il avait pris un marqueur rouge et tracé un « + » géant aux extrémités prolongées par des flèches, recopiant un schéma trouvé dans un livre sur le comportement des consommateurs. Tout en haut, il avait inscrit : « JE SATISFAIS MES ENVIES », au milieu à droite « JE ME DÉTENDS », au milieu à gauche « JE VEUX EN SAVOIR PLUS », et tout en bas « JE M'ÉVADE ». Il avait placé « Sonic-FM » au centre de la cible, puis s'était reculé pour contempler son œuvre.

Le consultant termina son examen des seize pages de la pré-maquette du support-papier de Sonic-FM que j'avais élaborée « sous le contrôle » de Vincent Neveux, comme celui-ci le disait, avec l'assistance de la maquettiste détachée de *Chiens 2000*. Il ôta ses lunettes et adressa à Vincent Neveux un bref sourire de complicité un peu désolée qui acheva son œuvre de déstabilisation. Brusquement, j'eus la révélation de qui avait été autrefois le consultant d'Expert-Press. Je revis le trois-pièces de la rue René-Boulanger, près de la République, que je partageais en ce temps-là avec Jean-Michel Seigneur, et m'apparut l'image d'un type assis dans un fauteuil Habitat, sorte de chaise longue en toile écrue. Il portait des boots pointus à la *Look Sharp* de Joe Jackson, un Perfecto fermé qu'il garda toute la soirée, décoré d'un badge « Sandinista », ainsi qu'une chemise blanche avec une cravate en cuir. Il avait voulu me rencontrer pour me faire collaborer à son fanzine *Vermine*. Il m'avait montré, comme un trophée d'une valeur inestimable, une photo des quatre membres de Clash costumés en guérilleros, couchés à l'avant d'une Cadillac blanche, en couverture du numéro 1 de son fanzine. Naïf et sympathique, il s'était mis à éructer, après son quatrième verre de Jack Daniel's : « MA BÉBIZ GOT EU BWÈNE NIOU KÈDILÈÈÈÈÈQUE !!! » (« Brand New Cadillac ») en singeant le mouvement de tête d'avant en arrière de Joe Strummer sur scène, tout en se balançant sur le fauteuil Habitat dont il avait fini par faire craquer la toile.

« Bon, je comprends pas bien... Sonic-FM, c'est quand même une marque très reconnaissable avec un univers musical très fort, OK ? Là, vous n'avez pas du tout utilisé les codes de la musique. On ne sent pas du tout qu'on est dans l'univers musical. »

Il se tourna vers la maquettiste de *Chiens 2000*.

« On s'était mis d'accord sur une signalétique hyperclaire... Des typos bien grasses et des visuels qui pètent... On s'était parfaitement compris sur la nécessité de bien respecter les codes d'une signalétique précise... Et pourquoi vous mettez un dessin ? C'est complètement déréalisant... »

Il gratifia Vincent Neveux d'un long regard d'incompréhension. Celui-ci sembla si mortifié que sa bouche n'arriva pas à émettre tout de suite un son. Il se tourna vers la maquettiste avec brusquerie, comme si le feu avait pris sous sa chaise.

« Je t'avais mise en garde contre cette ouverture sur Manu Chao ! »

Le consultant regardait ailleurs d'un air las. Vincent Neveux s'énervait comme, dans les films de guerre, un militaire placé dans une situation désespérée par la faute d'un de ses subordonnés.

« Je savais qu'on prenait un risque avec ce dessin. Je vous avais dit que ça nous éloignait de l'ambiance de la musique. »

La maquettiste répondit sur un ton d'ennui.

« Tu m'avais dit que tu le trouvais sympa, ce dessin... »

On voyait Manu Chao dans le style des couvertures du *Guide du routard*, mais parodié, avec, en guise de sac à dos, un globe terrestre recouvert de petits personnages tenant des banderoles, en train de trépigner et protester.

« J'ai dit et répété qu'il fallait de manière prioritaire fixer une charte graphique claire, dit Vincent Neveux.

— Si on avait eu une bonne photo de Manu Chao, je l'aurais mise. Moi, je trouve que ce dessin, il va très bien...

— Il faut éviter les images trop excluantes et segmentantes... »

Pendant ce temps, le consultant écoutait les messages de son portable. Quand il eut fini, il reprit la parole tranquillement, comme s'il était parfaitement étranger à cet échange.

« Sinon, le sujet est bien... »

Il tourna la page dans un silence lourd. Il sembla soudain frappé de consternation.

« C'est quoi, Nelly Furtado ? »

Là, c'était mon rayon. Je dus prendre la parole.

« Une fille qui a fait un disque très bien. C'est sur DreamWorks, il y a un côté Beck au féminin, mais c'est très direct, très r'n'b en même temps... »

Il secoua la main comme s'il était tourmenté par un vol de moucherons et regarda Vincent Neveux d'un air suppliant.

« Mais pourquoi vous mettez une inconnue en album du mois ? Allez au plus simple ! Ne vous prenez pas la tête ! »

Son téléphone portable se mit à bouger tout seul sur la table. Il le saisit et s'éloigna vers le couloir. Avant qu'il ferme la porte derrière nous, nous eûmes le temps de l'entendre dire trois fois « ouais ». Puis il émit le même rire que celui qu'il avait eu il y a quinze ans pour conclure son interprétation de « Brand New Cadillac » assis dans le fauteuil Habitat. Le regard de Vincent Neveux, désorienté, tournait de l'une vers l'autre des quatre propositions qu'il avait inscrites sur son tableau : « JE VEUX EN SAVOIR PLUS », « JE SATISFAIS MES ENVIES », « JE ME DÉTENDS », « JE M'ÉVADE ». Il prit un air de conspirateur.

« La solution est simple... On va faire monter Akhénaton en album du mois...

— Mais l'étude que tu as toi-même commandée montre que le rap est excluant et pas rassembleur... »

Vincent Neveux eut le regard d'un homme traqué et fixa la porte d'un air éperdu. Comme par un fait exprès, elle se rouvrit. Le consultant rentra d'un air de bonne humeur, constatant que l'abattement régnait parmi Vincent Neveux, moi et la maquettiste de

Chiens 2000. Il me regarda avec bienveillance, commençant à se demander à son tour s'il ne m'avait pas déjà vu quelque part.

« Bon... On va pas se prendre la tête... Y a pas Garbage qui sort un nouvel album ? »

22

Si un flic arrêtait maintenant Philippe à la sortie du périphérique à la porte de Clignancourt, là où, piétinant les affiches arrachées des rappeurs, des putes africaines marchent à côté de la station-service en longeant les échafaudages du marché vide, et s'il lui demandait son permis de conduire, passé en 1983 et rempli à la machine à écrire électrique par une employée de la sous-préfecture de Palaiseau qui, de toute évidence, ne savait pas s'en servir vu le pâté fait sur sa date de naissance rattrapé par une correction accompagnée du tampon « rectification », peut-être bien que le flic le reconnaîtrait d'après sa photo. Mais lui-même ne se reconnaîtrait pas. Et si Nicolas Seigneur s'était arrêté à un feu rouge à côté de Philippe quand il était revenu de Sevran avec son imper de flic et son pantalon trop large dissimulant un tee-shirt en vinyle et des jambières de latex, l'aurait-il reconnu ? Et lui, aurait-il reconnu Nicolas Seigneur dans la rue, avec sa tonsure poivre et sel et ses baskets de jeune s'il n'avait pas vu de temps à autre sa photo dans *Libé* ou s'il ne l'avait pas vu passer récemment à cette émission de Paris Première ?

À la réception d'après l'enterrement de Solange, alors que le jour commençait à décliner, Nicolas Seigneur s'était assis sur un canapé pour discuter avec Jean-Marie Béruchet. Les gens connus dégagent un courant particulier : on les reconnaît même de dos. Béruchet, Philippe se souvenait encore de l'avoir vu le lendemain de l'émission d'Euronews, cette fois sur LCI, dans un débat où il était confronté à Patrick Devedjian, animé par Pierre-Luc Séguillon, ce présentateur qui lui avait toujours fait penser au réceptionniste d'un hôtel très classe, mais d'une catégorie néanmoins légèrement inférieure à celle à laquelle son rang et sa qualité lui auraient permis d'accéder. On ne savait pas ce qui rendait Béruchet si détendu. Peut-être était-ce le fait d'avoir été mis en examen puis lâché par tous ses amis politiques, et de ne plus avoir comme os à ronger qu'un projet de loi sur une éventuelle réforme des droits de succession, projet qui allait de toute façon être amendé et, c'était son mot, « défiguré » par le Sénat. Il manifestait une grande décontraction face à un contradicteur qui paraissait surtout contrarié de ne pouvoir opposer un point de vue suffisamment polémique à ce projet de loi. À la télévision, le crâne jaune, mal maquillé, de Béruchet luisait comme une eau sale. Son col bleu ouvert l'apparentait, plus qu'à un homme politique, à un auteur-compositeur-interprète des années 70 dont on ressortait une compil. Face à Devedjian, tiré à quatre épingles dans son costume bleu de principal de collège à cheval sur la discipline, il avait un avantage : il s'en foutait. Béruchet avait survécu, et il semblait mettre tous ceux qui voulaient l'emmerder au défi de l'affaiblir.

Sur le canapé des Seigneur, Jean-Marie Béruchet était tassé sur lui-même comme une grosse pile de couvertures en désordre qui aurait par hasard pris une forme humaine. Il parlait à voix basse, une assiette de salade à la main, avec Nicolas Seigneur. C'était le retour de l'enterrement, des gens étaient déjà partis. On finissait les restes. Le soir tombait, des groupes chuchotaient dans des coins. Nicolas parlait à Béruchet dans une attitude sereine que Philippe ne lui avait jamais connue. Ses gestes étaient bien plus calmes, bien plus posés qu'autrefois. La pensée traversa Philippe que Nicolas ressortait peut-être d'une maladie, qu'il était convalescent, et qu'un médecin lui avait conseillé de se ménager, de ne pas parler trop fort, de ne pas se laisser aller à des gestes trop brusques. Puis cette image fut remplacée par celle d'un sacristain complotant : Nicolas et Béruchet avaient chacun une tonsure, celle de Béruchet était franche comme celle des moines de la vieille publicité pour le fromage Chaussée aux moines, celle de Nicolas stricte et austère. Une autre image vint chasser les deux autres et s'imposa à Philippe : Nicolas Seigneur s'apprêtait à faire un long voyage dans l'espace qui supposait qu'il garde un minimum de cheveux sur la tête, qu'il soit chiche dans son alimentation et très limité dans la manifestation de ses émotions. À un moment, Nicolas se tourna légèrement pour mieux bénéficier de la lumière restante émise par un soleil rougeoyant qu'on percevait entre la cime des arbres, au loin, filtré par la véranda. Béruchet se leva et reconnut tout de suite Philippe : ce fut comme s'il l'avait quitté la veille, ou plutôt il y a juste deux heures, après avoir crié « Oh ! c'est jouissif ! » en orientant le jet du tuyau d'arrosage juste en dessous de ses couilles, dans le jardin où le robinet était toujours fixé, et qu'on distinguait mieux qu'autrefois parce que le lierre, sans doute envahissant, avait été arraché du mur. Il pressa les bras de Philippe et s'exclama :

« Oh la la la ! Les meilleurs sont venus ! »

Il s'éloigna en déclarant in petto d'une discrète voix chantonnante :

« Je vais aller pisser un bock. »

Pour Béruchet, se disait Philippe, au fond, le temps n'était pas passé de la même façon, toutes ces années s'étaient sûrement écoulées pour lui sans qu'il ait eu à souffrir, comme Philippe, de cette étrange maladie consistant à superposer à chaque instant les plans du passé lointain, du passé proche et d'un présent dont on ne ressent jamais vraiment la réalité. En somme, Philippe pouvait dire que le présent était un temps qui pour lui n'avait plus la moindre réalité, et ce depuis bien longtemps, à l'inverse de Béruchet pour qui seul, sans doute, le présent existait. La façon qu'eut Nicolas Seigneur, une fois seul sur le canapé, de le regarder eut pour Philippe une signification immédiate : dong ! l'heure est venue. Philippe pensait à ces comédies américaines où s'introduit un élément de fantastique, comme *Le ciel peut attendre*, dans lesquelles un personnage en costume anthracite, en train de lire le journal derrière un grand bureau, est censé incarner le rôle de saint Pierre, ou du diable, il ne se rappelait plus bien, peut-être confondait-il deux films différents. Dans le pâle sourire de Nicolas, Philippe vit et entendit quelque chose comme : « Nous y voilà enfin. » Nicolas, se disait Philippe, l'attendait, il le reconnaissait. Il allait le passer au scanner, voir à travers lui de manière extralucide. Nicolas était le médium dont Philippe avait besoin pour faire réapparaître son esprit disparu. Ça allait se passer là, chez les Seigneur où il n'avait plus mis les pieds depuis 1978, dans ce salon aux fauteuils défraîchis, aux accoudoirs bouffés par les chiens successifs. Toutes ces années qui avaient éloigné Philippe de la vérité de son être, d'une vérité à laquelle, jeune, il avait pour ainsi dire eu un accès gratuit et illimité, sans y penser, eh bien, cette vérité-là, il avait cru jusqu'à cette minute précise que c'était cuit depuis longtemps, plus la peine d'y penser, laisse tomber. Mais il se trompait, il allait être sauvé. Grâce à la mort de Solange, grâce à la réapparition presque surnaturelle, complètement surnaturelle, même, de Nicolas Seigneur dans sa vie, non seulement il allait retrouver cette vérité perdue, mais, en plus, il allait comprendre pourquoi il l'avait perdue ; en fait il allait reconstituer tout ce qui s'était passé, reconstituer tout le film de l'accident, de l'accident catastrophique qui avait fait de lui un égaré condamné à tourner en rond dans sa vie sans rien comprendre à rien. Cette rencontre, c'était clair, était prédestinée. Comme dans un roman policier où arrivent les dernières pages pour soulager le lecteur, comme on dit, d'un *suspense insoutenable*, enfin Philippe allait savoir, il allait tout savoir. Grâce à Nicolas Seigneur, il allait comprendre exactement tout ce qui lui était arrivé, pourquoi tout ça lui était arrivé. Il faut dire que ça faisait un sacré bout de temps qu'il s'était lui-même perdu de vue.

« J'ai vu dans *Télérama* que tu préparais un nouveau spectacle... »

Ce n'était pas terrible comme entrée en matière. Ce n'était pas la bonne phrase pour commencer, encore moins pour essayer de comprendre pourquoi sa vie avait tellement merdé. Nicolas y répondit par un sourire navré. Philippe ne savait pas ce qui navrait à ce point Nicolas : le fait qu'il lui parle de *Télérama*, qu'il lui rappelle que ce journal existait, ou bien encore autre chose qu'il ne comprenait pas. Non, se rappelait Philippe alors qu'il constatait que le haut de Barbès était pris dans un goulot d'étranglement à cause d'une rangée de cars de flics stationnés sur deux files, non, ce n'était vraiment pas la bonne façon de s'y prendre. Mais le problème, c'est que lorsqu'il s'était assis près de Nicolas sur le canapé à la place de Béruchet, il ne l'avait plus reconnu du tout. C'était foutu. Qu'est-ce qu'il avait à dire à ce type aux cheveux ras qui faisait ces spectacles chiants dont il se foutait royalement? Quelle idée débile... Les derniers rayons du soleil se perdaient maintenant en haut d'un mur, d'un moment à l'autre quelqu'un allait allumer une lampe. Juste avant, Philippe reconnut brusquement quelque chose dans le regard de Nicolas : ses yeux brûlaient du même feu froid que dans son souvenir, et il vit, reflétée à leur surface, toute une scène à laquelle il n'avait plus pensé depuis près de vingt ans, une scène qui, pour Philippe, avait annoncé l'époque à venir, qui avait pour ainsi dire prophétisé tout ce qui avait fait des années 80 et 90 une période si déconcertante et décourageante. En 1981, un publicitaire avait organisé dans son loft — dont le sol était constitué des mêmes grosses pastilles de plastique gris que celui du RER — une soirée « Møderne » (*sic*), et il avait demandé à Nicolas d'en organiser la programmation et l'installation. Le musicien Claude Artø avait passé tout l'après-midi à installer ses synthétiseurs pour son duo Mathématiques Modernes où chantait — façon de parler — Edwige, une fille blonde aux cheveux ras à l'air mauvais qu'on voyait photographiée dans *Façade*, le magazine branché vendu très cher publié par Thierry Ardisson. Nicolas avait disposé au premier plan de la scène, juste à côté du micro où glapissait Edwige, un magnétoscope, un truc qu'on n'avait encore jamais vu, avec un moniteur qui diffusait en boucle un film montrant au ralenti un accident de voiture, vraisemblablement réalisé par l'agence de la Sécurité routière au milieu des années 70. L'ensemble de la « scène » (en réalité il n'y avait pas de scène à proprement parler, rien n'était surélevé) était matérialisé par un long ruban de plastique strié de bandes obliques rouges et blanches, de ceux qu'on dispose pour entourer le périmètre d'un accident. Nicolas avait eu, au dernier moment, l'idée de voler celui qui protégeait une tranchée en chantier sur le trottoir d'une impasse. Le matériel de Mathématiques Modernes — deux synthétiseurs d'un volume encore massif — et le magnétoscope occupaient la moitié de la scène, l'autre étant réservée à trois fauteuils de dentiste récupérés aux puces, éclairés par des spots blancs. Cent cinquante personnes étaient entrées au compte-gouttes dans le loft dont le publicitaire contrôlait lui-même l'entrée comme un videur. Les gens se massaient dans un climat d'agressivité extrême, proche de la haine. Jean-François Bizot avait dû élever la voix et appeler à sa rescousse Jean Rouzaud, son poisson pilote dans les milieux branchés, afin de se faire ouvrir la porte par le publicitaire. Bloquée sur le palier, une fille hurla à une autre, qu'on avait laissée entrer, qu'« elle lui ferait bouffer sa ballerine ». À l'intérieur, les gens restaient immobiles, engoncés dans leurs pardessus, figés devant le périmètre délimité par le ruban aux stries rouges et blanches. Edwige arriva à minuit passé en mini robe de skaï rouge et se mit à hurler (faux) plus ou moins dans le micro qui émettait régulièrement des sifflements stridents. Elle dévisageait les gens des premiers rangs comme si, de sa vie, elle n'avait vu d'assemblée si méprisable. Avec Jean-Michel, Philippe avait aidé Nicolas à transporter les fauteuils de dentiste dans la Coccinelle bleu ciel des frères Seigneur. Après la performance de Mathématiques Modernes dans le loft du publicitaire, que les gens avaient quitté encore plus enragés qu'ils n'y étaient entrés, Nicolas avait invité quelques amis à prendre un pot dans le trois-pièces d'une amie distributrice de cinéma, situé dans le quartier de la Bastille, où il occupait une chambre. Claude Artø, Jean-Luc Besson, qui avait fondé le label Dorian, Emmanuel de Buretel, aujourd'hui P-DG de Virgin, Guillaume de Modern Guy, mort d'overdose depuis, Jean Ternisien d'Artefact, dans son éternelle combinaison de pompiste, les avaient rejoints. Elli Medeiros arriva un peu plus tard, suivie de Jacno muni de deux packs de Kronenbourg et du cadeau promotionnel offert : un tournevis. Ce n'était que l'automne, mais beaucoup portaient des pulls de ski et des fuseaux. Lorsque, avec Jean-Michel, Philippe alla chercher des bières fraîches à la cuisine, il tomba sur un petit gros plein de boutons en complet rayé très ample des années 40, avec des bretelles, occupé à manger à la cuillère à soupe une boîte de haricots blancs froids, dont il avait seulement ouvert le couvercle à moitié, replié à angle droit. Il avait les cheveux en brosse, d'immenses lunettes d'écaille et portait un gros badge blanc « ALLEZ CHABAN », récupéré on ne sait comment de la campagne présidentielle de 1974. Personne ne le connaissait.

Quand Philippe revint dans la pièce, la lampe du salon était éteinte, et seuls les points rouges des cigarettes tremblaient dans la pièce. Nicolas était au centre d'un groupe assis par terre, qui faisait cercle autour d'une fenêtre donnant sur la rue. Le lampadaire scellé au mur de l'immeuble projetait une lumière dont l'ombre se découpait sur le visage de Nicolas. Tout était noir, son pull, son pantalon et ses cheveux, et la vitre faisait un fond à peine moins noir. Sa voix métallique, un peu haute, montait comme d'un transistor à ondes courtes, captée avec une netteté fragile, susceptible d'être brouillée d'un moment à l'autre par le disque de reggae-dub qui passait. Les trois fauteuils de dentiste avaient été déménagés là par Nicolas,

Jean-Michel et Philippe. Une fille maigre avec un appareil dentaire, en minijupe de cuir et collant de laine rouge côtelée, s'était assise dans celui du milieu pour rigoler, ensuite ils étaient restés vides jusqu'à ce que le petit gros à la boîte de haricots s'écroule sur l'un d'eux pour s'y endormir et ronfler. La présence de ces trois fauteuils, hissés avec une peine inouïe dans la cage d'escalier par les trois garçons dans un fou rire, manifestait l'ascendant d'organisateur de Nicolas. C'étaient ses premiers trophées. D'autres victoires allaient suivre, nécessairement.

Nicolas, ça revenait maintenant clairement à Philippe, avait toujours été soutenu par ses parents, Solange et Henri : quand, à seize ans, il avait collé la nuit (avec une colle extraforte qu'il avait fabriquée lui-même dans le garage de son père) sur la vitrine d'une boulangerie de Courcelle l'affiche du Secours rouge « Ils veulent tuer ! » représentant le visage ensanglanté de Richard Deshayes, militant du groupe Vive la Révolution ! — éborgné par une grenade lacrymogène reçue en pleine face ; quand il avait été pris à voler l'album *200 Motels* de Frank Zappa au Stop-91 d'Orsay, puis retenu au commissariat où Henri était allé le chercher et avait obtenu de le faire relâcher après une heure de négociations ; quand, avec Jean-Michel, il avait fracturé la porte de la salle de sciences naturelles au lycée d'Orsay pour y dérober deux bouteilles d'acide nitrique fumant afin de fabriquer un explosif redoutable, le fulmicoton ; quand il était parti en stop pour Amsterdam, où Grateful Dead devait donner un concert, finalement annulé, rentrant dans la nuit avant la première épreuve du bac, la philo, où il obtint la note de 2 sur 20 (mais il se rattrapa en cartonnant en histoire) ; même quand il avait imité la signature de son père sur un chèque grâce auquel il s'était acheté une guitare électrique et un ampli merdiques. Philippe, à force de recevoir de ses nouvelles via les médias, en était venu à oublier que Nicolas Seigneur était issu de parents, d'une famille, d'un terreau géographique auquel il avait lui-même été mêlé. Il y a toujours un ou plusieurs moments dans la vie où il paraît extrêmement bizarre d'avoir eu des parents, où il paraît même arbitraire d'avoir eu ces parents-là plutôt que d'autres, et absurde de continuer à s'asseoir à la même table qu'eux, de les entendre parler de leurs projets de vacances ou de ce qu'ils ont vu à la télé. Philippe se demanda soudain s'il n'était pas propre à sa génération de ne pas comprendre, parfois, comment il était possible d'avoir eu des parents. Lorsque, il y a vingt ans, Philippe avait vu Nicolas assis au milieu de ses fidèles buvant ses paroles, tel Mao Tsé-toung autour d'un feu de camp pendant la Longue Marche, modelant devant ses disciples la juste ligne esthétique et artistique, il jugeait sans importance que Nicolas fût le fils de Solange et Henri ou de tels autres. Quand on est jeune, on n'est, comme dit la chanson de Johnny Hallyday, le fils de personne. Mais à présent, puisque sa mère était morte et que tout le monde était rentré de l'enterrement, il réalisa que Nicolas avait bien eu des parents dont l'un était mort et l'autre survivait. Il lui parut pourtant impossible d'établir un lien entre, d'une part, le Nicolas Seigneur qui s'était inventé lui-même par la force de son imagination et celle de ses disciples (dont Philippe avait fait partie), et, d'autre part, cette maison de la vallée de Chevreuse des années 70 où Philippe reconnaissait tout sans pour autant y retrouver quoi que ce soit. Il prit alors conscience que pour lui, jusque-là, seul avait eu de l'importance le monde créé par l'imagination de Nicolas Seigneur, et que la personne même de Nicolas Seigneur, son humanité, il l'ignorait, il s'en foutait. Au fond, voilà, il ne savait rien de la réalité humaine de Nicolas Seigneur, et maintenant il était obligé de la regarder en face. Vingt ans plus tard, Nicolas était assis à côté de lui, dans cette lueur qui ne pouvait que lui rappeler celle qui avait irradié de son regard et de sa voix cette soirée-là, mais à présent il voyait un bonhomme réduit à sa simple écorce, comme lyophilisé. Le monde né de l'imagination de Nicolas Seigneur s'était éteint comme une étoile morte, ou peut-être il s'était effondré sur lui-même comme un trou noir, impossible de le savoir. Pour la première fois, la réalité torpillait et écrasait l'imagination de Philippe, celle-ci s'écroulait et tombait en poussière. Il y a vingt ans, Nicolas Seigneur théorisait sur tout : le genre de spectacles qu'il fallait faire, ceux qu'il ne fallait pas faire ; les créateurs qui, selon lui, se compromettaient dans ce qu'il appelait « l'abjection », recourant à des facilités sentimentales susceptibles de faire oublier au public son devoir de vigilance et de lucidité, ou affichant le désir de séduire les foules. Si l'on étendait un peu le système, étaient abjects tous ceux qui n'étaient pas susceptibles, par indifférence ou distraction, de reconnaître Nicolas Seigneur comme le seul émetteur du langage idoine pour « définir les enjeux de mise en scène », comme il disait. Nicolas Seigneur croyait à l'exercice de la domination par le langage et, sur ce plan, Philippe le rejoignait. Il faut bien reconnaître aujourd'hui que ce souci a complètement disparu de notre monde. À présent, le langage qu'on parle dans les familles, à la radio, à la télévision, dans la publicité, au théâtre, au cinéma, est entièrement gagné, on pourrait aussi bien dire gangrené par l'ironie. Même quand le langage se veut sérieux, ou tout simplement informatif, et que, par exemple, un SMS s'inscrit sur l'écran d'un portable Bouygues pour vous prévenir que des chars israéliens ont détruit un bâtiment administratif à Ramallah, ou bien qu'un militant du Hamas a tiré dans le tas devant « une gare routière désaffectée » (si elle est désaffectée, comment se fait-il qu'il y ait des autocars et des gens pour les attendre ?), ou quand la télévision annonce que Gilbert Bécaud est mort ou que le temps sera pourri le week-end, on finit toujours, à un moment ou à un autre, par ne plus trouver ça sérieux. Parce que le langage semble avoir perdu sa capacité à être sérieux : il est ironique à la source même de son expression, ce n'est pas par l'effet d'un décalage qu'il le devient.

Philippe roulait au pas boulevard Barbès, où une BMW blanche occupée par quatre Noirs en costume noir de diplomates, vrais ou faux, se faisait contrôler devant Domino's Pizza par une demi-douzaine de flics, quand il se dit qu'au fond Nicolas Seigneur avait toujours été en deuil. Il n'avait pas cessé d'être en deuil depuis que Philippe ne le voyait plus, quand celui-ci y pensait. En apparence Nicolas Seigneur réussissait, ses spectacles suscitaient des éloges bavards dans des journaux que Philippe ne lisait plus, sinon en diagonale, en tout cas sans y croire, *Libé*, *Le Monde*, *Les Inrocks*, éloges dont les auteurs ne semblaient plus eux-mêmes comprendre clairement la raison d'être, leurs textes répondant pour lui parfaitement à la définition de ce que l'on désigne désormais par le terme de « contenu ». Quand on lisait entre les lignes de ce baratin, il apparaissait que Nicolas Seigneur portait le deuil, depuis un certain temps déjà, d'une vision sérieuse du monde devenue complètement caduque, vision qu'affectaient de partager, le temps d'écrire leur article, ses laudateurs. Ils arboraient la vigilance théorique de Nicolas Seigneur comme des chaussures noires à lacets achetées dans le Marais. On avait le sentiment, en lisant ses interviews, que Nicolas Seigneur se mettait lui-même en avant en tant que marque, comme Nike ou la NRF, qu'il mettait en avant sa croyance dans le sérieux du langage à la façon d'un logo sur un tee-shirt. La plupart du temps, des critiques femmes écrivaient des textes frémissants à propos de ses spectacles : après le topo culturel de rigueur sur l'auteur et les origines de la pièce, elles émettaient des considérations poétiques sur les lumières et le décor, finissant généralement par parler du « glissement des corps », évoquant tout un univers brumeux de mystère et de sensualité ineffable, où planait parfois la menace d'un viol désirable dont elles auraient pu être l'objet. Ce n'était pas tellement éloigné de certains comptes rendus de défilés de mode. Lorsque Philippe fut arrêté par l'embouteillage devant une petite boutique de téléphonie qui proposait le « forfait Halloween » avec une effigie de citrouille souriante collée sur la vitre, et qu'il vit, posée près de l'entrée, la reproduction en relief, aussi grosse que le Bibendum Michelin de son enfance, d'un téléphone Nokia 3310 du même modèle que le sien, il se dit que la vision sérieuse du monde à laquelle il associait Nicolas Seigneur était complètement dépassée. Ou plutôt que cette vision-là était devenue futile et insignifiante, et que désormais c'était le téléphone Nokia gonflable en plastique jaune, près duquel trois lycéennes en longs manteaux de similicuir noir étaient massées pour regarder les vrais portables dans la vitrine, qui représentait le sérieux de notre temps. Le monde que Philippe voyait à travers la vitre de son siège était beau, selon la formule de Lautréamont que, à la suite de tous les ex-étudiants en lettres pourvus d'un faible bagage de citations, il ne pouvait s'empêcher de ressasser, « comme la rencontre fortuite sur une table de dissection d'une machine à coudre et d'un parapluie ». Tout : les flics interrogeant les quatre diplomates noirs en costume noir, les terroristes qui se mettaient des bandelettes Urgo autour de leur sexe pour rejoindre les 77 vierges au paradis d'Allah, les journaux, avec leur langage si étrange (« Internet, une tentative soft pour déboguer l'État », titrait le supplément « Économie » du *Monde*), tout était devenu dadaïste, aussi kitsch qu'une brocante. Philippe ne savait pas pourquoi il avait attendu tant de choses de ce retour dans la maison des frères Seigneur, ni pourquoi il avait fait une telle affaire de ses retrouvailles avec Nicolas Seigneur. Il avait imaginé une longue conversation, une longue explication en plusieurs temps, comme dans *Guerre et Paix*, où les deux héros, deux vieux amis réunis après une longue absence, marchent longtemps pour se dire enfin tout ce qu'ils ont sur le cœur, tout ce qu'ils n'ont pas eu le temps de se dire. Tolstoï tient là-dessus plus de cinquante pages, et l'explication de Pierre Bezoukhov avec l'autre dont il avait oublié le nom était tellement bouleversante, tellement définitive, qu'après, abasourdi, il n'avait jamais eu la force de terminer le livre, il n'avait jamais su comment *Guerre et Paix* se terminait. De toute façon, ça n'avait aucune importance puisque à présent il avait également oublié de quoi ça parlait. Avec Nicolas

Seigneur, il n'avait pas foulé les chemins dans une campagne étendue à perte de vue, fouettant les ronces de sa canne tout en devisant sur l'état changé du monde. Ces conversations, il les avait eues autrefois avec Nicolas et Jean-Michel pendant les vacances, quand il les invitait chez lui et que sa grand-mère leur préparait des plats en sauce qu'ils adoraient (les poivrons farcis, baignés dans une sauce tomate épaisse emplissant le plat de service jusqu'à ras bord, ou le poulet au paprika, et surtout les desserts, en particulier en automne, les quetsches prises dans une pâte faite à base de pommes de terre, puis roulées et frites dans un mélange de chapelure et de sucre roussi). Dans la cuisine, ils avaient le sentiment d'influer sur le cours du monde lorsqu'ils décrétaient la suprématie du rock anglais sur le rock « commercial » américain et, en extrapolant, de l'Europe sur les États-Unis, avant de penser exactement le contraire quelques années plus tard, puis de s'en foutre complètement. Jean-Michel, devenu un gestionnaire de spectacles culturels, s'était condamné à un rôle secondaire. Aux yeux de Philippe, il s'était délibérément rayé de l'histoire, il avait pour ainsi dire pris une retraite anticipée, même s'il continuait à suivre les combats militants de ce qui avait été l'aile gauche du PS : après la Pologne, l'Afghanistan, la Yougoslavie, Pharmaciens sans frontières, etc. Nicolas, lui, dans une interview donnée à *Libération*, avait parlé d'une « période d'atonie » en Europe, et il avait dit ne pas voir qui, aujourd'hui, à part Debord, décrivait cela. Parmi la série, qui semblait interminable, de pétitions ayant suivi celle des cinéastes à propos des « sans-papiers » en 1997, Philippe avait pointé la présence du nom de Nicolas Seigneur sur la liste des metteurs en scène de théâtre qui déclaraient eux aussi avoir hébergé un étranger en situation illégale pendant une durée qui n'était pas précisée ; il se disait que si lui et les autres pétitionnaires l'avaient réellement fait, ça n'avait pas dû excéder six heures par semaine, peut-être un peu plus quand il faut faire les carreaux. Au cours d'un reportage des informations régionales, Philippe avait noté la présence de Nicolas derrière une longue table de négociation syndicale, avec la minibouteille d'Évian et son nom sur un carton, « Nicolas Seigneur », au milieu de tous ces gens qui semblaient poser pour reconstituer une réunion gauchiste de 1970. Mais là où, en 1970, ces types de vingt-cinq ans avaient des têtes hautes et des yeux fiévreux et parlaient sans une once d'ironie, ces « citoyens » de 1997 s'appliquaient à un sérieux auquel ils n'étaient pas habitués, auquel ils s'essayaient comme à de nouvelles chaussures. Ils répétaient « effectivement » six fois par minute, combinant autant qu'ils le pouvaient les vocables de « morale », « dignité », « honneur » et, surtout, de « citoyen » dans chacune de leurs phrases, alors que ces mots, prononcés avec une sorte de respect sacré, n'avaient jamais été employés par personne, pas même par leurs soutiens les plus fervents dans les médias, pour décrire leurs spectacles insignifiants. Confronté à cela, Nicolas Seigneur semblait avoir du mal à contenir son ironie. Le reportage choisissait de montrer le moment où une femme metteur en scène, dont Philippe ne connaissait pas le visage, s'était mise à lire le code civil comme s'il s'agissait du monologue de *Phèdre*. On aurait dit un jeu télévisé où l'on essaie de former des couples. Philippe avait l'impression que cette femme blonde aux cheveux ondulés à la façon de Sonia Rykiel passait une épreuve qui lui permettrait éventuellement de partir avec un homme de son choix, présent à cette table, après la soirée.

Philippe avait passé l'âge des grandes explications, et Nicolas aussi. Ou bien c'était le temps où ils vivaient qui avait passé l'âge des explications. Partout, autour d'eux, des employés travaillaient à transmettre, communiquer, montrer : des chiffres, des courbes, des tableaux, des indices, des sondages, des études, des fourchettes, des extrapolations, des synthèses, des conseils, des taux, des pourcentages, des ratios, des mails, des teasers, de la musique en ligne, des animations, des sons... Désormais rien ne s'explique, tout s'envoie, tout circule. Les pétitions aussi étaient faites pour circuler. Il n'y a plus rien à expliquer. Alors, quand Philippe aborda Nicolas Seigneur en lui disant avoir lu dans *Télérama* que celui-ci préparait un nouveau spectacle, il réalisa immédiatement, rien qu'à voir le sourire navré de Nicolas, que celui-ci pourrait éventuellement lui fournir des informations sur le texte qu'il avait choisi, le décor qu'il avait en tête, ou bien les comédiens qu'il solliciterait, mais il savait bien que l'autre ne lui expliquerait rien, parce que désormais ils vivaient tous deux à l'âge de l'ironie, et non de l'explication. Et d'ailleurs, c'est ce que Nicolas Seigneur fit. Il s'en tint à un commentaire ironique : « Je ne crois pas que c'est avec ça que je vais aller chasser sur les terres de Robert Hossein. » Rien qu'en lui disant « J'ai vu dans *Télérama* que tu préparais un nouveau spectacle », et en voyant se former cette expression d'ironie fatiguée sur le visage de Nicolas, Philippe avait compris que, de sa vie, il n'aurait plus jamais d'explication avec lui, ni avec quiconque, et que toute sa vie à lui, comme celle de Nicolas, serait désormais placée sous le signe de l'ironie. L'ironie décourageait tout, c'est elle qui avait poussé Philippe à ne rien entreprendre, et pourtant on pouvait aussi dire en même temps que c'est l'ironie qui avait poussé Nicolas Seigneur sinon à entreprendre, du moins qu'elle le poussait à continuer à entreprendre. Il avait toujours suivi le vent, et le vent, il le sentait bien autour de lui, le vent de l'ironie — qui faisait qu'on ne pouvait plus rien prendre au sérieux — poussait le monde : les « poules élevées en libre parcours » sur l'emballage des œufs bio, le mec au crâne rasé qu'il venait de croiser chez Champion et qui s'était fait tatouer un petit lapin sur le cou, les lampes, les chaises, les enseignes, les tableaux de bord des voitures... Le monde entier avait été transformé par l'ironie. L'ironie était devenue la source d'énergie la plus puissante du monde occidental. Elle précédait tout, servait de moteur à tout, et elle précipitait le monde vers le désenchantement à une vitesse qui semblait combler de joie les populations. On pouvait, comme Nicolas Seigneur, accueillir l'ironie avec mélancolie, l'assombrir du deuil d'un âge sérieux désormais révolu, ou bien, comme Philippe, y trouver une raison de se désactiver — comme on le dit d'un système —, toujours était-il que le monde qui nous entourait apportait la preuve que l'ironie accompagnait avec une excitation nouvelle la majorité de la population active vers le travail, alors que l'âge du sérieux, au contraire, dont Philippe avait vu les derniers feux s'éteindre, avait rendu une majorité de gens sceptiques vis-à-vis du travail, voire carrément hostiles.

Les utopies révolutionnaires de l'âge hippie et posthippie avaient prévu, selon des programmes plus ou moins précis, l'extinction progressive du travail. Certaines s'étaient même fixé pour objectif son éradication, et Philippe se rappelait que le thème de la « civilisation des loisirs » avait été, durant son adolescence, très à la mode : un monde où l'on jouerait, voyagerait, écouterait de la musique « à la carte » — c'est une formule qui revenait souvent, pour bien montrer qu'il fallait en finir avec la rigidité des programmes et des systèmes. Cette métaphore était d'ailleurs intéressante, puisqu'elle envisageait le monde comme un immense restaurant où l'on pouvait composer soi-même son propre repas, changer de régime si on le souhaitait au lieu de subir la tyrannie du menu à prix fixe. On entend souvent dire que les utopies des années 60 et 70 sont des échecs dont on a oublié jusqu'au souvenir. Pas du tout : elles ont été réalisées dans les vacances organisées (qui invitent à une parenthèse de rêve, éloignée de toute réalité sociale), les hypermarchés (où les emballages entraînent vers toutes les rêveries) et les radios (qui permettent à toute heure d'écouter des musiques qui font rêver d'un monde inconnu). Tout est devenu jeu, et c'est « sympa ». Mais le travail aussi. Le travail aussi est devenu jeu et ça, les gens s'en sont vite rendu compte, ce n'est pas « sympa » du tout. Le travail des employés dans les professions en vue (singulièrement dans les médias) s'apparente à une partie de Monopoly qui n'en finit jamais : on rechigne à la quitter, on a hâte de la reprendre. Et quand elle s'achève, on n'a plus qu'une idée : en recommencer une autre. Seules les professions consacrées à des tâches matérielles ingrates, ou simplement artisanales, échappent aux valeurs du jeu.

Fréquemment, des prêcheurs assistés par des documentalistes (les « essayistes ») viennent dénoncer la cruauté du monde du travail. Ceux qui les écoutent oublient que la cruauté que l'on voit à l'œuvre dans le monde du travail est une cruauté librement consentie, et que le harcèlement provient de la perversion enfantine née de l'excitation du jeu. Éliminer quelqu'un du jeu, c'est excitant et prenant, et beaucoup plus cruel que s'il s'agissait d'affaires réellement sérieuses. Le jeu est beaucoup plus cruel que le sérieux. Éliminer le directeur de la fiction d'une chaîne de télévision est la seule manière de rendre excitant l'exercice d'un métier qui consiste à remplir les « grilles » d'un « contenu » insignifiant, déterminé par des panels de téléspectateurs assemblés par des responsables d'études. À présent, les titres de responsable de la programmation, chef de l'unité de variétés et divertissements ou bien directeur de la rédaction servent de déguisement à des joueurs qui considèrent interchangeables les « contenus » de leurs tuyaux. Le but de ceux qui dirigent ces entités est de jouer, de décider ce qu'ils vont jouer, comment ils vont le jouer et ensuite le rejouer. Comme au casino ou à la Bourse, le but n'est pas le gain; le gain n'est là que pour être risqué à nouveau. Comment envisager une explication sérieuse dans la civilisation du jeu ? se demandait Philippe. Comment envisager le sérieux tout court ? Les gens qui jouent sont absorbés et n'ont rien à dire. De temps en temps, ils se disent « citoyens », « solidaires », « concernés », « dignes », mais leur vérité, c'est le jeu.

Il paraît que la Française des Jeux réalise un bénéfice colossal tous les ans. Mais combien d'entreprises en France ne mériteraient-elles pas de s'appeler la Française des Jeux ? Et voici, se disait-il, ce que les utopistes de la civilisation des loisirs n'ont pas anticipé : les gens se sont accaparé le travail comme une passion mauvaise, le travail est devenu un vice, un divertissement tordu et vicieux. Le travail, aujourd'hui, divertit de la famille, des courses, des loisirs obligatoires, toujours les mêmes, de la télévision, toujours répétitive. Dans le travail, aujourd'hui, il y a du suspense, du drame, des accès de folie, de la cruauté, de l'érotisme, du mystère, du sado-masochisme, de la terreur, du fantastique, bien plus que dans ce que l'on appelle maintenant si tristement la « fiction ». Philippe se disait qu'il avait été plus tenu en haleine par ce qu'il avait vécu en une année au sein du groupe Expert-Press que par la plupart des films qu'il était allé voir. L'imagination d'un monde où le travail deviendrait un divertissement vicieux, où la rémunération ne serait qu'un prétexte, Philippe l'avait peut-être pressentie autrefois. Maintenant, le résultat était là, devant lui, dans sa vie, il coulait dans ses veines, il n'avait plus besoin d'un médiateur artistique, de disques, de performances pour le lui faire appréhender : l'imagination était au pouvoir. Et le sommeil de l'esprit de sérieux avait engendré des monstres, au nombre desquels Philippe se comptait, auxquels il lui était impossible de ne pas se confondre. Cette créature qui enfilait le bas d'une combinaison de vinyle pour taper au Minitel, c'était lui. Ce type qui, au cours d'une réunion chez Expert-

Press, expliquait qu'on assistait à la fin de la segmentation par âge dans les goûts du public en matière de musique, c'était lui. L'âge de l'ironie avait fait de Philippe son propre ennemi : un comédien, un espion, un traître courant d'un rôle à l'autre.

Voilà ce qu'il se disait alors qu'il était pratiquement arrivé chez lui et qu'il observait, au dos d'un kiosque, une affiche reproduisant la couverture du dernier numéro de *Challenges* : « DOSSIER SPÉCIAL : LE TOP 100 DES VALEURS QUI PEUVENT VOUS FAIRE GAGNER ». Il y avait un fond rouge, un cadre doré, on aurait dit une boîte de chocolats, ça donnait envie. Philippe réentendait dans sa tête la voix de Nicolas Seigneur :

« En réalité, je m'aperçois que j'ai fait du théâtre pour faire chier mon père, parce que je ne supportais pas ses goûts : Ionesco, le surréalisme, Queneau... Il ne supportait pas le lyrisme d'Aragon, alors j'ai fait une adaptation de *La Défense de l'infini* avec des filles qu'on est allé chercher dans des peep-shows. C'était ça, mon énergie, je voulais le faire craquer. Mais non, il restait toujours souriant, lisse, perplexe, ironique, quoi... »

Henri plongeait machinalement la main dans un plat, grappillant les miettes d'une tarte refroidie au fromage et aux épinards, entouré de deux vieilles qui semblaient le soutenir pour l'empêcher de s'affaisser. Nicolas regardait son père soutenu par ces deux femmes, deux sœurs, deux amies de Solange, peut-être, on ne savait pas, avec une tendresse que Philippe ne lui avait jamais vue. On avait l'impression qu'un rayon spécial, émis par le regard de Nicolas, empêchait son père de tomber sur la table, et qu'il avait capté le même danger que ces deux femmes aux cheveux courts blancs, avec leurs twin-sets noirs et leurs grosses chaussures de marche, des randonneuses lesbiennes peut-être, qui toutes deux semblaient encadrer le père Seigneur comme des modèles de Nadar, avec ces regards fixes et un peu égarés qui leur donnaient l'air de sortir de 1844.

« Tu te souviens de ce titre d'*Actuel* : " Les jeunes gens modernes aiment leur maman " ? Ils avaient pris Jacno en photo avec sa mère, l'air supersympa, et son père, une vraie tête de con, on aurait dit le mec qui verse de l'eau dans l'entonnoir, le bourreau avec la collerette de Kermit la grenouille. À l'époque je m'étais dit que j'avais de la chance d'avoir des parents comme les miens. Solange, elle me soutenait, et en même temps, elle voulait toujours chercher à comprendre, elle voulait toujours que je lui explique... Mais avec mon père, au fond, il ne s'est pas passé grand-chose parce qu'il trouvait tout marrant, même quand je faisais des conneries... »

Toute trace de légèreté s'était comme évaporée du visage d'Henri, qui ressemblait à un masque superposé à son vrai visage disparu. Il avait posé ses mains à plat devant lui et regardait dans le vide, complètement hébété. On entendit un corbeau faire un bruit ridicule de crécelle. Un petit murmure amusé de soulagement parcourut la pièce comme dans une salle de classe, Henri cligna doucement des yeux comme s'il sortait d'un sommeil léger. On voyait Jean-Michel parler avec Corinne L'Helgouarc'h, agitant les bras avec véhémence.

Soudain, Nicolas regarda Philippe, le regarda vraiment comme s'il le découvrait.

« Mais toi... ? T'écris toujours sur la musique ? »

III

EXHIBITION

23

« Sur l'air du traaa-la-la-laaa / Sur l'air du traaa-la-la-laaa / Sur l'air du tra-dé-ri-dé-ra et tra-la-laaa ! » : il y a une cruauté particulière à écouter, contraint et forcé, des chansons pour enfants quand on n'en est plus un. Surtout quand elles sont réorchestrées avec des synthétiseurs qui font coin-coin et des chanteurs qui évoquent la voix des publicités au cinéma pour Burger King au milieu des années 80 (« Aujourd'hui-iii à Pari-iiis, Beurgueure Ki-iing, c'est vraiment le roi-aaa, le roi du hambeur-gueure ! »). Couvert de sueur, fiévreux, essayant tant bien que mal de conserver une sensation d'équilibre alors que j'étais couché dans mon lit, je ne voyais pas mon tortionnaire qui, derrière la porte, actionnait le bouton PLAY de la radiocassette en plastique jaune et rouge que ma mère lui avait offerte. Il fallait bien que je m'habitue à l'idée d'être le père de cette chose dont Laurence avait accouché dix-huit mois auparavant. L'appareil était en plus prolongé d'un micro en forme de cône de glace, relié par un fil en tortillon, que l'être semi-rampant pouvait saisir afin d'amplifier ses propres cris et chants primitifs. Près de vingt fois, il remit une version particulièrement atroce de « La Mère Michel » puis de « Grand-père qu'as-tu vu ? » (« J'ai vu une grenouille-eu qui rentrait d'une patrouille-eu ») où une descente chromatique saccadée exécutée par une sorte de scie musicale électronique était censée signifier le ricanement malicieux in petto du grand-père. Ce ricanement infernal, à la sonorité suintante de laideur et de vulgarité, glissait sous la porte close de ma chambre comme un vent perçant, il venait m'envelopper à la manière d'une odeur écœurante.

Lui arrivait dans la vie, moi j'en étais chassé, voilà ce que je ressentais. Il bavait sur les accoudoirs des fauteuils, il posait ses mains visqueuses partout, il arpentait un territoire — le salon — que ma maladie m'interdisait, il était l'émanation même de la prison où je me retrouvais. Ma situation, pensais-je, était la métaphore de l'humanité nouvelle : un groupe d'adultes kidnappé, confisqué par des créatures atroces et incompréhensibles à qui l'on se met, comme hypnotisé, à sacrifier son temps, à offrir des objets, des meubles spéciaux qu'une voix intérieure, venue on ne sait d'où, nous contraint de nous procurer. En présence de ces êtres, on se met à parler d'une autre voix, avec d'autres mots, que nous n'avions jamais employés à ce jour. Les enfants ne se contentent pas de prendre possession de notre espace, ils aliènent notre langage, ils font de nous des êtres haineux, grossiers, vulgaires, ordinaires, ils nous humilient, nous obligent à sortir dans la rue avec des ustensiles grotesques : poussettes prêtées, au tissu matelassé à motif de petits chats bleu ciel sur fond blanc sale, machins en peluche aussitôt déformés et souillés de leur bave, oursons couineurs imprégnés d'une odeur sure émanant de leurs renvois de biberon, biberons qu'on leur prépare comme s'ils étaient des cosmonautes, avec des poudres de lait spéciales enrichies en magnésium, vendues à des prix exorbitants en boîte d'aluminium dans des pharmacies, réchauffés sur des chauffe-biberons occupant toute la place sur la paillasse de la cuisine, tétines couleur caca qu'on stérilise et fait tremper dans des bassines, minibaignoires en plastique, bains de permanganate dans lesquels on les trempe parce que, avant même d'avoir émis le moindre son articulé, ils attrapent des maladies de peau. Ils crient, ils pleurent, ils ont de la fièvre, ils salissent tout ; ils oublient des sucettes sur un coussin du canapé, auxquelles des poussières et des fils restent collés ; ils poussent, avec la force insoupçonnable de leurs petites mains, des biscuits émiettés dont ils n'ont mordu qu'un minuscule morceau sur le siège arrière de la voiture, bien au fond, entre la banquette et le dossier. Et en plus ils vous rendent malades, voilà ce que je me disais, alors que, malgré la porte fermée, j'entendais, avec l'impression de tourner très lentement sur mon lit, pour au moins la dixième fois en vingt minutes, « Grand-père qu'as-tu vu ? ».

J'ai un enfant et je ne vais pas lui survivre, je vais y rester, voilà ce que pensait Philippe. De derrière la porte, il m'envoie des ondes, c'est même inutile qu'il soit présent, il suffit qu'il actionne « La Mère Michel », et il m'anéantit. Une nuit, Philippe glissa du rêve vers l'hallucination. Il dormait seul dans le grand lit depuis une semaine environ. Laurence avait migré vers le canapé du salon. Baigné de sueur dans son pyjama, il avait eu l'impression d'être lancé à l'intérieur d'un bolide sur un circuit nocturne, sorte de train fantôme au bout duquel surgissait un paysage merveilleux de plantes et de fleurs inconnues, aux contours parfaitement découpés. C'était une sorte de jungle à la fois fausse et accueillante, une jungle fraîche et printanière, aux couleurs de dessin animé. Il apparut à Philippe que cette trouée marquait un aboutissement, une issue, dans le double sens du terme. On aurait dit que rayonnait du cœur de cet autre pays un arc de lumière orange que Philippe était le premier homme à voir, qui l'appelait, vers lequel il serait le premier homme à marcher. Quand il se réveilla en sursaut, il devait avoir plus de 40° de fièvre. Il n'arriva pas à se rendormir et, toute la nuit, le lit continua son mouvement insidieux de rotation. À la différence d'un rêve qui, une fois dissipées quelques secondes de brumeuse incertitude, se range insensiblement dans son tiroir de rêve, l'image comme surgie vivante en trois dimensions s'apparentait à une vision. Philippe sentait que ce paysage existait et il y replongeait sans cesse par la pensée, à son tour devenue circuit; il ressentait comme une malchance, un ratage, de ne pas être parvenu à mieux s'en approcher, en somme à passer derrière. À mesure que l'obscurité de sa chambre perdait de son opacité, les contours de la penderie, du secrétaire, de la chaise où était jeté son peignoir lui apparaissaient. Tout, dans la chambre, semblait s'être minéralisé pendant la nuit. Le mur blanc qui lui faisait face semblait une étendue de glace. Il prit conscience que la menace de « La Mère Michel » ou de « Grand-père qu'as-tu vu ? » située derrière la porte, allait se reformer, et que la chose allait à nouveau vomir un truc blanchâtre, comme la semaine dernière, qu'il se retrouverait seul à devoir ramasser. Peu à peu se matérialisa, dans la lumière laiteuse de sa chambre, la perspective d'un bébé vomissant : c'était intolérable. Il rappela un médecin de ses amis, dont il avait déjà sollicité deux fois les avis en lui lisant au téléphone la liste des médicaments que les deux envoyés de SOS Médecins lui avaient prescrits. La toux continuait, la fièvre ne baissait pas. Le médecin lui conseilla l'hospitalisation : c'était le meilleur moyen d'en venir à bout.

Le trajet de deux cents mètres à l'intérieur de l'immense cour de l'hôpital Bichat rappela à Philippe l'effort qu'il avait dû faire pour remonter chez lui où un taxi l'avait déposé, un matin de l'hiver 1981. La veille, il avait assisté à une fête donnée en l'honneur du groupe Duran Duran aux salons France-Amérique sur les Champs-Élysées. Il avait mélangé champagne, vodka-orange et vin rouge, et avalé des sorbets que lui apportait une chanteuse rennaise amateur, la petite amie d'un collègue critique de *Rock en stock*, tout en observant des Anglaises en costumes froufroutants, chapeaux et crinolines, arrivées en car, qui sautaient en l'air sur des chaussures à bout pointu des années 50 en dansant sur « Tainted Love » et « Fade To Grey ». Dès que le collègue avait eu le dos tourné, il avait assailli la chanteuse rennaise amateur puis était allé vomir dans un urinoir avant de s'endormir les bras autour de la cuvette des chiottes dont la porte était restée entrouverte. Une femme de ménage antillaise avait poussé un cri en le découvrant le lendemain matin endormi sur un canapé. En se traînant dans l'escalier jusque chez lui, il s'était aperçu que des feuilles de PQ s'étaient collées à chacune de ses semelles. L'entrée du pavillon de pneumologie, indiquée sur un de ces panneaux composés d'une superposition de lamelles métalliques, qui, avec leur profusion de sigles et d'indications techniques, apparentent la signalisation employée à l'intérieur des hôpitaux à celle d'un chantier, ramena Philippe à des impressions d'enfance et d'emprisonnement : c'étaient les mêmes marches d'escalier raides couvertes de lino, les mêmes peintures jaune pipi qu'au collège. On était en 1973 et on le ramenait en classe de sciences naturelles. Cette année-là, justement, il était resté un mois en clinique. Vingt ans après, il y retournait. En 1973, il avait passé des journées à lire les albums de Tintin qu'il n'avait pas, à se faire apporter *Spirou* par les infirmières qui lui permettaient de tapisser sa chambre de posters de Boule et Bill et Yoko Tsuno, à se faire déposer des pâtes de fruits ou des boîtes de chocolats d'un raffinement extrême par des amies de sa mère, jamais revues depuis. C'était la belle vie. Il ne pouvait pas espérer que ça se reproduise vingt ans après, mais, au fur et à mesure qu'il se rétablit, il regretta, au fond, que ça ne dure pas un peu plus longtemps. Il prit surtout conscience que tous les efforts qu'il avait accomplis pour étudier, agir, entreprendre (si peu) s'étaient heurtés à une sorte de barrière invisible, comme sous-marine, qu'il ne pourrait jamais franchir. Tout était pour lui perdu d'avance parce que l'expérience la plus intense de la vie, il l'avait faite convalescent, étendu sur son lit dans une espèce de demi-sommeil dolent. Ses impressions les plus vives, ses pensées les plus vraies avaient pris forme avec la maladie, et rien de ce qu'il avait éprouvé depuis ne lui avait apporté semblable plénitude. Oui, la vérité même de son être avait pris forme avec la maladie, cela lui apparaissait dorénavant comme une certitude, une évidence définitive. Lorsqu'il eut appris, en lisant un article dans *Libération*, qu'Alberto Moravia avait écrit son premier livre, *Les Indifférents*, à l'hôpital, entre deux accès de fièvre qui le laissaient évanoui, il songea à tous les livres qu'il aurait pu écrire et qu'il n'écrirait jamais, parce que c'était trop long, trop difficile, trop tard, trop chiant, et que ça n'intéresserait personne.

À l'hôpital, Philippe redevenait libre. Laurence, agacée par cette maladie où, à défaut de simulation, elle ne pouvait s'empêcher de voir l'accomplissement d'une sorte d'autosuggestion — et il est possible qu'elle eût en partie vu juste —, devenait dans les pensées de Philippe un personnage virtuel auquel il était libre de donner ou de retirer le mouvement et la vie, à sa fantaisie. Seule la pensée de celui qu'il lui fallait bien, en son for intérieur, appeler son fils le déstabilisait. Il sentait que ce nouveau personnage allait lui donner du fil à retordre, et que ses agissements répugnants n'étaient que les avant-signes d'une irrationalité sauvage et furieuse à laquelle Philippe ne pourrait répondre que par la fuite. La maladie, en tout cas, lui avait fait retrouver le contact avec sa vérité intime. Le médecin de l'hôpital, comme tous les médecins d'aujourd'hui, parlait comme s'il participait à une émission de télévision où il fallait recueillir le point de vue médical, indispensable à un débat allant « au fond des choses ». C'était un vrai médecin en blouse blanche, parlant d'un air fatigué devant une plante verte. Il colla les radios des poumons de Philippe — il y en avait six ou sept, prises sous différents angles — à la queue leu leu, ce qui évoquait une « série » d'un artiste contemporain, et, d'un air à la fois réservé et ironique, dit à Philippe : « Vous avez fait un sacré truc... » Sur chacune des deux masses noires, on distinguait quelques points flous, entre le gris et le blanc laiteux, plutôt jolis. Philippe ne fumait pas, il n'avait pas d'antécédents : le fait qu'il ait pu développer une pneumonie aussi fulgurante suscitait chez le médecin une forme d'admiration.

Lorsque Philippe revint chez lui, convalescent, encore incapable de descendre acheter le journal sans s'essouffler au bout de vingt pas, comme les petits vieux de son quartier qui s'arrêtaient tous les cinquante mètres, tremblotant sur leur canne, il se sentit libre parce que indifférent. Il considérait le fait d'être marié — « ma femme », « mon mari », ça lui faisait penser à des répliques d'*Au théâtre ce soir* — et même d'avoir un fils, cet être informe qui ne se manifestait qu'en réclamant d'être nourri et qu'en accomplissant l'action de se nourrir puis de rejeter les aliments dont on l'avait nourri, comme la réalisation pauvre et miteuse d'une idée au-dessus de ses moyens. Il lui arrivait de se dire qu'il s'était marié un peu à la façon dont ces groupes anglais d'un certain courant du début des années 80 — ABC ou British Electric Foundation, et même la période 1981-1984 d'Elvis Costello — prétendaient faire revivre l'élégance des mélodies et des orchestrations de

Smokey Robinson ou, pourquoi pas, de Frank Sinatra : contre l'évidence, contre le monde, contre l'enlaidissement inévitable de tout et contre, surtout, leur propre insuffisance. Il s'agissait d'une sorte de reconstitution avec costumes où certains s'étaient réfugiés faute de supporter un présent haïssable. Lorsque la force lui revint, ce fut la haine qui s'empara de Philippe : une haine sans limites contre lui-même, contre ses choix, contre son insuffisance et, par ricochet, contre Laurence, contre son enfant, une envie de destruction qu'il ne savait comment réaliser parce qu'il se sentait étranger à toute réalité.

Philippe pressentit que sa fin était proche. L'autre arriverait, en rampant, à passer sous la porte, à l'étouffer, à lui prendre sa place. Il avait l'impression d'être devenu Gulliver, attaché au moyen d'un réseau de minuscules cordelettes par cet Alien rampant qui se divisait et se démultipliait pendant la nuit, comme une cellule qu'on tranche sous l'œil du microscope. Pis encore, il identifiait la situation qu'il vivait à celle du globule blanc envahi, étouffé, puis phagocyté par le virus du sida, avec son horrible apparence d'oursin. Le sida était partout, et derrière l'obsession du sida se cachait la hantise de sa propre destruction, l'impression qu'une force agissait en lui, qui le poussait à disparaître. D'un côté, il y avait le sida, une maladie sérieuse qui tuait des gens qui ne l'étaient pas : des gens inutiles comme lui, des critiques superflus, des écrivains confidentiels, d'obscurs acteurs de théâtre, enfin, c'est ce qu'il en percevait... De l'autre, la guerre en Yougoslavie, sorte de film atroce en noir et blanc, appendice rétro à l'histoire sanglante de l'Europe ancienne, qui ne concernait véritablement que ceux qui étaient eux-mêmes en noir et blanc. Tout cela coexistait, mais il semblait à Philippe que le temps mesuré par les journaux, le temps qui agrège et amalgame les événements appartenant à des pans de réalité distincts, que ce temps-là n'avait rien d'authentique, et que les individus n'étaient réellement façonnés que par une étroite partie de l'histoire — la leur — et que les autres pans de l'histoire dont leur parlaient les médias, ils les croisaient avec fatalisme comme des véhicules accidentés au bord de la route, qu'ils voyaient brusquement s'éclairer sous le rayon de leurs phares puis disparaître aussitôt. Pour Philippe, c'était une évidence, les clips de Madonna de la période *Erotica*, un disque qu'il n'avait eu aucunement envie de se procurer, avaient eu plus d'importance que la guerre en Yougoslavie. Dans l'un d'eux, elle apparaissait, les cheveux blonds courts lissés en arrière, dans une combinaison de vinyle noir (ce détail l'obsédait), dansant à l'intérieur de ce qui semblait être une cage de verre, prise dans des liens qui se reformaient au fur et à mesure qu'elle s'en détachait. Philippe aimait qu'elle ait offert avec les premières copies de son album une cagoule noire (ou était-ce un simple masque ?), qu'elle ait raconté dans une interview qu'elle s'était passé un « gode-ceinture » à la taille en compagnie d'« une amie » et que, écroulée de rire, elle avait finalement décidé de ne rien faire avec. Madonna était présente dans la réalité de Philippe, pas la guerre en Yougoslavie. Que, cinquante ans après les dernières manifestations de folie en Europe, des nationalistes haineux aient rendu fou un peuple, cela le confortait dans une non-participation à l'histoire que, de toute façon, il n'avait pas choisie. Le communisme avait gelé ces trucs-là et maintenant on les voyait ressortir du congélateur : pour se maintenir au pouvoir en 1993, un bureaucrate profitait des haines inassouvies de 1943, voilà tout ce qu'il y avait à comprendre. Durant cette période, Hervé Guibert, atteint du sida, avait, dans ses écrits, mis sa maladie en scène. Pourquoi, se demandait Philippe, rapprocher de la sienne la figure d'homosexuel exhibitionniste et autodestructeur de Guibert, ainsi que celle de Madonna qu'il voyait prise dans des liens, sur un écran, offerte, mais comme à elle-même ? Pourquoi y voir le reflet de son propre désir d'avilissement et d'autonégation ? Il ne savait pas, tout s'embrouillait dans sa tête, des fantômes venaient le visiter. Et Hervé Guibert, qui lui avait paru l'expression de la futilité littéraro-mondaine la plus ennuyeuse, devenait bizarrement sérieux, et Michel Foucault, qu'il voyait autrefois comme une figure de Saint-Just avec son élocution métallique d'orateur doctrinaire humiliant ses adversaires, dont Guibert (qui l'avait ridiculement rebaptisé « Muzil ») révélait qu'il cachait un grand sac contenant des bâillons et des cagoules de cuir dans son placard, devenait inversement un personnage comique, même kitsch, comme Guibert, et aussi à cause de Guibert. Foucault ouvrait sa bouche grimaçante, son crâne chauve luisait, et ce masque tournait dans la tête de Philippe qui superposait la figure de Foucault au témoignage d'un malheureux entendu à la radio qui, comme on dit, « assumait » : « Je suis allé à San Francisco... Jé-fé-le-fou », disait-il avec un accent du Sud-Ouest. Philippe s'imaginait un petit moustachu rural, monté à Paris pour faire l'acteur, qui s'était peut-être retrouvé vendeur dans un magasin de sport, et avait commencé par s'acheter un harnais en cuir dans un sex-shop avant d'avoir un grand sac dans son placard comme Michel Foucault. Il marchait aujourd'hui avec une canne et avait un visage de pomme fripée, et ça lui paraissait d'un humour atroce.

Philippe pensa qu'il avait fait son temps. Son enfant le chassait de chez lui. Pis encore, son enfant le chassait de lui-même. Laurence et lui étaient deux solitudes juxtaposées, fortement émues l'une par l'autre. Le mariage leur avait renvoyé, pour la première fois, une autre image d'eux-mêmes : celle de deux personnes prêtes, en signe de la confiance qu'elles s'accordaient, à tenter une expérience courageuse, à contre-courant de leur vie. Dans l'esprit de Philippe, le mariage était une construction morale et intellectuelle dont le but était de se célébrer elle-même. Les autres, quand ils leur rendaient visite, visitaient leur mariage. Tous les jours, Philippe et Laurence se surveillaient. Ils surveillaient s'ils étaient bons pour le mariage, si leur désir inentamé de solitude, leur méfiance vis-à-vis d'eux-mêmes, leur manque de foi envers les personnages qu'ils avaient adoptés malgré leur bonne volonté et l'attachement sincère qu'ils éprouvaient l'un pour l'autre — même si celui-ci n'était jamais exprimé par l'un de la façon que l'autre aurait attendue — n'allaient pas submerger leur mariage, les engloutir tous les deux, les ramener au néant auquel ils sentaient qu'ils avaient échappé par miracle. Laurence était incapable de s'en tenir à un seul personnage parce que, dans son esprit, rien ne justifiait que quelqu'un s'attache à elle tout entière, étant donné qu'aucune situation de sa vie passée — son incertitude sur l'identité de son père, son échec avec le metteur en scène qui voulait tourner *Holo Man*, le suicide de Dee — n'avait, au fond, mis en scène la même personne. Si la femme froide et responsable qui travaillait dans la sérénité à sa thèse sur Blake était en rade, si l'enseignante responsable habillée en sous-préfète qui courait dans des trains pour assurer ses cours à L'Isle-Adam devenaient des personnages qu'elle se lassait de jouer, elle se transformait comme un super-héros. Elle pouvait devenir la poule sexy d'un film des années 50, accueillant en déshabillé un voyou enrichi ivre dans l'hôtel particulier où celui-ci l'avait installée, comblé de peintures et d'objets au bon goût conventionnel. Ou bien se réincarner en poissarde hurleuse si elle s'ennuyait. Elle aimait se mettre en scène dans des situations ordurières (« Parce que tu crois peut-être que je vais me traîner aux pieds de ce connard ? » dit-elle à propos d'un collègue à qui il aurait fallu qu'elle fasse des compliments hypocrites pour qu'il l'aide à obtenir un poste d'assistante en fac) afin, peut-être, de compenser l'effort qu'elle accomplissait pour se croire digne de recevoir quelque chose. Toujours, elle revenait à des souvenirs d'enfance, les mêmes qu'elle s'était composés : le chemin qu'elle prenait le soir avec une lampe de poche, après le train de banlieue, pour rentrer chez sa mère en faisant huit cents mètres à pied sur une route à travers bois, où il n'y avait aucun éclairage public ; le potager qu'elle avait pu cultiver dans un coin du jardin et qui donnait de petits radis rabougris, au goût piquant qu'elle n'avait jamais retrouvé depuis ; la chatte qu'elle avait eue et qui la suivait comme un chien jusqu'à l'arrêt de l'autocar. Elle revenait à ces moments où elle n'était qu'une seule personne, une personne non divisée, où la question ne se posait pas de savoir si elle pourrait se hisser à la hauteur d'un personnage idéal qu'elle redoutait de ne jamais être. Au fond, Philippe et elle souffraient du même mal, celui de n'être personne en particulier, ou d'être plusieurs personnages à la fois, qui se mélangeaient comme dans un film parodique : l'executive woman, le dépressif hanté par son inutilité, la clocharde hurlante, l'érudit grand lecteur ex-collaborateur de fanzine, et d'autres personnages encore, l'érotomane halluciné, la bombe sexuelle fragile, tous ces personnages se combinant dans un film confus qui, au final, paraissait peu crédible. Peut-être, au fond, la vérité de Philippe et Laurence s'exprimait-elle dans cette impuissance à savoir qui ils étaient vraiment.

Après la menace de cet enfant qui avait failli s'étrangler avec le cordon et qu'il avait fallu sortir au forceps au milieu de la nuit, que Philippe avait vu bouger dans une couveuse, couché sur le dos, parfaitement formé, se mouvant au ralenti comme un cosmonaute en apesanteur, il était passé par d'autres personnages nouveaux : le dieu à la fois fier et effaré face à sa création, l'indifférent horrifié, le héros de comédie américaine s'enfilant bière sur bière au bistrot d'à côté — tout ça pour finir dans le rôle de nourrice avant de devenir un postadolescent malade et suicidaire. Depuis que l'enfant était là, Philippe ne savait plus du tout qui il était. Il savait juste que c'était fini. Quoi, il ne savait pas, mais quelque chose était fini.

24

Le billet d'avion fut rapide à obtenir. À force de voir ces petits pavés tristes dans *Libé* (« NEW YORK 1 990 F », « BALI 3 590 F »), Philippe se dit que, quitte à finir, autant finir loin, tant que c'était bon marché et qu'il lui restait encore quelque chose de son héritage. Il voulait faire le voyage le plus proche de la téléportation : on s'assoit dans un avion, on ferme les yeux, on les rouvre, on prend une voiture, on roule. Ça se passe après la fin, après le générique, ce sont les choses qu'on ne montre pas habituellement, parce que, si on suivait la logique du récit, l'histoire de Philippe était terminée après la naissance de son enfant. Il s'était baladé d'un personnage à un autre, mais là, c'était fini, avec celui-là il voulait quitter la partie.

Le capitaine d'American Airlines, un acteur qui ressemblait à un capitaine d'American Airlines, parlait dans la petite télé de l'avion, décoiffé, sa casquette à la main, debout sur la piste d'atterrissage, devant les réacteurs. Il souhaitait la bienvenue aux passagers avec des gestes d'agent immobilier s'apprêtant à faire visiter une maison témoin. L'hôtesse avait plutôt une tête d'infirmière de l'Est. À l'aéroport de Charlotte (Caroline du Nord), il y avait beaucoup (trop) de lumière. Dans l'avion qui repartit pour San Francisco, on réveilla Philippe pour lui servir du poulet puis, juste avant l'atterrissage, une pâtisserie écœurante. Après avoir suivi des couloirs et des escaliers qui sentaient le potage, il récupéra son bagage. À la douane, des chiens vinrent renifler ses sacs. Il dut jeter une banane qui lui restait. Dans le hall du terminal, il appuya sur une touche en plastique représentant un hôtel, un peu comme une case de Monopoly. Il y avait une chambre libre. Il loua un véhicule de catégorie C chez RENT-A-CAR et se vit allouer un engin bleu métallisé d'une marque inconnue où il avait l'impression de se tenir à moitié couché. Il y avait une odeur de plastique neuf dans l'habitacle, et une voix mécanique répéta quelque chose d'inintelligible dont il conclut qu'il s'agissait d'instructions touchant aux ceintures de sécurité. C'était une voiture qui semblait convenir à un personnage secondaire de petite envergure dans une série américaine, du genre qui disparaît ou qu'on abat tout de suite, comme ça, pour permettre à l'intrigue de démarrer. Les flics arrivent, ça fait « wouh-wouh », un type sale et fatigué sort d'une voiture propre et sonne chez une hôtesse de l'air nymphomane.

« Qui pouvait avoir une bonne raison d'en vouloir à ce pauvre Harry, hein ?

— Vous prendrez bien un whisky avec moi, inspecteur...

— Objection, Votre Honneur ! Ha ! ha ! Non, je plaisante. Refuser un scotch proposé par une jolie femme est tout à fait contraire à mes principes... »

Avec la carte de San Francisco et de sa région fournie par RENT-A-CAR, qui semblait faite à une échelle ne permettant pas de comprendre s'il s'agissait d'une ville ou d'un pays, Philippe parvint tout de même à s'orienter. Il eut longtemps l'impression de rouler au milieu d'un golf miniature, mais agrandi, sur une autre planète où les proportions avaient été changées pour le tromper. Une fois la voiture garée, il marcha quelques mètres sur le trottoir de la rue en pente où se trouvait l'hôtel. Un clochard hispanique, le visage à moitié brûlé, s'agenouilla devant lui et lui demanda un dollar — que Philippe lui donna. À côté, un Noir hurlait en gesticulant dans une cabine téléphonique, comme un acteur en train de répéter un rôle. Philippe dîna dans une pizzeria où le serveur, remarquant qu'il n'était pas du coin, lui demanda s'il n'avait pas de timbres pour sa collection. Dans les couloirs de l'hôtel, il flottait une odeur de canalisation, mais de canalisation propre. Dans la chambre aussi. Philippe commença par perdre une lentille de contact qu'il retrouva miraculeusement, au bout d'une demi-heure, sur un élément de tuyauterie; après quoi il s'endormit.

La porte de l'hôtel était couverte de stickers « Guide du routard », « Bargain holidays », etc. Le réceptionniste était un jeune Français qui avait travaillé dans une agence immobilière à Paris. Après avoir avalé deux grosses crêpes qu'il couvrit intégralement de sirop d'érable tout en feuilletant le journal gratuit de deux cent cinquante pages présentant les programmes des concerts, il ouvrit son guide et pointa les adresses des trois magasins de disques les plus importants, élaborant, à partir du plan, plusieurs itinéraires. Philippe se leva, fit quelques pas dans la rue vers sa voiture et faillit s'évanouir. Il retourna aussitôt dormir, enlevant cette fois juste son pantalon, sans retirer ses lentilles de contact.

Le soir, il alla voir un concert, présenté par le *L.A. Weekly* comme l'événement de la semaine. C'était une parodie de groupes de différents styles des années 70, faite par la même troupe. Dans leur première incarnation, les musiciens accompagnaient deux filles vêtues en uniforme d'hôtesses d'accueil pour un congrès médical des années 70. Elles portaient des ensembles veste-pantalon de tergal bleu turquoise et des chemisiers à jabot blanc. Sur le revers de leur veste était épinglé un bout de carton découpé en forme d'éventail où était inscrit un prénom en grosses lettres : « Sharon », « Leslie ». Elles chantaient avec des sourires béats de membres d'une secte joyeuse des succès d'époque, inconnus de Philippe, tandis que derrière elles, sur un podium, un frisé avec une chevelure-casque à la Robert Charlebois, en complet à gros carreaux noirs sur fond jaune, des lunettes à la monture Chirac 1976 et un énorme nœud de cravate en laine rouge dodelinait doucement de la tête avec un sourire qui semblait dire : « J'ai trouvé le Christ et Il m'aime. » Un quart d'heure plus tard, le même revint, avec à peu près les mêmes lunettes. Il portait cette fois un blouson en jean trop serré, avec des cheveux hirsutes et les dents d'Austin Powers. Il éructa une espèce de blues approximatif, en jouant résolument à contretemps, de façon spasmodique, après quoi, à la faveur d'un break, une machine à fumée envoya du brouillard sur la scène. Brandissant sa guitare au-dessus de sa tête comme une massue, le musicien sauvage se mit à errer comme s'il venait d'atterrir sur une planète hostile avant de prononcer dans le micro des mots inintelligibles, entrecoupés de cris, sur un ton prophétique.

Après quoi Philippe reprit la voiture de l'homme traqué et roula sur une rocade. C'était un bonheur que de se retrouver à moitié couché dans cette voiture bleu métallisé où il pouvait zapper à l'infini entre les stations « oldies », rap, country, mexicaine ou rock alternatif, avec des publicités joyeuses et primitives pour des restaurants ou des magasins de meubles. Il s'imaginait semblable à l'un de ces points clignotant sur un immense écran de télésurveillance observé par des employés chargés de la régulation du trafic. Il pensait au film de Richard Fleischer, *Le Voyage fantastique*, avec Raquel Welch, où des savants parvenaient à se miniaturiser et à voyager à l'intérieur du corps d'un malade impossible à opérer. Ils devaient passer par une grosse artère, et à un moment ils étaient pris dans des remous terribles. À la fin, ils étaient expulsés par le coin d'un œil, dans une larme. Pour Philippe qui n'arrivait plus à croire à son unicité, il était bon d'avoir sa place parmi les autres, exactement la même, ni plus grande ni plus petite, de se retrouver comme une infime particule charriée par le flux d'un organisme géant. La voiture était automatique, il n'y avait pas qu'elle : les stations aussi étaient présélectionnées sur l'autoradio, ainsi que l'air conditionné actionné par une télécommande qui resta pour lui invisible. Il était lui-même automatique dans ce réseau où régnait une parfaite fluidité, où le choix d'une vitesse moyenne était réglé à l'avance pour chacun.

Il se voyait lui-même comme du haut d'un avion. Lorsque à nouveau il se rendit à un concert, cette fois de Bob Dylan, il dut, après avoir suivi une route aux longs lacets, rouler au pas à la nuit tombée. Il se dirigea vers l'aire de parking grâce aux indications d'étudiants — ou bien étaient-ce des infirmiers, des secouristes professionnels ? — munis de brassards et de lampes électriques chargés d'orienter le flux des voitures. Là, il eut l'impression de participer à un rite : cet alignement d'automobiles semblables à son Orion bleu métallisé dans cette immense clairière où se devinaient des feux au loin — d'autres lampes électriques — faisait penser à Carnac ou à Stonehenge. Cette installation d'automobiles n'avait d'autre but qu'elle-même. Ceux qui les guidaient étaient des prêtres. Tous les automobilistes roulaient tout doucement pour trouver leur place, mesurée au centimètre près. Tous étaient venus là pour attendre : peut-être l'arrivée d'un engin extraterrestre qui, doucement, aurait fait léviter les voitures.

Ou bien ils s'apprêtaient tous à avaler, avant de grimper tout en haut de la montagne, un breuvage toxique. On aurait retrouvé le lendemain matin leurs corps endormis, bras croisés sur le volant, au lever du soleil. Quelques oiseaux auraient chanté, quelques écureuils étonnés auraient bondi d'un coffre à l'autre, il y aurait eu quelques canettes de Coca à terre, des sachets vides de chips parfumées à l'oignon. Le lendemain matin, aucune odeur pestilentielle, juste des milliers de gens endormis à l'aube, les uns posés à côté des autres. C'est ainsi qu'on retrouva, quelques années plus tard, les jeunes moines de la secte Heaven's Gate, qui venaient d'annoncer dans l'enthousiasme, via leur site Internet, leur grand départ pour une autre planète. Philippe revenait toujours à cette histoire : ils s'étaient couchés dans leurs lits, sagement recouverts d'un drap, tête comprise, leurs baskets bien rangées à leurs pieds, confiants dans leur voyage. Un grand vaisseau les ramènerait chez eux, où une place leur avait été réservée de longue date. En Europe, ce genre de choses s'est accompagné de relents de cruauté médiévale : les médecins et gendarmes ayant gravi les échelons de la hiérarchie dans l'Ordre du Temple solaire avaient achevé des enfants au revolver et fait brûler les corps aspergés d'essence. Rien à voir avec la douceur engourdissante de cette clairière automnale entourée des quartiers résidentiels de Berkeley aux maisons gentiment pareilles. Cette platitude multipliée provoquait l'hypnose et faisait naître le fantasme d'un effacement magique, d'un suicide onirique, si présent qu'il semblait suffire de le désirer pour qu'il s'accomplisse.

Au concert de Dylan, une aire surélevée était réservée aux fauteuils roulants. À voir cette poignée d'infirmes, dont une jeune fille à lunettes ressemblant à Stephen Hawking, assistée par son père, sorte de Frank Zappa aussi large qu'un tonneau, Philippe ne pouvait s'empêcher de penser à Lourdes : un espoir infini rayonnait du visage de ces infirmes, et ceux qui les accompagnaient semblaient ces anges gardiens qui, dans les tableaux, guident les saints martyrisés. Dans ce public de tout âge où des sortes de filles des bois, étincelantes de piercings, berçaient leur canette de Sprite sur le refrain de « Like A Rolling Stone », où des étudiants vieillis, en K-way et sandales, venus avec femme et enfants, tous habillés pareil, se mêlaient à des bandes de gothiques qui avaient inscrit autant de noms de groupes que possible sur leurs tee-shirts à la façon de coureurs automobiles, on n'était pas venu écouter Bob Dylan à la façon européenne. Il ne s'agissait pas d'assister à un récital. Sur une scène trop basse avec, au fond, le passage régulier de trains de marchandises, un vieux bonhomme en costume de Zorro ânonnait de vieilles prières d'une drôle de voix, comme s'il faisait ça tous les jours au même endroit depuis très longtemps. Ça justifiait une visite rituelle. Tous étaient réunis là comme des touristes sur le parvis de Notre-Dame, conscients de visiter un très vieux monument. Ils faisaient ce que font les touristes dans ces circonstances : manger, boire, piétiner.

Philippe n'avait pas d'appareil photo, mais au fond ça revenait au même. Il prit quelques clichés de San Francisco. Il contempla la baie depuis un bateau rempli de Chinois bruyants et rieurs. Il s'émerveilla devant cette ondulation en Cinémascope partout piquetée de petites constructions baroques. Il alla voir le départ des tramways de bois grimpant sur les collines au moyen de crémaillères, comme à la montagne. Il déambula devant les restaurants de fruits de mer qui ressemblaient à des casinos sur Fisherman's Wharf. Il fit le pèlerinage dans le quartier bohème de Haight-Ashbury où de vieux beatniks en sandales lisaient des livres politiques crasseux devant des mugs de thé et une tortilla à quatre heures de l'après-midi. Brusquement, il en eut assez : il décida de partir le lendemain matin et de rouler. Il choisit de prendre la pittoresque route n° 1 longeant la côte qui descendait vers Los Angeles, à peu près aussi courue que Bob Dylan, mais Philippe n'était pas venu là pour éviter les évidences, au contraire. Il roula longtemps, jusqu'à la péninsule de Monterey, dont le guide Time Out écrivait qu'elle était « one of the best attractions on the coast ». Philippe voulait voir à quoi ressemblait Carmel, la petite ville dont Clint Eastwood était le maire. Il le vit : une villégiature chic et artificielle avec des magasins de luxe. Il entra dans un grand restaurant mexicain vide où on le plaça près d'un homme seul, qui insista pour engager la conversation avec lui. C'était un Saoudien qui s'appelait Saber. Saber travaillait dans un cabinet d'avocats à Santa Barbara. « It's good money », confia-t-il. Il allait à la gym tous les matins. Le reste du temps, il s'ennuyait et il se baladait en voiture, comme lui. Il était plus curieux de Philippe que Philippe ne l'était de lui.

« Why did you come here ? »

Avoir une conversation en anglais avec quelqu'un dont, de surcroît, ce n'est pas non plus la langue natale conduit à beaucoup d'approximations et d'affirmations sans nuances. Mais cela permet aussi d'aller à l'essentiel.

« Because I have never been to the U.S., répondit Philippe.

— Yes, but why here ? Why California ? »

Philippe hésita. Lui, Saber, avait dit pourquoi : il travaillait dans un cabinet d'avocats et allait dans des salles de gym. Deux bonnes raisons d'être en Californie. Philippe, lui, avait entrepris ce voyage précisément parce qu'il n'avait aucune perspective. Il se souvenait d'un article où Brian Wilson, le compositeur des Beach Boys, disait que sa musique devait quelque chose au bruit des vagues, à l'air et à l'atmosphère qu'on respire en Californie. C'était compliqué d'expliquer ça en anglais à un Saoudien.

« I needed to have a break and California seemed the right place to go... »

Très naturellement, Philippe avait trouvé la réplique passe-partout qui faisait de lui le personnage rassurant et familier d'un film policier, psychologique ou sentimental. Saber, en tout cas, semblait satisfait.

« Are you married ? »

C'est vrai, Philippe portait une alliance.

« Yes I am... »

Saber semblait en attendre plus. Ce n'était pas une réponse suffisamment complète pour que la conversation puisse s'enchaîner dans une agréable banalité.

« Actually, I was... », ajouta Philippe qui sentait que ce mensonge correspondait mieux au personnage qu'il avait esquissé. L'autre sembla content de cette réponse qui semblait aller dans le sens qu'il désirait.

« So you came here to meet girls, eh ? California girls ? »

Philippe embraya avec soulagement sur ce registre convenu.

« Yes, that would be nice... »

Toujours ce mot, *nice*. Il devait y avoir des équivalents, avec des nuances, il faudrait que Philippe les étudie pour avoir des répliques un peu moins plates. D'un autre côté, en français, il aurait dit « Oui, ce serait sympa », et il n'en aurait pas été plus heureux.

« Very difficult to meet girls here ! Very difficult, my friend, I can tell you... First, they do not like to be feminine here. So, suppose you go to a bar, OK ? You meet some nice girl, you reach some good level of communication with her. Then, what happens ? Pay, pay, pay ! Good nice restaurant, good nice club, good nice dance, and then... Nothing, absolutely nothing ! All of them, they tell me "Saber, you are a nice person, a top quality person, but I do not want to get engaged with you". Engaged !? Can you imagine, engaged ? I don't want to get engaged, I want sexual intercourse ! But you won't get that in Santa Barbara ! No, no, my friend... Better go to the gym ! »

Saber avait largement assuré sa partie de

l'échange, et il attendait une contrepartie. Philippe, gêné, ne sut que rire. Saber insista.

« Now tell me, how are girls in Paris ?

— Some of them are nice, some of them are... crazy. »

Le mot déclencha l'hilarité chez Saber, décidément très bon public.

« Crazy ! Like your ex-wife ! Tell me : what was crazy about her ? »

Philippe était acculé. Il fallait qu'il se découvre. Finalement, c'était facile : on se confie toujours plus facilement à des gens rencontrés par hasard, parce qu'on sait qu'on ne les reverra plus jamais.

« Well, it was more like a crazy situation. I got married because I thought it was a beautiful idea, an idea which to me, means a lot... Because, you know, I never really knew my father... He died in a coma in a foreign country when I was very young, and my mother is very... strange. So, for me, marriage was something idealistic, something which I had a dream about... »

Saber écoutait Philippe bouche bée. Visiblement, la conversation ne prenait pas une direction répertoriée.

« But, Philippe, my friend, why do you say "an idea" ? Marriage is reality ! »

Il était malin, ce Saoudien. Philippe était lancé.

« Yes, but for me, marriage was more like an act of braveness. Like the only thing I could do in order to survive. I felt like I wasn't worth anything if I didn't do it! »

Philippe remarqua à ce moment-là le regard de la serveuse qui apporta à chacun son omelette. Elle avait l'air de se demander de quelle planète ces deux-là avaient débarqué.

« You know, in France, we had this May 1968 thing, a sort of revolution...
— You mean the Bastille thing... The king? »

Saber fit le signe de se trancher la gorge avec un doigt.

« No, no... It's more recent... 1968. Riots in the streets of Paris, everybody on strike everywhere... »

À voir la tête que faisait Saber, ça ne risquait pas d'arriver en Arabie saoudite.

« Everything changes, poursuivit Philippe. Fathers don't raise their sons anymore, they think they have more important things to do. Mothers also, they want to get free. People at that time had very strong political beliefs, and they thought the only way to get a better life was to change society. I mean the way society was organized, the way people obeyed to their bosses. They never had time for themselves, for travelling, for culture... »

Saber regardait Philippe avec un sourire de

bienveillance impassible, mais ses yeux étaient perdus. C'était le moment d'abréger.

« Anyway, now, it's a complete disaster, because nobody is supposed to believe in anything anymore. People are very cynical. So I thought : marriage, you know... Clinging to someone, devoting yourself to someone you love... it should be beautiful ! »

Saber avait décroché.

« What's the revolution got to do with that ?
— Because after this revolution the world feels empty. There's nothing serious left to do. So you feel useless...
— Do you have kids ?
— Yes, I just had one.
— Maybe you'll find some nice girl in Paris and come back with your kid in California ! Such a nice place for a kid, California ! I wish I had a kid myself... And a nice wife... »

Brusquement, Philippe se sentit tomber au fond d'un puits.

Philippe avait menti. Il n'était pas séparé, juste en fuite. Maintenant, il traversait les collines boisées de Big Sur, seul dans son Orion bleu métallisé, et il coupa la musique. Il s'arrêta sur le côté pour éclaircir l'énigme du bouton d'air conditionné. Puis il repartit, vitres ouvertes. Il faisait un peu frais, mais on n'entendait rien : ni oiseaux ni bruit du vent, c'était peut-être une question de saison. Au détour d'un lacet, il découvrit enfin la perspective de l'océan, en contrebas, sur laquelle la route de corniche offrait un point de vue majestueux. Les falaises étaient immenses, il n'y avait personne, la nuit allait bientôt tomber. Consciencieusement, Philippe rangea sa voiture sur l'un des espaces aménagés sur le côté de la route, prévus pour contempler le paysage et le photographier. Il fit quelques pas autour de la voiture, comme si un déplacement à l'air libre, pour réduit qu'il était, pouvait amplifier sa vision. Pourtant il ressentait mieux la présence du paysage derrière l'écran du pare-brise. Qu'était-il venu faire en Californie ? Il se déplaçait seul au milieu d'un espace abstrait, Big Sur, un lieu qu'il avait répertorié parce qu'une mention en était faite dans l'album *Holland* des Beach Boys. Autour de lui, il n'y avait qu'un nom et un signe : Big Sur. Lui-même était représenté par une pastille bleu métallisé émettant un signal sur la route n° 1.

À Los Angeles, il fit la visite obligée à Philippe Garnier, dont tous les Français occupant une place, si marginale fût-elle, dans la « contre-culture » rock — surtout, d'ailleurs, si elle était marginale : auteur d'un 45 tours auto-édité à Montpellier, collectionneur d'affiches des Cramps... — se repassaient le numéro de téléphone. C'était un peu comme la route n° 1 ou Bob Dylan : il fallait « faire » Garnier. Il habitait dans le quartier mexicain de Los Angeles, Philippe l'avait lu dans *Rock & Folk* et *Libération*. Il y avait beaucoup de Mexicains, c'est vrai, mais architecturalement ça ressemblait à n'importe quelle zone pavillonnaire triste, avec des trottoirs plus larges, des arbres plus tordus et un ciel plus haut. En roulant lentement, Philippe passa devant un bar aux vitres sales où il hésita à entrer pour aller pisser, vu le nombre de films qu'il avait vus où des choses violentes et désagréables se passaient dans ce genre de bars. Il n'avait rien à dire à Garnier, et Garnier n'avait rien à lui dire. Celui-ci, sympathique et fatigué, ne s'anima que pour critiquer le dernier film de violence hollywoodien qu'il avait vu et que Philippe, de toute façon, ne comptait pas aller voir. Ils se retrouvèrent à un hommage au réalisateur Don Siegel auquel assistait Clint Eastwood, avec son air de commandant de bord en perpétuel décalage horaire. Assis de travers sur son fauteuil dans une posture insatisfaite, Garnier souriait d'un sourire douloureux, un peu grimaçant, aux plaisanteries qu'Eastwood lançait à propos d'acteurs, producteurs et membres de l'industrie cinématographique dont Philippe ignorait jusqu'à l'existence.

À cette soirée, Garnier lui présenta Paula, une juive new-yorkaise qui réalisait des chroniques de design pour le *L.A. Weekly*. Paula ressemblait un peu au personnage de la folle qui enlève Jerry Lewis dans le film de Scorsese *The King of Comedy* (en français *La Valse des pantins*, hélas). Jerry Lewis y joue le rôle d'un animateur de talk-show, dont l'existence obsède Robert De Niro, un imbécile heureux dont l'idée fixe est de réciter un monologue comique durant son émission. La folle, amie de De Niro, enlevait Jerry Lewis, le bâillonnait avec du scotch de déménageur et l'attachait dans un fauteuil à une table où elle avait préparé un souper aux chandelles, tandis que De Niro, en échange de la libération de Jerry Lewis, obtenait de faire son numéro à l'antenne. Paula connaissait beaucoup de monde à Los Angeles. Quand Philippe lui dit qu'il était venu pour mettre des images, des paysages et des odeurs sur les chansons des Beach Boys, elle fut prise d'un fou rire. Puis, en deux minutes, elle se rappela qu'elle connaissait l'avocat qui gérait les intérêts de Brian Wilson, par ailleurs aux mains de son psychiatre, et que si Philippe désirait faire une interview, après tout c'était sûrement possible.

La première réaction de Philippe fut de terreur. Pour lui, Brian Wilson n'appartenait pas au monde des vivants. Ce musicien avait inventé une musique inouïe au tournant des années 60, quand tout le mouvement de la libération des esprits, grâce à la drogue et diverses approches ésotériques, avait transformé nombre de musiciens de la côte Ouest en illuminés, tantôt inoffensifs, tantôt dangereux. De tous ceux que Philippe avait admirés, chez qui il avait envié jusqu'au découragement cette aptitude à se laisser posséder par des esprits qui leur inspiraient des œuvres miraculeuses, Brian Wilson était celui dont l'évocation faisait monter une vision de paradis perdu. Pour Philippe, Brian Wilson était un talisman : il suffisait de lire son nom sur les vieilles pochettes de disques des Beach Boys, jadis trouvés à Londres en édition anglaise chez Capitol, avec leurs couleurs marron glacé ou vert épinard, ces couleurs des années 60 présentes jusque dans les livres de cuisine, pour qu'il soit transporté dans un état d'enchantement ; un enchantement évaporé aussitôt qu'apparu, puisque les esprits et les sortilèges avaient quitté notre temps, qu'ils avaient abandonné Brian Wilson et l'avaient laissé sur le sable, fou et suicidaire. À quoi ressemble un homme quand l'esprit a cessé de souffler en lui ?

Philippe avait vu une photo récente de Brian Wilson. Pour chercher une récompense de l'industrie du disque, celui-ci s'était présenté en smoking, souriant d'un air presque normal. Il avait minci, peut-être s'était-il même mis à faire du sport. L'article rapportait qu'il avait chanté en public : un événement inconcevable puisqu'il avait notoirement cessé de se produire sur scène en 1965, à l'âge de vingt-trois ans, à la suite d'une dépression nerveuse, et que ses prestations avec les Beach Boys au cours des années récentes se limitaient à des exhibitions durant lesquelles il ne semblait pas comprendre lui-même où il se trouvait. L'album solo qu'on s'était acharné à lui faire réaliser en 1988 était une étrange remontée d'un autre temps. Un psychiatre et son équipe avaient ranimé Brian Wilson avec des méthodes nouvelles : Philippe imaginait des implants, des aiguilles glissées sous la peau pour stimuler les réactions nerveuses et sensorielles, des programmes de remémoration avec des orthophonistes et des psychologues chargés de le remettre en contact avec son passé. Ils étaient arrivés à lui redonner vie, à reconstituer Brian Wilson, pour ainsi dire. Pour l'actionner, il fallait néanmoins s'assurer l'assistance de ce psychiatre hollywoodien, lui-même ex-chanteur raté, qui avait une tête à s'être tout fait refaire : les dents, les cheveux, et peut-être même la voix. L'opération de restauration de Brian Wilson avait duré plus de deux ans et entraîné un coût de plusieurs centaines de milliers de dollars. Mais ça marchait, ils l'avaient reconstruit et reprogrammé. Si l'avocat arrangeait le coup, disait Paula, et ça, c'était du tout cuit, elle s'en portait garante, Philippe pourrait toujours vendre l'interview à un magazine anglo-saxon. Elle pensait, à juste titre, que c'était dans l'intérêt du psychiatre à la sale gueule fausse, le docteur Eugene Landy, d'exhiber sa reconstitution de Brian Wilson. Landy prétendait avoir vécu une sorte de transmutation de sa personnalité, au point de s'appeler désormais « Eugene Wilson Landy ». Il affirmait que la musique qu'enregistrait Brian Wilson était aussi la sienne puisque, comme dans ces films de science-fiction, leurs deux cerveaux, reliés par des fils entortillés scotchés à des ventouses sur leurs crânes, avaient migré l'un vers l'autre.

L'avocat sourit de façon figée, annonçant qu'il avait juste le temps de prendre un Perrier. Philippe comprit tout de suite qu'il n'avait fixé ce rendez-vous à neuf heures dans un café décoré de mosaïques mexicaines que pour faire plaisir à Paula qu'il semblait courtiser avec une sorte d'assiduité un peu résignée, comme un joueur qui continue à miser régulièrement une petite somme sur le rouge ou le noir, sachant que le gain ne sera jamais que symbolique. Il avait un beeper accroché à la ceinture, c'était la première fois que Philippe en voyait un. Dès que le Perrier arriva sur la table, l'avocat récita, en fixant Paula d'un regard réjoui, une liste d'interdits portant sur l'interview avec Brian Wilson : « Pas de questions sur les Beach Boys, pas de questions sur la vie personnelle de M. Wilson, pas de questions sur ses liens avec la personne en charge de sa thérapie — c'était la dénomination officielle, la-personne-en-charge-de-sa-thérapie, on sentait qu'on n'avait même pas le droit de l'appeler autrement — et aucune question portant sur les revenus de M. Wilson ni de ceux qui le représentent, en particulier la-personne-en-charge-de-sa-thérapie. » Il laissa un contact, une adresse, un nom, celui de « l'assistant personnel de M. Wilson », et même un numéro de téléphone. Le numéro de téléphone de Brian Wilson : ça existait. Dans sa chambre de motel, Philippe s'assit sur le lit, attendant d'être seul pour déplier le papier et le contempler : « Brian Wilson, 612 W Latigo Drive, (213) 938 27 36. » L'adresse était écrite au feutre rouge sur une page arrachée à un carnet. Dans cette adresse griffonnée à la façon de celle de Saber, l'adresse d'un homme à qui on pouvait rendre visite en voiture, Philippe ressentit la violence d'une nudité qui le mit mal à l'aise. Pour lui, Brian Wilson était un esprit qui rôdait, un revenant, un fantôme qui venait parfois le frôler. Philippe réécoutait régulièrement *Pet Sounds*, les quelques mélodies de *Sunflower*, de

Surf's Up et même de *Carl & The Passions - So Tough* et de *Holland*, des albums où le nombre des compositions de Brian Wilson s'amenuisait, ces mélodies qu'il était impossible de chanter parce qu'elles constituaient des sculptures en trois dimensions : on ne pouvait pas isoler une courbe ou un dessin, autrement on perdait la masse pleine et lumineuse, la densité transparente. Et cette figure dont il ressentait la présence partout, dont il aurait été impossible de dire qu'elle était là plutôt qu'ailleurs, voilà qu'elle s'était racornie jusqu'à ce bout de papier, un nom et une adresse qui auraient pu être ceux d'un concessionnaire automobile ou d'un magasin de meubles.

La maison se situait en légère hauteur par rapport au rivage du Pacifique, assez vaseux en cette région : une construction qui semblait précaire, du type de celles dont on voit les habitants clouer des planches sur les fenêtres et les portes en prévision d'un cyclone. C'était un bungalow au sein d'une résidence privée, sorte de version californienne du village du *Prisonnier*. Il n'y avait pas de sonnette ; il fallut frapper comme à la porte d'un cachot. Un petit homme aux longs cheveux blonds ondulés et propres, avec de grandes dents et de petites lunettes, compromis entre l'homme de ménage et le réceptionniste d'une secte, entrouvrit lentement la porte, comme le videur d'une boîte gay d'un genre très sélectif. Il demanda à Philippe d'attendre dehors. À ce moment-là, Philippe crut entendre un chien aboyer avant de réaliser qu'il s'agissait d'un ricanement humain, étrangement saccadé, qu'on aurait dit parodique, sorti d'un dessin animé. La porte se referma, et Philippe s'assit sur un rondin. Une moto rutilante était garée à l'entrée d'un garage. On voyait dépasser l'arrière d'une voiture de sport jaune d'œuf. Philippe lut la marque : Corvette. « Little Red Corvette », c'était le titre d'une chanson de Prince, mais celle-là était jaune. Qui pilotait ? L'hôte de la secte ? Brian Wilson lui-même ? Montait-il sur la moto ? En side-car, peut-être...

Brusquement, la porte s'ouvrit et une forme massive en fut comme expulsée. Elle paraissait téléguidée et programmée pour aller vers Philippe. Seules les jambes se mouvaient, glissant sur le sol, mais pas les bras. Elle s'immobilisa avec une précision approximative à sa hauteur et tendit brusquement le bras :

« Hi ! I'm Brian Wilson ! »

Si Philippe n'avait pas émis un son en retour, peut-être que la chose aurait répété la formule à l'infini jusqu'à épuisement des batteries. Très vite, elle fit volte-face et s'ébranla pour regagner sa base, toujours sans aucun mouvement des bras. Philippe ne retint rien de l'intérieur du bungalow, pratiquement nu. Posé sur un canapé, en chemisette blanche, l'être actionné avait sa tête appuyée sur le rebord du dossier d'un canapé, presque à angle droit par rapport à son buste. Les yeux étaient fixés au plafond; la bouche, ouverte, tordue d'un côté. Le réceptionniste de secte-homme de ménage posa un petit magnéto-cassette de surveillance à côté de celui de Philippe et précisa, comme pour la location d'une machine dans une salle de sport, qu'il faudrait restituer Brian Wilson au bout d'une heure. Philippe avait longuement préparé sa première question. « Be specific », lui avait conseillé l'avocat. En 1963, Brian Wilson avait vingt et un ans : il était à la fois compositeur, orchestrateur, réalisateur artistique et chanteur. Pourquoi et comment les responsables de la compagnie Capitol avaient-ils accordé une telle confiance à un garçon sans expérience en un temps où les rôles étaient clairement distincts : les compositeurs d'un côté, les interprètes de l'autre, et les studios au milieu ? En posant cette question, Philippe réalisa qu'il était jaloux de cette époque qui put offrir le pouvoir absolu à des gens si jeunes. Rien de tout cela ne reviendrait plus, rien de tout cela ne semblait même avoir existé au moment où il en parlait. Brian Wilson avait-il imaginé, à vingt et un ans, ce jour d'août 1963 où il s'arrêta au bord de la route la première fois qu'il entendit « Be My Baby » des Ronettes, produit par Phil Spector, ce jour où il fonça dans un magasin de disques pour acheter le disque que, rentré chez lui, il réécouta des dizaines de fois d'affilée, que cet émerveillement n'aurait qu'un temps, que sa frénésie de travail, un travail totalement imposé et totalement libre à la fois, ne durerait qu'à peine plus de trois ans, et qu'il paierait tout cela d'une dépression infinie et d'un effacement définitif ?

Un coassement se mit à résonner dans le bungalow : une voix de vieillard avec les trépidations d'un enfant. Le visage que Philippe avait en face de lui était sans expression, mais la voix témoignait de quelque chose d'intact, resté enfermé à l'intérieur de cette machine. Il ne s'agissait pas d'un récit d'événements révolus, de l'évocation d'une époque enterrée. Philippe sentait que pour celui qui était assis en face de lui, le studio était encore là, virtuellement, dans la pièce à côté, que le piano était là, et qu'il suffisait d'une opération magique, impossible mais simple en théorie, pour que ce vieillard précoce se mette à bondir comme Zébulon, établissant une jonction avec un lieu mental qui existait toujours en lui, intact. La force de cette voix sans corps convoquait dans cette pièce lugubre quelque chose qui venait les frôler tous deux, mais qui, une fois l'évocation terminée, les abandonnerait pour toujours. Lui, Brian Wilson, avait abrité ce quelque chose en lui, et tout son corps en avait été comme consumé : médicaments, excitants, LSD, cocaïne, alcool, il avait jeté tout ce qu'il avait pu dans ce grand chaudron. Mais Philippe, toute sa vie, n'avait jamais fait qu'entrevoir ce quelque chose. Il n'avait jamais fait que frôler tout ça. Voilà ce qu'il était : un frôlé, un frôleur, quelqu'un qui contemplait l'esprit des époques passées, condamné aux cérémonies et aux évocations. Devant lui se tenait un revenant ; mais Philippe, lui, avait toujours été un fantôme. Cette fois, il eut conscience, de façon fulgurante, que c'était bien Brian Wilson qu'il avait en face de lui, Brian Wilson qui fixa un point dans la pièce, et lâcha d'un air lugubre :

« Si Paul McCartney était là et qu'il nous écoutait, il se mettrait au piano et il nous tuerait. »

Paul McCartney tuerait Philippe. Voilà à quoi il n'avait jamais pensé. Mais au fond, oui, ça faisait longtemps que Paul McCartney l'avait tué, ça faisait longtemps que Philippe, parce que tous ces mecs avaient vécu, avait été condamné à être un fantôme. Mais à présent il y pensait : lui aussi s'était jeté dans un brasier, autrefois, où il s'était si vite consumé. En quelques instants, il avait pris feu : quand, de passage chez Music-Action, un disquaire qui, habituellement, passait les Eagles ou Fleetwood Mac, il entendit hurler « Bodies » des Sex Pistols, surtout le moment où Johnny Rotten vociférait « I'm not an animal! », s'identifiant, dans une vision atroce, à un fœtus avorté; quand, au concert de Clash, il participa à un simulacre de suicide collectif; et quand, rideaux fermés, dans la chaleur d'un après-midi d'août 1980, il mit la seconde face de *Closer* de Joy Division et entendit la voix indifférente, presque amusée, de Ian Curtis — qui s'était pendu deux mois auparavant — résonner dans sa chambre close : « Here are the young men, a weight on their shoulders... », « Voici les jeunes hommes, un poids sur leurs épaules... ». Philippe avait alors vingt ans, et tout était fini. Il ne restait plus que des cendres, et il dut commencer sa vie d'adulte en étant un frôleur, un fantôme; entamer une vie à l'avance posthume, condamnée à rester virtuelle et inemployée.

Peu à peu, le corps de Brian Wilson retrouva des postures moins mécaniques, plus humaines. Brusquement, il se leva, comme si c'était 1965, comme si toute la musique était dans sa tête, et que, par une opération magique, il allait rouvrir la porte de son studio. Il se mit en chemin avec cette résolution des vieillards cloîtrés dans des hospices qui, brusquement, veulent partir travailler ou faire leur cartable pour aller à l'école. Il avait tout oublié de son statut de malade surveillé — si tant est qu'il en ait jamais eu conscience — et il traversa le jardin en trombe jusqu'à un autre garage que Philippe n'avait pas vu. Une «compact car» de dimension modeste était garée là. Il ouvrit la portière, se mit au volant et invita Philippe à s'asseoir à côté de lui. Il mit le contact. Philippe eut l'impression d'être un examinateur de permis de conduire obligé de prendre en charge un candidat inquiétant. Il y eut d'abord les bip bip du système avertissant de boucler les ceintures de sécurité. L'égaré qui, clairement, était Brian Wilson mit le moteur en marche, mais ne montra toutefois pas l'intention de mener la voiture où que ce soit. Il rembobina une cassette dans l'autoradio et annonça, rayonnant, que c'était une version de travail du «Proud Mary» de Creedence Clearwater Revival, son interprétation à lui de «Proud Mary». Il poussa le volume à fond, prit une grande inspiration, et se mit à chanter à pleins poumons dans la voiture. Il fermait les yeux et ouvrait les bras comme s'il était en studio (de fait, Philippe et lui étaient derrière une vitre). Au refrain, comme possédé, il se mit à taper dans ses mains et à chanter, oubliant totalement la présence de Philippe : « Rolling!... Rolling!... Rolling on the river. » Le bruit du moteur faisait une basse continue et monotone, surtout sensible dans un passage où le tempo se ralentissait et les instruments jouaient en sourdine. Ruminant ses rêves de grandeur, Brian Wilson, le regard baissé, dit :

« Ici, il doit y avoir des chœurs... »

On n'entendait à ce moment que le grondement sourd du moteur. Philippe regarda à travers le pare-brise le mur du garage au pied duquel étaient posés une tondeuse électrique et divers instruments de jardinage perfectionnés. Lorsque la cassette n'émit plus aucun son et que Brian Wilson cessa, pour ainsi dire, d'émettre à son tour, celui-ci interrogea Philippe du regard comme autrefois ses jeunes frères. Le rythme était-il le bon ? Peut-être était-il trop lent... Bien sûr, il fallait encore des réglages. Frémissant d'un enthousiasme timide et enfantin, Brian Wilson était sûr de tenir, dans sa tête, un nouveau n° 1. Lorsqu'il se rassit sur le canapé, ses réponses se firent mornes. Il s'éteignait peu à peu, comme l'océan dont on voyait la surface s'assombrir à travers la baie vitrée. L'« assistant personnel » vint alors récupérer Brian Wilson. Philippe se retrouva à rouler seul dans sa voiture. Il s'arrêta sur le parking d'un restaurant qui ressemblait à un hangar surélevé, dominant de loin l'océan. Il s'affaissa sur une banquette. Seul, à quelques tables de lui, un couple de retraités en vêtements de sport mangeait des glaces. Il se fit apporter du ceviche, une grosse tortilla avec du guacamole et une bière Dos Equis. Il mâchait à mesure que la nuit tombait. Quand, repu, il but son deuxième espresso et marcha, groggy, vers la caisse pour payer, il s'aperçut qu'il était seul. Le couple de retraités était parti dans son dos. Personne ne l'avait vu, personne ne le connaissait, il n'était lui-même personne. Dans la poche intérieure de sa veste, il avait rangé le petit magnéto où, si tout avait fonctionné, s'étaient fixées les divagations de Brian Wilson. Le sentiment qui avait dominé Philippe était la peur. Jamais il n'avait ressenti une telle peur face à quelqu'un : la folie qu'on prêtait à Brian Wilson, les comptes rendus effrayants que d'autres téméraires avaient faits de leur confrontation avec le personnage lui avaient donné des crampes intestinales. Si Philippe était parti pour la Bosnie, s'il avait été reporter de guerre, il n'aurait pas été plus impressionné. Il aurait pu se faire tirer dessus et subir l'amputation d'un pied comme Jean Hatzfeld : il aurait souffert, connu l'horreur, le désespoir, la résignation, qu'en savait-il, mais il n'aurait pas ressenti une telle terreur. Parce qu'une guerre, pour un Occidental en paix, n'est qu'un spectacle, un spectacle qui peut mal tourner, et même très mal tourner. Et il comprit qu'en fait de guerre, d'engagement, de courage, de désir aveugle de se confronter à ses propres mythes, à ses frayeurs les plus sacrées, jamais il ne vivrait rien de plus terrifiant que cette heure passée face à ce spectre. Il avait vu Brian Wilson au point de pouvoir le toucher : un égaré repoussant qui lui avait confié avoir passé deux ans au lit, persuadé qu'on venait le tirer par les pieds pendant la nuit, et s'être alors pris pour quelqu'un dont il ne pouvait pas répéter le nom parce que, si celui-ci était rendu public, ce serait un trop gros risque pour lui. Brian Wilson avait fait allusion à son alcoolisme et, très naturellement, avait demandé à Philippe s'il avait « lui aussi déjà été accro ». Non, Philippe n'avait jamais été accro à rien, à rien en tout cas qui l'aurait conduit en cure de désintoxication. Rien ne lui était jamais arrivé, ou du moins rien de ce qui lui était arrivé ne lui avait jamais paru important. Et là, brusquement, il avait vécu l'expérience la plus forte de sa vie : un dieu vivant lui était apparu et ce spectacle lui avait montré qu'il n'y avait rien de plus minable qu'être un dieu, parce qu'un jour on ne l'était plus et qu'à ce moment-là on n'était plus rien, et même pire, c'est comme si on n'avait jamais rien été. Il fallait des losers comme Philippe, des maniaques venus de pays secondaires, de contrées contemplatives comme la France, pour accorder une importance quelconque à ces gens qui autrefois avaient été quelque chose et qui désormais n'étaient plus rien. Il fallait vraiment être un minable pour s'identifier à ces empêchés, à ces vieilles gloires inutiles, à ces « has been lessivés », comme avait dit Bob Dylan de lui-même pour préciser ce qu'il entendait quand on lui rapportait qu'il était une « légende vivante ». Philippe était-il pareil à ces Japonais contemplant des mythes qui les fascinent alors qu'ils n'y comprennent rien — parce qu'ils n'y comprennent rien —, réduisant Gainsbourg à une coupe de cheveux, une façon de tenir sa cigarette, une veste en velours noir, une ambiance faite de trois phrases de violons bizarres, de deux slogans publicitaires et d'une manière de chantonner en soupirant ? Quel mépris pour la vérité humaine que ces « cultes » rendus par des gens comme Philippe, figés dans une contemplation stérile, réduisant tout à un grand livre d'images et à des « hommages » comme à la télé ! De quel droit s'était-il posé devant un homme de plus de cinquante ans, devenu prétexte à des procès et à des manipulations de la part de ses proches, emmêlés dans des intrigues pour empocher les royalties des chansons des Beach Boys, afin de lui faire répéter sa rengaine sur les années 60, une période niaise, fausse, infantile qui ne suscitait en lui, à présent, qu'un haut-le-cœur ? La voiture roulait vers le motel, Philippe avait hâte de rendre cet engin grotesque qui sentait le plastique neuf.

Dans ce mouvement qui l'avait porté vers la Californie, Los Angeles et Brian Wilson, Philippe voyait surtout une impuissance à se regarder lui-même en face. Tout ce capharnaüm des années 50, 60, 70 et même 80, ces mythes et ces « cultes » derrière lesquels des gens comme lui se dissimulaient au moyen d'un pseudo-savoir fait de « références » et d'ignorances masquées par des noms propres lui renvoyaient en pleine gueule la mesquinerie de sa vision du monde, la frilosité de sa confrontation avec son temps : un « artiste culte », « un cinéaste culte », « un écrivain culte », toutes ces formules derrière lesquelles on se cachait pour ne rien appréhender directement, pour étouffer par des rituels et des danses mystérieuses une confrontation sincère avec un tableau, un film, un livre. Rien ne mérite qu'on s'y attarde, se disait Philippe en s'apercevant qu'il avait raté la sortie pour Wilshire Boulevard, et quand bien même on s'acharne par des rétrospectives, des hommages, des dictionnaires, à faire revivre ceux en qui l'esprit a soufflé, on ne crée que des statues ridicules sur lesquelles les pigeons viendront toujours chier. Le talent s'éteint, se rallume, disparaît à tout jamais, parfois il est là, puis le vent souffle ailleurs, et il s'éteint à nouveau. Le « culte », ce sont ces petites bougies qu'on allume à chaque fois que quelque chose s'est produit. Mais la vie les éteint et rien ne mérite qu'on s'attarde, pensait Philippe, voilà sa conviction, tandis qu'il s'arrêtait sur le bas-côté pour comprendre où il était situé sur ce plan conçu par des êtres d'une intelligence supérieure, et le monde n'est beau que parce qu'il doit disparaître — et tout ce qui s'y crée également. Et moi aussi, se disait-il, je ne vaudrai quelque chose que si j'arrête de m'intéresser à ceux qui me rappellent à quel point je suis inexistant.

Tout ce voyage était revenu à Philippe tandis qu'il cherchait en vain une place pour se garer près de chez lui. La mère de Nicolas et Jean-Michel Seigneur était enterrée, et lui, il se rappelait brusquement la dernière vision de son voyage en Californie. Le lendemain de l'entretien, il avait tenté, pour le dernier jour qui lui restait, de visiter un parc naturel en suivant la direction du désert de Mojave. Subitement, ce fut le désert, le vrai désert de western, où l'on imaginait des crotales et des squelettes de chevaux dévorés par les vautours. Il roula au milieu d'une étendue de rochers rouges, au sommet arrondi, sur une route rectiligne où il ne croisa personne. Anesthésié par l'air conditionné et la radio, il avait arrêté la voiture pour faire quelques pas dans ce paysage à *La Mort aux trousses*, sorte de défilement truqué dû à une rétroprojection, tandis que sa voiture, fixée sur un plan inclinable, bougeait légèrement pour donner l'illusion du mouvement. Au moment où il referma la portière, l'air se chargea d'une densité imprévisible, comme si ce n'était pas d'une voiture, mais d'une fusée qu'il était sorti. Il fit quelques pas craintifs, à la manière d'un lapin poussé hors de sa cage, et se sentit brusquement menacé : ces rochers rouges, individuels, espacés, étrangement arrondis et bosselés en leur sommet, le regardaient. Pieuvres enfoncées dans le sable, ils le fixaient de leurs orbites creuses et déformées, d'où l'œil s'était érodé, mais auxquels une fonction masquée permettait encore de détecter la présence de Philippe et de le désintégrer à l'aide d'un rayon invisible.

Ce ne fut que des années plus tard que Philippe retranscrivit l'interview de Brian Wilson. Il écoutait parfois pour lui-même « Proud Mary » — avec le bruit du moteur — calé sur la cassette. Il eut l'agréable surprise de constater que le morceau n'était pas si mal enregistré, et qu'il aurait même pu figurer, à la rigueur, dans un de ces disques pirates qui s'échangeaient au Japon. Il n'avait jamais eu le courage d'écouter la cassette de l'entretien, ne fût-ce que pour vérifier que la voix était audible. Tout ce qui lui rappelait cet épisode le dégoûtait. Pour autant, il n'avait pas eu non plus le courage de jeter la cassette. Ainsi, la rumeur se répandit qu'il avait réalisé une interview de Brian Wilson : c'était comme être en possession d'un objet d'art extrêmement convoité, ou de l'échantillon d'une drogue rare et exotique. Le premier à se manifester fut un Américain qui appela à huit heures du matin. Il parlait un français aux syllabes exagérément détachées, prononcé de façon presque robotique : Philippe pensa à un extraterrestre, sorte de leurre inquiétant imitant la voix humaine. Il se présentait comme un protecteur de Brian Wilson, un homme dont la mission, ingrate mais nécessaire, était de rendre son autonomie au musicien, de le libérer de l'emprise du psychiatre et de son équipe. Il disait « nous », s'exprimant au nom d'un réseau d'amis discrets et bienveillants qui tentaient d'organiser quelque chose pour « sauver Brian Wilson »; ils amassaient patiemment des pièces et des documents pour obtenir sa délivrance par des moyens légaux. En somme, c'était une sorte de Front de libération de Brian Wilson. Philippe les imaginait dans un sous-sol, rangeant inlassablement des papiers, brochures, fanzines, cassettes, grosses bobines magnétiques, dans des armoires métalliques, répondant au courrier, mangeant des pizzas et des salades dans des boîtes en plastique transparent. Philippe envoya une copie de sa cassette au Fonds Brian Wilson et n'en entendit plus jamais parler.

Quelques jours plus tard, une voix juvénile, un peu radiophonique, semblable à celles qui annoncent les infos sur NRJ, appela Philippe pour lui demander le numéro de téléphone et l'adresse de Brian Wilson. Le jeune homme connaissait bien Paul McCartney, expliqua-t-il, et il l'avait d'ailleurs déjà contacté, mais là, il avait composé un morceau en vue duquel la collaboration de Brian Wilson serait idéale. Philippe ne voulut d'abord lui donner que les coordonnées de l'avocat, qui transmettrait : peut-être s'agissait-il d'un tueur programmé, de quelqu'un dont la mission était d'éliminer Brian Wilson, auquel cas Philippe pourrait être accusé de complicité. Bientôt, il se trouva pris dans un réseau, recevant avec régularité des appels, des bulletins d'informations, des propositions de souscription ou d'achat de disques pirates.

Quand l'un de ces interlocuteurs baroques lui demandait avec insistance la copie de l'entretien, Philippe répondait qu'il n'y avait rien, que l'enregistrement était resté vierge. Mais n'avait-il pas des notes, ne pouvait-il pas rédiger des souvenirs ? Rien de transmissible, répondait Philippe. Parfois il recevait des coups de téléphone en pleine nuit de gens qui raccrochaient.

Un jour, pourtant, environ deux ans plus tard, Philippe retrouva la cassette à l'occasion d'un rangement. Il eut la curiosité de l'écouter. À sa grande surprise, et même à sa stupeur, l'entretien était d'abord, d'un point de vue simplement sonore, parfaitement clair. Surtout, et c'était encore le plus inattendu, Brian Wilson s'y montrait parfaitement intelligible. La voix avait trouvé son propre fil, indépendamment des impressions désordonnées que Philippe avait perçues. Derrière ce chaos apparent brillait une clarté qui lui avait échappé. Et tout cela n'avait pris un sens qu'à partir du moment où Philippe avait lui-même renoncé à en trouver un à sa vie. Un type ordinaire avait été traversé par des forces extraordinaires, voilà tout ce qu'on pouvait en dire, et ça lui revenait un peu dans le désordre, ce qui n'avait rien de si extraordinaire. Tout ça parut clair à Philippe, mais très lointain, comme les années 60. Philippe remit la transcription de l'interview à Nick Kent qui, en 1975, avait écrit un long récit, étalé sur trois numéros du *New Musical Express*, consacré à la disparition de Brian Wilson, dont la deuxième partie lui avait toujours manqué. Nick Kent vivait maintenant à Saint-Denis : il demanda à Philippe de venir apporter la retranscription de l'interview chez lui un samedi à deux heures de l'après-midi. Quand il appuya sur le bouton de l'interphone, une voix ensommeillée l'invita à déposer le document dans sa boîte aux lettres. En repartant, Philippe ressentit un soulagement : il était débarrassé. Ça allait d'un fantôme à un autre fantôme, c'était une manière de conclure.

25

Il y en avait une qui se promenait avec son book sous le bras, où on pouvait la contempler vêtue d'une cape en cuir noir, les bras croisés dans une attitude de catcheuse ; elle ressemblait un peu à Desireless, la fille aux cheveux en brosse qui chantait « Voyage voyage », mais en deux fois plus grosse. Une autre, encore plus forte, avait réclamé qu'on lui enfonce une bouteille de Mercurochrome vide dans le vagin. Une autre encore, « CH MAITRE SOFT », avec qui Philippe échangeait des messages sur le 3615 SADO, l'encourageait à se décrire moulé de voile noir et de vinyle. Il résolut d'aller la chercher à la sortie d'un concert de Bernard Lavilliers au Zénith. Il avait enfilé un collant de Lycra noir épais, style Kiss, et un body de voile noir à manches longues. Il passa un slip en cuir par-dessus le body et — plus périlleux pour sortir — un gros collier de caoutchouc noir terminé par une lourde chaîne, de celles qu'on utilise pour cadenasser la grille d'une propriété. Avec son pantalon et son chandail d'hiver par-dessus son écharpe et son gros manteau, il avait une démarche lente et embarrassée, à la façon d'un infirme léger ou d'un convalescent. Pour conduire, c'était particulièrement pénible. La fille était franchement forte, avec d'énormes seins. Elle portait un caleçon blanc à grosses rayures bleues et des bottes plates de pirate, évasées au-dessus du genou. L'ensemble avait quelque chose de décourageant. À l'instant de monter dans la voiture de Philippe, elle ne montra aucune hésitation. Elle n'eut aucune timidité non plus pour dire son enthousiasme pour le concert de Bernard Lavilliers. Dans le restaurant mexicain glacial dont ils étaient les seuls clients à minuit, Philippe parvint à conserver son écharpe nouée et son pardessus fermé. Après avoir avalé un chili con carne brûlé sur les côtés et tiède au milieu, il emmena la fille dans le studio vide qu'il occupait provisoirement depuis son retour de Californie, où il n'avait installé qu'un matelas et une table sur laquelle il avait posé son Macintosh Classic et son Minitel. Il monta l'escalier devant elle. Sans comprendre pourquoi, il eut tout de suite envie de dénouer son écharpe et de déboutonner son manteau. Il se mit à genoux pour embrasser la botte hideuse de la fille, qui sentait le fromage à force d'avoir piétiné au Zénith pendant que Bernard Lavilliers chantait. Peut-être quelqu'un allait-il descendre l'escalier. La chaîne tintait doucement, pas assez fort pour le goût de Philippe qui désirait des cliquetis médiévaux de cachots et d'oubliettes. Agenouillé, il écartait ses cuisses au maximum pour exhiber sa tenue grotesque à des démons invisibles. La fille trouvait tout normal. Elle lui saisit mollement la chaîne, faisant mine de le traîner dans l'escalier, mais elle dut lâcher prise quand Philippe eut besoin de se relever pour ouvrir la porte. Une fois celle-ci refermée, il s'adossa, cambra la tête en arrière, mains jointes derrière le dos, invitant la fille à lui prendre à nouveau la chaîne. Il oublia que, sans lumière et ne connaissant pas les lieux, elle ne savait trop où aller. Il dut la guider dans cette grande pièce vide et sale, où son matelas était couvert de piles effondrées de journaux, *Libé, Les Inrockuptibles, Q, Spin*, etc. Les lattes du plancher qui n'avait été ni lavé ni même balayé depuis que Philippe s'était installé là étaient disjointes, et il semblait même qu'il y eût un léger affaissement inquiétant au milieu. Le plancher couinait tandis que Philippe et la fan de Bernard Lavilliers piétinaient dans la pénombre jamais complète de ces appartements parisiens donnant sur des cours mesquines, où l'éclairage des appartements en vis-à-vis projette des lueurs glauques ou blanchâtres, tandis que grésille le bruit étouffé des radios et des télévisions. Comme il l'avait vu faire sur des photos, Philippe se mit à quatre pattes et avança, faisant racler la chaîne sur le parquet. Il pensa aux voisins, à l'adolescente qui faisait hurler Janet Jackson, trois minutes en général, pas plus, quand elle rentrait de ses cours, au type du dessus, souvent en robe de chambre, qui lui rappelait le personnage de Jean Poiret dans *Le Dernier Métro*, et à la grosse Arménienne sale de l'étage en dessous, dont la fille réussissait parce qu'elle avait appris l'anglais et qu'elle travaillait dans un cabinet comptable. La fan de Bernard Lavilliers ânonnait un texte pauvre et convenu :

« Ah... C'est bien... Oui... Tu aimes ça, hein, chien ?... »

Elle lui donna quelques vagues claques sur les fesses en disant « Allez... allez... ». Philippe poussait de légers cris dont le caractère artificiel et ridicule lui apparaissait. Mais la situation s'effondra assez vite d'elle-même, comme une mêlée au rugby. La seule façon de faire rebondir l'action fut d'échanger les rôles, de façon arbitraire et pas crédible, comme dans un jeu d'enfants. Philippe se redressa et saisit les poignets de la fille. Il la poussa avec rudesse, tout en contrôlant sa force, afin de ne pas la faire trébucher. Elle se cambra et poussa un soupir rauque avec plus de naturel et de spontanéité que Philippe ne l'avait fait. Le casting était meilleur. La fille portait une longue redingote qui faisait penser aux chanteuses de variétés de la fin des années 80, style Maurane. Au moment où elle s'agenouilla, les pans se déposèrent autour d'elle comme un rideau à la longueur mal calculée. Philippe défit le collier de caoutchouc noir prolongé d'une chaîne qui lui enserrait le cou et s'aperçut qu'il tenait une arme blanche qui lui alourdissait la main. Retenant son bras, il l'abaissa avec une lenteur contrôlée sur le cul énorme de la fille moulé dans son espèce de pyjama serré aux rayures de travers. Elle émit un long bruit de gorge à la sonorité enrhumée, traduisant une surprise sincère qui émut Philippe. Il frappa plus fort, relâchant un peu son bras, parce qu'il désirait entendre à nouveau ce son animal. Cette fois, elle émit un grognement plus conscient, plus éveillé, traduisant moins la surprise qu'une attente satisfaite. Elle s'affaissa sur le sol. C'était quand même une grosse chaîne de métal, pas un fouet de cirque, il y avait un risque sérieux de fait divers là-dedans. Alors qu'il se préparait à la frapper plus sérieusement, au dernier moment il retint son bras : il eut la vision d'un énorme bleu sur le bas de son dos, et imagina l'atteinte irrémédiable d'un nerf moteur. Il vit la fan de Bernard Lavilliers privée de l'usage de ses jambes, condamnée au fauteuil roulant pour le restant de ses jours. Elle resterait là, incapable de se soulever, et que faire ? La bâillonner, la lier, la laisser dépérir, peut-être la faire boire de temps en temps, lui donner des croquettes, jusqu'à ce qu'elle crève un jour. Alors il la roulerait dans un tapis et l'abandonnerait devant une porte cochère à deux cents mètres en bas de chez lui, pour ne pas éveiller les soupçons, jusqu'à ce qu'un camion de la Ville de Paris vienne l'emporter. Philippe lui passa le collier en plastique avec la chaîne autour du cou et la tira doucement, jouant avec elle comme avec un animal domestique. Il ne bandait absolument pas dans sa tenue serrée à la Kiss, il la tirait, lui flanquait de petites claques sur ses énormes fesses, à chaque fois le parquet grinçait doucement, quelque chose couinait en faisant NYIK NYIK NYIK. Au bout de cinq minutes, il avait épuisé toutes les possibilités. Ennuyé, il se renversa sur son grabat après en avoir chassé la masse de magazines et de journaux. Il le fit tout en tirant doucement sur la chaîne de la fille qui attendait peut-être une réelle « séance », comme elle disait, ou encore qu'il la blesse pour de bon, qu'il lui donne l'impression qu'il était capable de la tuer — mais non, il l'attira à lui et lui plaqua violemment la bouche contre son sexe qui ne bandait qu'à moitié sous le body en voile noir, moite et froid. Une odeur de moisi — Philippe entreposait ses affaires dans un sac en plastique et elles s'imprégnaient d'une odeur confinée — se mêlait aux relents de sueur, de tabac froid et de fromage qui provenaient du caleçon à grosses rayures de la fille, qui avait pris l'odeur infecte du Zénith et du public de Bernard Lavilliers. Elle lécha son sexe pris dans le voile en poussant des grognements enfantins, comme si elle léchait une assiette, seule dans la cuisine, de façon obscène, pour qu'il n'en reste rien et qu'on puisse la jurer propre. Philippe laissa monter une jouissance crispée, nerveuse. Il éjacula dans le bas de son body, qui se trempa d'une manière qui le dégoûta.

Philippe vit la pièce, les journaux par terre, la lumière des voisins dans la cour. Il fallait que tout disparaisse. La fille habitait dans une banlieue près de Melun, elle avait raté le dernier train et devait retrouver le type avec qui elle vivait et son fils de neuf ans. Philippe remit ses vêtements habituels. Il partit redéposer cette fille dans le néant dont il n'aurait jamais dû la faire sortir, et dont, comme les meurtriers compulsifs, il aurait, devant la justice, prétendu ne jamais avoir eu connaissance, avant de craquer et de réclamer qu'on le soigne ou qu'on l'achève. Durant le trajet, long d'une heure, jusqu'à une bretelle d'autoroute menant à un pont de l'autre côté duquel se trouvait le grand ensemble où elle vivait, elle parla sans discontinuer : elle adorait se maquiller, porter des bijoux en métal, des trucs en dentelle, en cuir, du rouge à lèvres et du vernis à ongles noir, d'ailleurs elle avait l'intention de s'acheter un collier de chien, est-ce que Philippe ne connaissait pas une adresse ou peut-être par correspondance... Enfin son mec, lui, détestait ça. Un samedi, pour sortir, elle s'était mise tout en noir, avec ses bottes, et il avait fait la gueule, il avait dit qu'elle lui foutait la honte. Elle n'en pouvait plus, là, elle avait un boulot au Minitel comme animatrice, normalement à NEWCOM ils ne te gardent que si tu t'engages à ne rencontrer aucun connecté, d'ailleurs il y a des collègues, de vraies ordures, qui n'hésitent pas à te dénoncer pour avoir plus de boulot que toi, enfin pour le moment elle était coincée à cause de l'argent et de son fils. Samedi, elle avait écouté « Give Me Back My Man » des B-52's au casque, et elle gueulait, elle dansait, elle chantait, elle avait pensé aux dialogues qu'elle avait eus avec Philippe sur Minitel, elle adorait cette sensualité, elle trouvait ça raffiné.

« En général, je rencontre par curiosité, pour voir... Une fois, j'étais seule, j'ai demandé à un mec de se promener en femme sous mes fenêtres, sans lui dire évidemment où j'habitais. Il s'est baladé comme ça à minuit, manteau ouvert, pour que je le voie dans sa petite robe de cuir... Hi! Hi! Hi!... Un autre, je lui ai demandé de se mettre comme il avait dit dans les chiottes des Galeries Lafayette... Je suis passée devant, j'ai ouvert, j'ai vu... Il était là, c'était bien, ça m'a suffi... Mais le premier mec avec qui j'ai vécu, il était fou, lui... La première fois, il s'est déshabillé et en dessous, il était en guêpière, avec des bas... Je suis restée deux ans avec lui... Tiens, là, c'est Total, on est presque arrivés... Là, tu sais, j'ai un projet, je m'organise... Je vais recommencer mes études... Je vais aller vivre à Bordeaux et je vais m'inscrire en fac pour devenir assistante médicale... Bon, alors, tu m'appelles quand tu veux, OK?... »

Sur le chemin du retour, Philippe se demandait s'il était possible, pour un être vivant pourvu d'une identité, d'imaginer n'avoir jamais existé. Cela avait-il un sens, quand on était une personne, de ressentir qu'on n'en avait jamais été une? Ce que Philippe avait fait là, se disait-il sur le chemin du retour, c'était au fond ce qu'il voyait d'autres faire à la télévision, à la radio, partout. Partout, les gens exhibaient leurs plaies mentales devant des inconnus. Ils exhibaient leur viol par leur père, leur homosexualité mal vécue à l'EDF, leur humiliation d'être trop gros, leur douleur de n'être pas remarqué, leur douleur d'être trop remarqué, leur stress après une victoire, leur stress après une défaite, leur harcèlement au travail, leur harcèlement au chômage. Tous exhibaient leur souffrance, tous faisaient pour ainsi dire la queue pour exhiber leur souffrance, parce qu'ils attendaient tous de l'exhibition de celle-ci une compensation à cette souffrance, l'exhibition constituant en somme le remède miracle, l'arme absolue contre la souffrance, un mal contre lequel l'argent et les loisirs organisés ne pouvaient rien, bien au contraire. Plus encore : de l'exhibition de leur souffrance, mise ainsi sous le nez des autres, ils attendaient une justification de leur existence. Au fond, tant qu'ils ne s'étaient pas exhibés comme êtres souffrants sous le nez des autres, ils se sentaient exclus d'une existence digne de ce nom, et, à bien y réfléchir, de l'existence tout court. Les émissions de confessions, se disait Philippe, étaient un instrument de promotion personnelle, c'était cela au fond, chacun s'exhibait pour faire la promotion de sa propre existence. L'acte même de s'exhiber était réduit, dans le cas de Philippe, à une parodie, et la plus ridicule qui soit. Au Minitel, il s'excitait à donner son vrai nom aux femmes de commerçants et de gendarmes, aux secrétaires et aux vendeuses connectées. Et pourquoi s'était-il exhibé devant cette fille sortie du néant? Il sentait lui-même qu'il était un néant, mais cela n'entravait en rien son narcissisme ni sa mégalomanie, au contraire. Dans ses dialogues au Minitel, il cherchait à faire une sorte de contre-promotion de lui-même, mais c'était par excès, et non par défaut d'ambition. Philippe pensa à Bono de U2. En 1997, lors du « Popmart tour » dont le chanteur avait organisé le lancement promotionnel depuis un hypermarché, celui-ci s'était exhibé en costume de lamé or afin de contempler et faire contempler un reflet grotesque et outrancier de sa personne réduite à une marchandise clinquante, manière d'expier, tout en en faisant un spectacle, son désir, présenté comme coupable, en tout cas ridicule, d'apparaître comme une superstar. Philippe se disait que les chanteurs, comédiens, présentateurs et écrivains parvenus au faîte de l'exposition médiatique s'étaient tous transformés en humoristes improvisés pour survivre. Afin de revivifier l'intérêt du public pour leurs exhibitions nouvelles, ils avaient dû intégrer l'ironie dans leur spectacle médiatique, y introduire un numéro de dérision vis-à-vis d'eux-mêmes mettant en scène leur distance vis-à-vis de la figure de guignol qu'ils avaient pourtant consacré toute leur énergie à élaborer durant leur carrière : c'était pour ainsi dire une attraction nouvelle et obligée dans leur cirque. Après Bono, Philippe pensa à Bernard-Henri Lévy, situé, lui, non dans le village mondial mais dans cette région étroite et fermée qu'est le Paris éditorial. Ce personnage aussi vain que sympathique s'était lui aussi ostensiblement efforcé de passer de l'âge du sérieux à celui de l'humour. C'est ce stade paradoxal que Philippe vivait par anticipation, parce que le Minitel représentait cela, sous une forme accessible à tous. Au Minitel, il mettait en scène le narcissisme auquel il se sentait condamné en le ridiculisant, en se ridiculisant, afin de sentir en lui un frémissement de pouvoir absolu, de délivrance, de liberté. Ainsi, il tournait en ridicule et détruisait son désir grotesque de notoriété, d'autant plus immense, démesuré et délirant qu'il était stérile : cela apparaissait comme une évidence désormais irréversible à Philippe, vu son impuissance définitive à entrer dans la vie active.

26

Il y a des gens qui ne savent pas s'en aller, qui ne savent pas finir, et je crois que j'en fais partie, se disait Philippe alors qu'il montait dans l'ascenseur conduisant au bureau qu'il partageait maintenant avec Vincent Neveux. Il travaillait là depuis près d'un an et, durant neuf mois, il avait été payé en piges alors que c'était complètement illégal. Comme le lui avait dit avec véhémence la première secrétaire de rédaction de *Bateaux*, celle qui prenait toujours deux desserts à la cantine d'Expert-Press :

« Il y a un inspecteur du travail qui vient, je vais te dire, ils se font tous aligner chez Expert... Tu sais qu'ils n'ont pas le droit de mettre quatre postes de travail dans la pièce qu'on occupe à *Bateaux*...Tu dois exiger un CDD, à la limite je trouve que c'est une faute d'accepter de travailler dans ces conditions... »

Philippe n'avait jamais exigé grand-chose

dans sa vie : les gens qui faisaient des scandales à la SNCF, dans les grands magasins, qui réclamaient des dédommagements, qui passaient leur temps à vérifier si leurs droits étaient respectés, capables d'assimiler toutes sortes de règlements et de vérifier si ceux-ci étaient appliqués, suscitaient chez lui une crainte mêlée de dégoût. D'un autre côté, il se rendait bien compte qu'il faisait l'objet d'un mépris justifié de leur part.

Son badge ne fonctionna pas pour actionner l'ouverture de la double porte vitrée. Il fit un signe à la réceptionniste au micro-casque de Madonna à qui il expliqua que le badge avait dû se démagnétiser. Elle lui adressa des paroles de réconfort, lui laissant entendre qu'il ne fallait pas se laisser démoraliser par des événements de ce genre. Lorsque Philippe ouvrit la porte de son bureau, Vincent Neveux eut une grimace de surveillant de lycée embarrassé de faire constater à un élève majeur qu'il était en retard. La maquettiste de *Chiens 2000* ne viendrait que l'après-midi ; elle était accaparée par la préparation d'un numéro spécial pour Noël. Vincent Neveux écoutait à très faible volume, avec ses tout petits baffles posés sur le rebord de sa fenêtre en aluminium, un disque de Yann Tiersen. On entendait de petits tintements, une espèce de carillon répétitif, qui suggérait que quelque chose était en panne, et que Vincent Neveux subissait cette situation en attendant l'arrivée d'un réparateur. Il glissait dans la fente de la broyeuse des feuilles A 4 par petits paquets : des pages couvertes de caractères le plus petit possible, avec du gras, des puces et des sous-parties. Il fixait la machine d'un air méfiant, comme si elle faisait seulement semblant de broyer les papiers et que, attendant qu'il soit parti, elle les reconstituait pendant la nuit, quand il dormait dans son pavillon « avec son épouse », comme il disait.

À quatre heures avait lieu une réunion avec un Hollandais chargé de mettre un peu d'ordre dans les affaires d'Expert-Press en France. Le Hollandais demanda à Vincent Neveux ce qu'était au juste ce projet de support-papier pour Sonic-FM : la difficulté qu'eut Vincent Neveux à s'exprimer en anglais et à expliquer au juste en quoi consistait le magazine sur lequel il travaillait avec Philippe, « an uncontournable expert in music business », comme il n'eut pas honte de le dire (et surtout de le prononcer), n'entama à aucun moment l'expression minérale du Hollandais, dont le physique évoquait l'entraîneur d'une équipe de rugby. Il demanda au bout de vingt minutes à Philippe et à Vincent Neveux de sortir de son bureau vide, où on lui avait juste installé une télévision sur roulettes, comme dans un hôtel ou un hôpital. D'autres attendaient.

Trois jours plus tard, le Hollandais les reçut à nouveau. Il se montra bien plus jovial. Il parla de son installation dans un appartement donnant sur le parc Monceau, qui lui semblait d'un ennui lugubre.

« Avec ma femme, we call it le parc des fantômes. On m'a dit "c'est très calme", moi je dis "it's dead". »

Les priorités du groupe avaient changé. Pour le moment, le temps était à la réorganisation. Le Hollandais était très fier de ce projet de support-papier pour Sonic-FM, il le trouvait même « magnifique », « mais peut-être plus tard », dit-il. Trois jours après, Philippe reçut une lettre recommandée.

« Monsieur, à dater de ce jour, vous ne faites plus partie de nos effectifs. Vous êtes invité à vous rendre à la Direction des ressources humaines où il vous sera remis un certificat de travail. » Sur les conseils de la première secrétaire de rédaction de *Bateaux*, il avait réclamé un CDI et, à sa grande surprise, ça avait marché : celui-ci était néanmoins assorti d'une « période d'essai » de trois mois, ce qui était « complètement illégal », avait-elle dit à nouveau. La lettre de la DRH était datée de la veille de la fin de la « période d'essai ».

À la Direction des ressources humaines, un

Méridional très agité lui demanda de signer un protocole d'accord qui prévoyait de lui verser une indemnité. La somme lui parut minable, il se méfia. Il eut raison. Il sollicita un avocat spécialisé dans le droit de la presse, qui mena une négociation à l'issue de laquelle Philippe put récupérer 60 000 F (9 146 €), dont 15 000 (2 286 €) pour l'avocat, ce qui lui laissait 45 000 F (6 859 €), le temps de tenir trois mois, enfin un peu moins de trois mois.

Après avoir récupéré la lettre recommandée, Philippe rentra chez lui et se connecta immédiatement sur le 3615 SADO sous le nom de « MECVINYL ». Il y avait « DOMINETTE », « INGENUECUIR », « LIOLIEE », toutes dans le 75, « MARIEVINYL », dans le 20, en Corse, et « LA FELINE » dans le 93. Il envoya un message à « MARIEVINYL » :

« JE SUIS EN STRING VINYL, BLOUSON VINYL ZIPPE, PANTALON COLLANT CUIR PLASTIFIE NOIR. ET TOI ? »

En haut de l'écran apparut la mention :

« Vous avez un msg. »

Philippe tapa sur * et ENVOI, et la réponse apparut :

« CA DEPEND. »

Il ne perdit pas courage :

« TU METS QUOI POUR PROVOQUER EN VINYL ? »

Entre-temps, « JHPARIS » lui envoya le message suivant :

« J'ADORE. TU REÇOIS ? »

Puis la réponse de « MARIEVINYL » lui apparut :

« GUEPIERE GANTS BOTTES »

Ça suffit pour exciter Philippe qui plongea la main sous la ceinture de son pantalon élimé d'employé, en flanelle grise, qui commençait à se trouer à l'entrejambe. Il tapa un autre message en abrégeant bizarrement certains mots :

« TU AIMES TE METTRE CUISSES ECARTEES AU DESSUS CHIEN VINYL A PT VTRE ? »

Le message de réponse fut assez long à venir :

« OK »

OK quoi ? Elle voulait dire qu'elle n'y était pas moralement opposée, que son ouverture d'esprit lui permettait de lire ce genre de messages débiles sans lui donner envie de cesser le « dial », ou bien qu'elle était « OK » pour que cette scène se produise réellement ? Philippe ne sut plus quoi écrire :

« J'AIMERAIS SUCER SEINS A TVRS VINYL »

La réponse revint :

« OK »

Écœuré, il commença à adresser d'autres messages à d'autres connectés. Il suggéra à « JH VINYL » :

« JE MORDS TA BITE A TVRS VINYL »

À « LAURE A MATER » :

« JE SERRE TETE ENTRE CUISSES ET FROTTE SLIP CUIR CONTRE LEVRES »

À « O NOIRE » :

« JE TE TRAINE SUR PARQUET TE TIRE PAR CHEVEUX »

« O NOIRE » réagit très bien à cette suggestion :

« OUI MON MAITRE JE SUIS TA SALE PETITE NEGRESSE »

Philippe se massait le sexe par pressions saccadées, adressant trois messages à la suite, de plus en plus heurtés, afin que les phrases ne cessent de s'inscrire sur son écran et que la mention « Vs avez 4 msg(s) » s'affiche en haut, comme autant de parties gratuites au flipper.

« TU VAS PASSER COLLANT RESILLE BOTTES ET RAMPER »

« SERRE COU DS CEINTURE »

« ENFONCE TOI DOUCEMENT ONGLES DS SEXE »

À tel point qu'il ne savait plus qui lui répondait, ni à qui il avait donné tel ordre. C'était comme jouer plusieurs parties d'échecs en simultané, ou encore inventer plusieurs histoires en même temps, et retenir celles où les répliques s'enchaînaient le plus vite. Philippe voulait toujours savoir quel métier faisaient les connectées.

« SECR. MEDICALE »

« COMMERCANTE »
« INFORMATIQUE »
« VENDEUSE »

Ça devenait un théâtre libre où tout le monde auditionnait pour tout le monde, tout le monde s'exhibait pour le plaisir de s'exhiber, pour ressentir la honte ou vibrer de la faire ressentir aux autres. En appuyant sur la touche « SOMMAIRE », on pouvait afficher la somme dépensée : 295,40 F. Philippe se surprit une fois à en être fier comme d'un record battu au flipper. En général, il lâchait, épuisé, ou bien il jouissait comme un minable dans ses vêtements ordinaires. Parfois il arrivait à passer en tremblant son slip de cuir et ses effets de vinyle pour mieux contrôler une excitation d'une intensité extrême après avoir été tant retenue.

Ces serveurs Minitel, surtout DOMINA ou DÉMONIA, annonçaient parfois des « soirées fétichistes » : la « nuit élastique », ou des « soirées électro-indus-hardcore ». À l'une d'elles, au sous-sol d'un bar dans le 18e, Philippe se rendit à minuit un samedi soir. Les « goths » parisiens buvaient de la bière en bande et se regardaient entre eux pour vérifier mutuellement s'ils étaient vraiment goths, ou bien ils s'affalaient dans des coins en prenant l'air malade. C'était là leur activité principale. Les filles étaient boudinées dans de longues robes de dentelle et portaient des mitaines sur lesquelles elles passaient de grosses bagues de métal. Quelques types avaient la moitié du crâne rasé avec une mèche, des manches en résille et des piercings. Certains portaient des collants résille noirs déchirés et des boots avec du métal partout. Parfois, des couples de lesbiennes déambulaient, l'une en minirobe de vinyle avec des bottes, l'autre dans une espèce de corset avec des piquants dans le dos (et le petit sac assorti), tenue en laisse. Certains se frottaient les uns (ou unes) contre les autres, s'éclatant entre potes. Un homme d'un mètre soixante environ, beaucoup plus âgé que la moyenne, marchait comme Quasimodo avec une sorte de masque à gaz prolongé d'une trompe noire pendante, revêtu d'une espèce de scaphandre : il avait l'air d'une approximation d'éléphanteau de science-fiction, sorti d'une connerie style *Star Wars*, et, comme certains gros poissons, il créait une onde qui éloignait les autres de façon fluide et harmonieuse, comme un banc de plus petits poissons. Au bar, un grand type maigre aux cheveux ras, dont le visage était à mi-chemin entre une représentation de Don Quichotte et le voyou pronazi, à moitié nu, juste vêtu d'une espèce de harnais de cuir, se faisait tordre les tétons par une Noire rayonnante à l'air placide. Il sortit sa queue et se mit à la secouer en regardant Philippe qui s'éloigna prudemment.

« C'est un flic », lui dit en rigolant une blonde serrée dans une minirobe de vinyle noir qui se présenta à lui comme « électro ». Elle prit Philippe par la main :

« Viens, je vais te présenter ma femme. »

En buvant sa bière, elle dit à Philippe qu'elle le trouvait sympa parce qu'il n'avait pas l'air d'un « gol goth ». Son oncle la baisait depuis qu'elle avait douze ans, il l'emmenait dans des partouzes, mais depuis un an elle était « mariée », et d'ailleurs « sa femme » était là, elle se demandait bien où elle avait pu passer. Elle mena Philippe vers un groupe de punks-goths : l'une des filles, percée de partout, lui demanda s'il ne voulait pas lui lécher son furoncle. Une autre tenait un petit sac en forme d'ours en peluche auquel elle parlait en faisant des mines :

« Oh ! disait-elle sur le ton d'une comédienne récitant un texte de publicité, quelle merveilleuse idée de nous avoir invités mon mari et moi ! Nous sommes absolument charmés ! Viendrez-vous avec nous pour ces vacances de rêve dans un hôtel trois étoiles avec piscine tout compris pour dix jours à 1 890 F seulement ? »

Au milieu de la nuit, des couples s'exhibèrent dans un passage fermé par un rideau :

une grande rêveuse, avec un faux air de Delphine Seyrig, regardait le plafond, donnant de temps en temps un coup de cravache à un type couché sur le dos qui léchait le talon de ses escarpins. Quelques hommes restaient longuement étendus par terre, et des femmes venaient vérifier où ils en étaient, les titillant de temps en temps à coups de botte ou de cravache. Le désir de ces gens, se disait Philippe, n'était pas essentiellement d'être vus. Bien sûr, cela faisait partie de leur désir, mais ce qui comptait pour eux était ce que dans les années 80 on appelait le « look ». C'est-à-dire que ces scènes vécues, en apparence, intensément, étaient en réalité des tableaux vivants, des reproductions animées, des photos, des dessins, des scènes représentées. Elles appelaient l'appareil photo, le caméscope, les objectifs sélectionnant des détails pour les reproduire sur des écrans imaginaires posés dans d'autres coins de la salle : elles venaient de l'image et retournaient à l'image. C'était comme le défilé organisé par Jean-Paul Goude en 1989, une reconstitution de vidéo-clip faite par des amateurs et des bénévoles. Le sexe était exclu et, s'il avait lieu, il n'était que simulé par des couples se connaissant déjà. Si des gens se plaisaient, eh bien ils s'en allaient, il n'y avait rien à faire sur place.

Philippe rentra chez lui à l'aube, exténué

après avoir dansé sur « Tanz der Mussolini » et d'autres morceaux de sa jeunesse new wave qu'il croyait alors audacieux et dérangeants, aujourd'hui intégrés au domaine public et susceptibles même de rendre sympa l'acte d'achat d'une voiture. Il eut juste la force de retirer ses effets luisants dont le contact de sueur refroidie lui répugnait, de prendre une douche et de se coucher. Cette soirée, en somme, lui avait fait penser au monde professionnel contemporain, tel qu'il l'avait observé en travaillant sur le support-papier de Sonic-FM. Les gens travaillent, mais ce n'est pas vrai : ils tentent de s'adapter à des images et lorsque celles-ci sont manifestement éloignées de ce qu'ils sont, ou que le décalage est trop grand, ils sont désespérés, comme Vincent Neveux. Vincent Neveux et les couples de la soirée avaient quelque chose d'essentiel en commun : ils étaient mauvais, ils étaient conscients d'un décalage entre cette image parfaite, venue d'une photo, à laquelle ils se demandaient à eux-mêmes de se conformer, et leur nature, forcément imparfaite. Philippe était même étonné, au fond, de constater à quel point ceux qui l'entouraient étaient tous, partout, au fond, *gentils* et *modestes*. Gentils et modestes, ils l'étaient parce qu'ils sentaient qu'il était — expression contemporaine — inutile de « se la jouer ». On ne pouvait pas être fier d'avoir passé sa journée — ou sa soirée — à essayer de passer pour quelqu'un qu'on ne serait jamais. Philippe finissait par étendre son raisonnement à tout ce qu'il voyait bouger, vibrer dans le monde contemporain : les femmes qui voulaient maigrir, suppliciées devant une image d'elles-mêmes qui n'existait pas, vouées à une éternelle insatisfaction. C'était le monde contemporain. Des images étaient là pour affirmer la supériorité de ce qui était représenté sur ce qui était vécu. Ça ne pouvait pas marcher, et d'ailleurs ça ne marchait pour personne, sauf pour les tricheurs. Et Philippe se disait que les seuls moments où il éprouva de la sympathie pour Vincent Neveux, c'était ceux où celui-ci était mauvais, c'est-à-dire presque tout le temps. Après quoi il s'endormit enfin.

27

Le soir tombait, et Philippe, qui s'était branlé au-dessus du lavabo, comme dans un dessin de Reiser, marchait étonnamment apaisé sur le boulevard de Clichy. Il regarda avec apitoiement un vieux couple d'Espagnols planté devant la devanture des « Artistes », un sex-shop qui exposait un mannequin en guêpière rouge froufroutante avec un fouet et un masque de Zorro. Le crachin gouttait doucement sur son visage. Arrivé en vue de la place de Clichy, il s'aperçut d'une trouée dans le ciel. Il préféra remonter la rue Caulaincourt : de la passerelle qui enjambe le cimetière Montmartre, on voit l'un des plus beaux ciels de Paris. Il se dit que s'il enjambait le parapet, il pourrait rejoindre très vite ses habitants, sauf que, peut-être, pour des raisons administratives, on n'aurait pas le droit de l'enterrer là. Il resta un moment à contempler ces monuments funéraires, si mesquins dans leur prétention au grandiose, à travers une ouverture du parapet, après quoi il redescendit vers la place de Clichy. Des gamins commençaient à s'agglutiner devant le cinéma Pathé Wepler, avec ses nouvelles guérites aux vitres blindées, où les vendeurs parlent dans un micro, comme au McDo. Ils criaient joyeusement dans leurs portables, appelant d'autres gamins à venir les rejoindre. Philippe entra au Wepler et choisit la choucroute paysanne avec une demi-riesling.

Voici trente ans jour pour jour, se disait Philippe, que mon père est mort. Pour moi, il est resté un fantôme, et peut-être suis-je pareil aussi pour ceux qui me croisent ou même me parlent tous les jours. Je ne sais pas trop combien de temps il me reste, mais au fond ce n'est pas une question de temps, se disait Philippe, c'est juste que n'importe quoi peut m'arriver : partir des mois pour pas cher grâce à lastminute.com sur une île du Pacifique où je ne dépenserai rien, attraper une sale maladie, ou même me taire une fois pour toutes, ne plus jamais avoir envie de l'ouvrir. Ce sera bientôt le silence.

Tant de gens parlent, partout autour de nous. Tant de gens écrivent. Des débats, des chroniques, des points de vue, des regards décalés, des interventions pointues, des enquêtes, des cris de sincérité, des provocations désespérées, des étalages de souffrance. Tout se dit, tout s'écrit, tout s'exhibe, pensait Philippe, mais aucune parole n'est prononcée, au fond rien n'est dit, rien n'est montré. Plus une parole prononcée dans le monde contemporain n'a le moindre poids, plus aucune image montrée n'a le moindre poids. Ils parlent, ils écrivent, ils commentent, ils critiquent, ils protestent, ils accusent, ils attaquent, ils se défendent, ils invoquent les principes, la morale, les valeurs, ils prônent le scandale, la provocation, la subversion et, quoi qu'ils fassent, ils ouvrent un robinet qui déverse du contenu. Non, se disait Philippe, je n'écrirai pas une ligne, plus rien, je vais me taire à tout jamais, parce que les mots auxquels je me suis toujours fié servent à fournir du contenu, et je préfère ne rien déverser du tout, et surtout pas de contenu.

La nuit tombait. Philippe s'aperçut qu'il avait remonté toute la rue Caulaincourt, mais cette fois sans prêter attention à rien. Le 80 s'arrêta, et il vit des employés élégants descendre les marches du bus avec précaution, ouvrant leur parapluie d'un air dédaigneux. Brusquement, il se rappela qu'il était revenu vivre auprès de Laurence, qu'il avait eu avec elle un fils avec qui il essayait de communiquer, et que c'était dur entre la PlayStation, les devoirs à la maison et le roulement infernal des copains. Il faillit sonner à son propre nom à l'interphone, en se demandant qui pouvait bien être ce type qui habitait là et qui portait son nom, et puis il se rappela qu'il avait les clés. Tu as perdu le contact avec celui qui vit là, se disait-il, mais ce n'est pas une raison pour la fermer. Il poussa la porte, sentit une odeur de bois qui lui rappela quelque chose, et, montant l'escalier, se fit la promesse de ne plus jamais la fermer.

I. Délirium   11
 II. Entrée dans la vie active   75
III. Exhibition   293

DU MÊME AUTEUR

Aux Éditions Gallimard

LES ANNÉES VIDES, 1990 (L'Arpenteur).
DANS SA PEAU, 1994 (L'Arpenteur).
EXHIBITION, 2002 (L'Arpenteur, Folio n° 4049).

Chez d'autres éditeurs

CONTRE-FEU. Chroniques, *Balland,* 1991.
DICTIONNAIRE DU ROCK (direction d'ouvrage), *Bouquins-Robert Laffont,* 2000.

COLLECTION FOLIO

Dernières parutions

3676. Jeanne Benameur — *Les Demeurées.*
3677. Patrick Chamoiseau — *Écrire en pays dominé.*
3678. Erri De Luca — *Trois chevaux.*
3679. Timothy Findley — *Pilgrim.*
3680. Christian Garcin — *Le vol du pigeon voyageur.*
3681. William Golding — *Trilogie maritime, 1. Rites de passage.*
3682. William Golding — *Trilogie maritime, 2. Coup de semonce.*
3683. William Golding — *Trilogie maritime, 3. La cuirasse de feu.*
3684. Jean-Noël Pancrazi — *Renée Camps.*
3686. Jean-Jacques Schuhl — *Ingrid Caven.*
3687. *Positif*, revue de cinéma — *Alain Resnais.*
3688. Collectif — *L'amour du cinéma. 50 ans de la revue* Positif.
3689. Alexandre Dumas — *Pauline.*
3690. Le Tasse — *Jérusalem libérée.*
3691. Roberto Calasso — *La ruine de Kasch.*
3692. Karen Blixen — *L'éternelle histoire.*
3693. Julio Cortázar — *L'homme à l'affût.*
3694. Roald Dahl — *L'invité.*
3695. Jack Kerouac — *Le vagabond américain en voie de disparition.*
3696. Lao-tseu — *Tao-tö king.*
3697. Pierre Magnan — *L'arbre.*
3698. Marquis de Sade — *Ernestine. Nouvelle suédoise.*
3699. Michel Tournier — *Lieux dits.*
3700. Paul Verlaine — *Chansons pour elle* et autres poèmes érotiques.
3701. Collectif — *«Ma chère maman…»*
3702. Junichirô Tanizaki — *Journal d'un vieux fou.*
3703. Théophile Gautier — *Le capitaine Fracasse.*
3704. Alfred Jarry — *Ubu roi.*

3705.	Guy de Maupassant	*Mont-Oriol.*
3706.	Voltaire	*Micromégas. L'Ingénu.*
3707.	Émile Zola	*Nana.*
3708.	Émile Zola	*Le Ventre de Paris.*
3709.	Pierre Assouline	*Double vie.*
3710.	Alessandro Baricco	*Océan mer.*
3711.	Jonathan Coe	*Les Nains de la Mort.*
3712.	Annie Ernaux	*Se perdre.*
3713.	Marie Ferranti	*La fuite aux Agriates.*
3714.	Norman Mailer	*Le Combat du siècle.*
3715.	Michel Mohrt	*Tombeau de La Rouërie.*
3716.	Pierre Pelot	*Avant la fin du ciel.*
3718.	Zoé Valdés	*Le pied de mon père.*
3719.	Jules Verne	*Le beau Danube jaune.*
3720.	Pierre Moinot	*Le matin vient et aussi la nuit.*
3721.	Emmanuel Moses	*Valse noire.*
3722.	Maupassant	*Les Sœurs Rondoli* et autres nouvelles.
3723.	Martin Amis	*Money, money.*
3724.	Gérard de Cortanze	*Une chambre à Turin.*
3725.	Catherine Cusset	*La haine de la famille.*
3726.	Pierre Drachline	*Une enfance à perpétuité.*
3727.	Jean-Paul Kauffmann	*La Lutte avec l'Ange.*
3728.	Ian McEwan	*Amsterdam.*
3729.	Patrick Poivre d'Arvor	*L'Irrésolu.*
3730.	Jorge Semprun	*Le mort qu'il faut.*
3731.	Gilbert Sinoué	*Des jours et des nuits.*
3732.	Olivier Todd	*André Malraux. Une vie.*
3733.	Christophe de Ponfilly	*Massoud l'Afghan.*
3734.	Thomas Gunzig	*Mort d'un parfait bilingue.*
3735.	Émile Zola	*Paris.*
3736.	Félicien Marceau	*Capri petite île.*
3737.	Jérôme Garcin	*C'était tous les jours tempête.*
3738.	Pascale Kramer	*Les Vivants.*
3739.	Jacques Lacarrière	*Au cœur des mythologies.*
3740.	Camille Laurens	*Dans ces bras-là.*
3741.	Camille Laurens	*Index.*
3742.	Hugo Marsan	*Place du Bonheur.*
3743.	Joseph Conrad	*Jeunesse.*
3744.	Nathalie Rheims	*Lettre d'une amoureuse morte.*
3745.	Bernard Schlink	*Amours en fuite.*

3746.	Lao She	*La cage entrebâillée.*
3747.	Philippe Sollers	*La Divine Comédie.*
3748.	François Nourissier	*Le musée de l'Homme.*
3749.	Norman Spinrad	*Les miroirs de l'esprit.*
3750.	Collodi	*Les Aventures de Pinocchio.*
3751.	Joanne Harris	*Vin de bohème.*
3752.	Kenzaburô Ôé	*Gibier d'élevage.*
3753.	Rudyard Kipling	*La marque de la Bête.*
3754.	Michel Déon	*Une affiche bleue et blanche.*
3755.	Hervé Guibert	*La chair fraîche.*
3756.	Philippe Sollers	*Liberté du XVIIIème.*
3757.	Guillaume Apollinaire	*Les Exploits d'un jeune don Juan.*
3758.	William Faulkner	*Une rose pour Emily et autres nouvelles.*
3759.	Romain Gary	*Une page d'histoire.*
3760.	Mario Vargas Llosa	*Les chiots.*
3761.	Philippe Delerm	*Le Portique.*
3762.	Anita Desai	*Le jeûne et le festin.*
3763.	Gilles Leroy	*Soleil noir.*
3764.	Antonia Logue	*Double cœur.*
3765.	Yukio Mishima	*La musique.*
3766.	Patrick Modiano	*La Petite Bijou.*
3767.	Pascal Quignard	*La leçon de musique.*
3768.	Jean-Marie Rouart	*Une jeunesse à l'ombre de la lumière.*
3769.	Jean Rouaud	*La désincarnation.*
3770.	Anne Wiazemsky	*Aux quatre coins du monde.*
3771.	Lajos Zilahy	*Le siècle écarlate. Les Dukay.*
3772.	Patrick McGrath	*Spider.*
3773.	Henry James	*Le Banc de la désolation.*
3774.	Katherine Mansfield	*La Garden-Party et autres nouvelles.*
3775.	Denis Diderot	*Supplément au Voyage de Bougainville.*
3776.	Pierre Hebey	*Les passions modérées.*
3777.	Ian McEwan	*L'Innocent.*
3778.	Thomas Sanchez	*Le Jour des Abeilles.*
3779.	Federico Zeri	*J'avoue m'être trompé. Fragments d'une autobiographie.*
3780.	François Nourissier	*Bratislava.*

3781.	François Nourissier	*Roman volé.*
3782.	Simone de Saint-Exupéry	*Cinq enfants dans un parc.*
3783.	Richard Wright	*Une faim d'égalité.*
3784.	Philippe Claudel	*J'abandonne.*
3785.	Collectif	*« Leurs yeux se rencontrèrent... ». Les plus belles premières rencontres de la littérature.*
3786.	Serge Brussolo	*Trajets et itinéraires de l'oubli.*
3787.	James M. Cain	*Faux en écritures.*
3788.	Albert Camus	*Jonas ou l'artiste au travail* suivi de *La pierre qui pousse.*
3789.	Witold Gombrowicz	*Le festin chez la comtesse Fritouille et autres nouvelles.*
3790.	Ernest Hemingway	*L'étrange contrée.*
3791.	E. T. A Hoffmann	*Le Vase d'or.*
3792.	J. M. G. Le Clezio	*Peuple du ciel* suivi de *Les Bergers.*
3793.	Michel de Montaigne	*De la vanité.*
3794.	Luigi Pirandello	*Première nuit et autres nouvelles.*
3795.	Laure Adler	*À ce soir.*
3796.	Martin Amis	*Réussir.*
3797.	Martin Amis	*Poupées crevées.*
3798.	Pierre Autin-Grenier	*Je ne suis pas un héros.*
3799.	Marie Darrieussecq	*Bref séjour chez les vivants.*
3800.	Benoît Duteurtre	*Tout doit disparaître.*
3801.	Carl Friedman	*Mon père couleur de nuit.*
3802.	Witold Gombrowicz	*Souvenirs de Pologne.*
3803.	Michel Mohrt	*Les Nomades.*
3804.	Louis Nucéra	*Les Contes du Lapin Agile.*
3805.	Shan Sa	*La joueuse de go.*
3806.	Philippe Sollers	*Éloge de l'infini.*
3807.	Paule Constant	*Un monde à l'usage des Demoiselles.*
3808.	Honoré de Balzac	*Un début dans la vie.*
3809.	Christian Bobin	*Ressusciter.*
3810.	Christian Bobin	*La lumière du monde.*
3811.	Pierre Bordage	*L'Évangile du Serpent.*
3812.	Raphaël Confiant	*Brin d'amour.*
3813.	Guy Goffette	*Un été autour du cou.*

3814. Mary Gordon	*La petite mort.*
3815. Angela Huth	*Folle passion.*
3816. Régis Jauffret	*Promenade.*
3817. Jean d'Ormesson	*Voyez comme on danse.*
3818. Marina Picasso	*Grand-père.*
3819. Alix de Saint-André	*Papa est au Panthéon.*
3820. Urs Widmer	*L'homme que ma mère a aimé.*
3821. George Eliot	*Le Moulin sur la Floss.*
3822. Jérôme Garcin	*Perspectives cavalières.*
3823. Frédéric Beigbeder	*Dernier inventaire avant liquidation.*
3824. Hector Bianciotti	*Une passion en toutes Lettres.*
3825. Maxim Biller	*24 heures dans la vie de Mordechaï Wind.*
3826. Philippe Delerm	*La cinquième saison.*
3827. Hervé Guibert	*Le mausolée des amants.*
3828. Jhumpa Lahiri	*L'interprète des maladies.*
3829. Albert Memmi	*Portrait d'un Juif.*
3830. Arto Paasilinna	*La douce empoisonneuse.*
3831. Pierre Pelot	*Ceux qui parlent au bord de la pierre (Sous le vent du monde, V).*
3832. W.G Sebald	*Les émigrants.*
3833. W.G Sebald	*Les Anneaux de Saturne.*
3834. Junichirô Tanizaki	*La clef.*
3835. Cardinal de Retz	*Mémoires.*
3836. Driss Chraïbi	*Le Monde à côté.*
3837. Maryse Condé	*La Belle Créole.*
3838. Michel del Castillo	*Les étoiles froides.*
3839. Aïssa Lached-Boukachache	*Plaidoyer pour les justes.*
3840. Orhan Pamuk	*Mon nom est Rouge.*
3841. Edwy Plenel	*Secrets de jeunesse.*
3842. W. G. Sebald	*Vertiges.*
3843. Lucienne Sinzelle	*Mon Malagar.*
3844. Zadie Smith	*Sourires de loup.*
3845. Philippe Sollers	*Mystérieux Mozart.*
3846. Julie Wolkenstein	*Colloque sentimental.*
3847. Anton Tchékhov	*La Steppe. Salle 6. L'Évêque.*
3848. Alessandro Baricco	*Châteaux de la colère.*
3849. Pietro Citati	*Portraits de femmes.*

3850.	Collectif	*Les Nouveaux Puritains.*
3851.	Maurice G. Dantec	*Laboratoire de catastrophe générale.*
3852.	Bo Fowler	*Scepticisme & Cie.*
3853.	Ernest Hemingway	*Le jardin d'Éden.*
3854.	Philippe Labro	*Je connais gens de toutes sortes.*
3855.	Jean-Marie Laclavetine	*Le pouvoir des fleurs.*
3856.	Adrian C. Louis	*Indiens de tout poil et autres créatures.*
3857.	Henri Pourrat	*Le Trésor des contes.*
3858.	Lao She	*L'enfant du Nouvel An.*
3859.	Montesquieu	*Lettres Persanes.*
3860.	André Beucler	*Gueule d'Amour.*
3861.	Pierre Bordage	*L'Évangile du Serpent.*
3862.	Edgar Allan Poe	*Aventure sans pareille d'un certain Hans Pfaal.*
3863.	Georges Simenon	*L'énigme de la Marie-Galante.*
3864.	Collectif	*Il pleut des étoiles...*
3865.	Martin Amis	*L'état de L'Angleterre.*
3866.	Larry Brown	*92 jours.*
3867.	Shûsaku Endô	*Le dernier souper.*
3868.	Cesare Pavese	*Terre d'exil.*
3869.	Bernhard Schlink	*La circoncision.*
3870.	Voltaire	*Traité sur la Tolérance.*
3871.	Isaac B. Singer	*La destruction de Kreshev.*
3872.	L'Arioste	*Roland furieux I.*
3873.	L'Arioste	*Roland furieux II.*
3874.	Tonino Benacquista	*Quelqu'un d'autre.*
3875.	Joseph Connolly	*Drôle de bazar.*
3876.	William Faulkner	*Le docteur Martino.*
3877.	Luc Lang	*Les Indiens.*
3878.	Ian McEwan	*Un bonheur de rencontre.*
3879.	Pier Paolo Pasolini	*Actes impurs.*
3880.	Patrice Robin	*Les muscles.*
3881.	José Miguel Roig	*Souviens-toi, Schopenhauer.*
3882.	José Sarney	*Saraminda.*
3883.	Gilbert Sinoué	*À mon fils à l'aube du troisième millénaire.*
3884.	Hitonari Tsuji	*La lumière du détroit.*
3885.	Maupassant	*Le Père Milon.*

3886.	Alexandre Jardin	*Mademoiselle Liberté.*
3887.	Daniel Prévost	*Coco belles-nattes.*
3888.	François Bott	*Radiguet. L'enfant avec une canne.*
3889.	Voltaire	*Candide ou l'Optimisme.*
3890.	Robert L. Stevenson	*L'Étrange Cas du docteur Jekyll et de M. Hyde.*
3891.	Daniel Boulanger	*Talbard.*
3892.	Carlos Fuentes	*Les années avec Laura Díaz.*
3894.	André Dhôtel	*Idylles.*
3895.	André Dhôtel	*L'azur.*
3896.	Ponfilly	*Scoops.*
3897.	Tchinguiz Aïtmatov	*Djamilia.*
3898.	Julian Barnes	*Dix ans après.*
3899.	Michel Braudeau	*L'interprétation des singes.*
3900.	Catherine Cusset	*À vous.*
3901.	Benoît Duteurtre	*Le voyage en France.*
3902.	Annie Ernaux	*L'occupation.*
3903.	Romain Gary	*Pour Sgnanarelle.*
3904.	Jack Kerouac	*Vraie blonde, et autres.*
3905.	Richard Millet	*La voix d'alto.*
3906.	Jean-Christophe Rufin	*Rouge Brésil.*
3907.	Lian Hearn	*Le silence du rossignol.*
3908.	Kaplan	*Intelligence.*
3909.	Ahmed Abodehman	*La ceinture.*
3910.	Jules Barbey d'Aurevilly	*Les diaboliques.*
3911.	George Sand	*Lélia.*
3912.	Amélie de Bourbon Parme	*Le sacre de Louis XVII.*
3913.	Erri de Luca	*Montedidio.*
3914.	Chloé Delaume	*Le cri du sablier.*
3915.	Chloé Delaume	*Les mouflettes d'Atropos.*
3916.	Michel Déon	*Taisez-vous... J'entends venir un ange.*
3917.	Pierre Guyotat	*Vivre.*
3918.	Paula Jacques	*Gilda Stambouli souffre et se plaint.*
3919.	Jacques Rivière	*Une amitié d'autrefois.*
3920.	Patrick McGrath	*Martha Peake.*
3921.	Ludmila Oulitskaia	*Un si bel amour.*
3922.	J.-B. Pontalis	*En marge des jours.*

3923.	Denis Tillinac	*En désespoir de causes.*
3924.	Jerome Charyn	*Rue du Petit-Ange.*
3925.	Stendhal	*La Chartreuse de Parme.*
3926.	Raymond Chandler	*Un mordu.*
3927.	Collectif	*Des mots à la bouche.*
3928.	Carlos Fuentes	*Apollon et les putains.*
3929.	Henry Miller	*Plongée dans la vie nocturne.*
3930.	Vladimir Nabokov	*La Vénitienne* précédé d'*Un coup d'aile.*
3931.	Ryûnosuke Akutagawa	*Rashômon* et autres contes.
3932.	Jean-Paul Sartre	*L'enfance d'un chef.*
3933.	Sénèque	*De la constance du sage.*
3934.	Robert Louis Stevenson	*Le club du suicide.*
3935.	Edith Wharton	*Les lettres.*
3936.	Joe Haldeman	*Les deux morts de John Speidel.*
3937.	Roger Martin du Gard	*Les Thibault I.*
3938.	Roger Martin du Gard	*Les Thibault II.*
3939.	François Armanet	*La bande du drugstore.*
3940.	Roger Martin du Gard	*Les Thibault III.*
3941.	Pierre Assouline	*Le fleuve Combelle.*
3942.	Patrick Chamoiseau	*Biblique des derniers gestes.*
3943.	Tracy Chevalier	*Le récital des anges.*
3944.	Jeanne Cressanges	*Les ailes d'Isis.*
3945.	Alain Finkielkraut	*L'imparfait du présent.*
3946.	Alona Kimhi	*Suzanne la pleureuse.*
3947.	Dominique Rolin	*Le futur immédiat.*
3948.	Philip Roth	*J'ai épousé un communiste.*
3949.	Juan Rulfo	*Llano en flammes.*
3950.	Martin Winckler	*Légendes.*
3951.	Fédor Dostoievski	*Humiliés et offensés.*
3952.	Alexandre Dumas	*Le Capitaine Pamphile.*
3953.	André Dhôtel	*La tribu Bécaille.*
3954.	André Dhôtel	*L'honorable Monsieur Jacques.*
3955.	Diane de Margerie	*Dans la spirale.*
3956.	Serge Doubrovski	*Le livre brisé.*
3957.	La Bible	*Genèse.*
3958.	La Bible	*Exode.*
3959.	La Bible	*Lévitique-Nombres.*
3960.	La Bible	*Samuel.*
3961.	Anonyme	*Le poisson de jade.*
3962.	Mikhaïl Boulgakov	*Endiablade.*

3963.	Alejo Carpentier	*Les Élus et autres nouvelles.*
3964.	Collectif	*Un ange passe.*
3965.	Roland Dubillard	*Confessions d'un fumeur de tabac français.*
3966.	Thierry Jonquet	*La leçon de management.*
3967.	Suzan Minot	*Une vie passionnante.*
3968.	Dann Simmons	*Les Fosses d'Iverson.*
3969.	Junichirô Tanizaki	*Le coupeur de roseaux.*
3970.	Richard Wright	*L'homme qui vivait sous terre.*
3971.	Vassilis Alexakis	*Les mots étrangers.*
3972.	Antoine Audouard	*Une maison au bord du monde.*
3973.	Michel Braudeau	*L'interprétation des singes.*
3974.	Larry Brown	*Dur comme l'amour.*
3975.	Jonathan Coe	*Une touche d'amour.*
3976.	Philippe Delerm	*Les amoureux de l'Hôtel de Ville.*
3977.	Hans Fallada	*Seul dans Berlin.*
3978.	Franz-Olivier Giesbert	*Mort d'un berger.*
3979.	Jens Christian Grondahl	*Bruits du coeur.*
3980.	Ludovic Roubaudi	*Les Baltringues.*
3981.	Anne Wiazemski	*Sept garçons.*
3982.	Michel Quint	*Effroyables jardins.*
3983.	Joseph Conrad	*Victoire.*
3984.	Emile Ajar	*Pseudo.*
3985.	Olivier Bleys	*Le fantôme de la Tour Eiffel.*
3986.	Alejo Carpentier	*La danse sacrale.*
3987.	Milan Dargent	*Soupe à la tête de bouc.*
3988.	André Dhôtel	*Le train du matin.*
3989.	André Dhôtel	*Des trottoirs et des fleurs.*
3990.	Philippe Labro/ Olivier Barrot	*Lettres d'Amérique. Un voyage en littérature.*
3991.	Pierre Péju	*La petite Chartreuse.*
3992.	Pascal Quignard	*Albucius.*
3993.	Dan Simmons	*Les larmes d'Icare.*
3994.	Michel Tournier	*Journal extime.*
3995.	Zoé Valdés	*Miracle à Miami.*
3996.	Bossuet	*Oraisons funèbres.*
3997.	Anonyme	*Jin Ping Mei I.*
3998.	Anonyme	*Jin Ping Mei II.*
3999.	Pierre Assouline	*Grâces lui soient rendues.*

Composition Firmin-Didot
Impression Novoprint
à Barcelone, le 3 juin 2004
Dépôt légal : juin 2004.

ISBN 2-07-031535-5. Imprimé en Espagne.

129597